Sorrow and Bliss

爱与伤害

［澳］梅格·梅森 著

区颖怡 译

重庆大学出版社

我和帕特里克婚后不久，便参加了另一场婚礼。于
宴会拥挤的人群，看见有位女士独自站在一旁。

　　他说，与其每隔五分钟就瞄她一眼，为她怎
径直上前，夸夸她的帽子。

　　"哪怕我不喜欢那顶帽子？"

　　他说，玛莎，明摆着的是，"你啥都不喜欢，快去吧。"

　　那位女士接过一份侍者递上的开胃点心，正往嘴里送。这时她
留意到我们，同时也意识到她一口咽不下去。我们走近后，她含着
下巴，一只手挡着嘴巴，试图掩饰自己在嘴里来回倒腾那块点心的
动作，另一只手上拿着空的玻璃酒杯和鸡尾酒餐巾。帕特里克自我
介绍一番后，她嘟囔了几句，但我俩都没听懂她说什么。她看起来
似乎很尴尬，于是我接过话，谈论起女士帽子，仿佛有人命我就这
个话题发表一分钟的演讲。

对方频频点头，等她能张嘴说话时，就连忙问起我们家住哪里，做什么工作，她还猜出我们已经结婚，接着问道我们结婚多久了，如何认识对方的。她语速飞快，问了一连串问题，试图转移我们的注意力，不去留意她朝上的手心正用油腻的餐巾纸捏着那块咬了一半的点心。趁我回答的空当，她偷瞄着我身后，用余光搜寻着能丢弃食物残渣的地方；听完我的回答，她说似乎不太明白，因为我说我和帕特里克从来没有真正地相遇过，而他"一直就在身边"。

我转过脸端详起我的丈夫，他把手指头伸进酒杯里，摸找着某种看不见的物体。我转过头，看着那个女人，说帕特里克有点像小时候家里的沙发。"它的存在只是一个事实。你从不会去想它是从哪里来的，因为你根本想不起来没有它的日子。即使现在，它还摆在那里，但没有人会下意识地思考它的存在。"

"话虽如此，"我察觉到她并不打算接话，于是继续说道，"非要说的话，你也能罗列出它的种种不完美之处和其他缘由。"

帕特里克顺着我的话说道，很不幸的是，这是真的。"玛莎绝对可以给出一份清单，列出我所有缺点！"

女士笑了，然后快速瞥了一眼挂在她前臂上的细肩带手提包，似乎在认真考虑它能不能充当一个合适的容器。

"所以，有人想添点酒吗？"帕特里克把双手食指指向我，拇指假装在扣动扳机。"玛莎，我知道你肯定不会拒绝的。"他示意接过女士的酒杯，她递过去了。他顺势问道："要不我把餐巾纸也一并带走？"她微笑着，看着他替自己解了围，一副感激涕零的样子。

帕特里克走远后，她对我说："能嫁给这样的男人，你肯定觉得很幸运。"我附和着。虽然脑子里想要和她讲讲嫁给一个人人都称赞的人有哪些不好，但开口时，我还是问了她那顶漂亮的帽子是在哪里买到的，顺便等着帕特里克回来。

自此以后，这套说辞成了回应"我俩是怎么认识的"这类问题的预设答案。这个说法我们用了八年，每次回答都大同小异，人们听完后总是会心一笑。

*

网上流传着一张"威廉王子问凯特要不要再喝一杯"的动图。我妹妹给我发过一次，她当时留言说，"我要笑哭了！！！"在那张动图里，威廉和凯特正参加一个宴会，威廉穿着一身燕尾服。他向房间另一头的凯特挥了挥手，模仿出举杯的动作，然后伸出食指指向她。

"那个伸食指的动作，"我妹妹说道，"简直太帕特里克了。"

我回复说："神似帕特里克。"

她陆续发来抛媚眼、香槟酒杯和伸出食指的表情符号。

我搬回父母家住的那一天，又找出这张动图看。大概也就看了5 000遍。

*

我妹妹叫英格丽德，比我小15个月，已经结婚了。她丈夫某次出门倒垃圾时，刚好撞见她摔在他家门前，于是他们就这样认识了。目前，她怀着第四胎，她发消息告诉我，又是个男孩，连带着茄子、樱桃和剪刀大开的表情符号。她说道："哈米什必须挨一刀，我是认真的。"

从小到大，人们一度以为我们俩是双胞胎。我们挖空心思，想穿得一模一样，但妈妈不让我们这么打扮。英格丽德问道："为什么不能？"

"因为人们会觉得这是我的主意，"她环顾屋内，接着说，"这一切都不是我的主意。"

后来，我们就双双进入了青春期。我妈说，"英格丽德显然拥有了曼妙的身材，既然如此，我们只能祈求你能拥有智慧了。"我们问妈妈，"拥有哪一样会更好。"她回答说，"要么都有，要么都没有；只占一样注定会遭厄运。"

我和妹妹从小就长得很像。我俩脸型相仿，都长着方下巴，但据我妈的说法，我们的方脸迟早会消失的。我俩通常都留着相同的长发，头发都容易凌乱蓬松。直到我 39 岁的那个早晨，我终于意识到自己无法阻止 40 岁的到来。于是当天下午，我将一头长发剪短到方下巴的长度。回到家后，我用超市买来的染发剂将头发染成浅金色。此时，英格丽德正好过来，然后她把剩下的染发剂用完了。之后，我们想方设法地努力让发色保持得更久。英格丽德说，再生一个小孩可能都没有打理头发这么费事。

我从小就知道，虽然我们如此相像，但旁人都觉得英格丽德比我漂亮。有一次，我和爸爸聊起这事。爸爸说："人们第一眼可能会被英格丽德吸引，但之后他们会发现你更耐看。"

*

我和帕特里克参加完婚礼的最后一场聚会后，驱车返家。途中，我说道："你每次做那个伸食指的手势，我都想开枪打你。"我的声音干巴巴的，听着尖酸刻薄，我讨厌这样的语气。帕特里克回应说："很好，谢谢。"情绪毫无波澜。

"我不是说打在脸上，可能是打在膝盖或其他地方的一枪警告，不会影响你继续上班。"

他说了句"这还不错"，然后在地图上输入我们家地址。

过去七年，我们都住在牛津的同一幢房子里。我提到这点，他没回话。我望着驾驶座上的他，他平静地等待着，希望在返程中有个喘息的间隙。"现在你又在摆弄你的下巴。"

"我知道，玛莎。不如我们在到家前都别说话吧。"他把手机从支架上取下来，将它轻轻放在副驾驶储物箱里，随即合上箱盖。

我又说了些别的事，然后向前倾身，将暖气调至最高档。车内闷热得让人喘不上气来，我便关掉暖风，打开车窗，任由它全程开着。玻璃上结了冰，车窗下降时发出了嘎吱嘎吱的声响。

过去我们常开玩笑说，无论在什么事情上，我都会在极端之间摇摆，而他则总是不偏不倚，一生都徘徊在折中的位置。下车前，我说道："仪表盘上的黄色油壶灯亮起了。"帕特里克说他打算隔天再去加机油，说完便熄火走进屋里，没有等我的意思。

我们租下这所房子时，签的是临时租约，想着万一事情进展不顺，我想回伦敦时还能回去。帕特里克提议搬来牛津，是因为他在这儿上的大学，而且他觉得，相对于其他地方，牛津作为家乡伦敦的"睡城"，我更容易在这里交到朋友。我们每半年续一次租约，一直续了14次，好像随时都会发生变故。

房屋中介向我们介绍，这是一幢"高级住宅"，许多高层管理人员聚居于此，完全是为我们量身定做的——尽管我俩都不是管理层人员。我们一个是重症监护的主治医师，一个是给维特罗斯旗下杂志的趣味食物专栏写稿的。曾经有段时间，当我丈夫在工作时，我还在谷歌上搜过"在 Priory 医院住一晚多少钱"的问题。

这幢住宅充分展示出它的高级属性——在客观外观上，褐灰色的地毯铺展而开，全屋遍布非标插座；在个人感受上，无论我独自留在屋里的哪个位置，都有种隐隐不安。顶楼的储藏室是唯一不会让我觉得背后有人的房间，因为储藏室很小，窗外还有一棵悬铃木。夏天，树叶会遮挡住视线，这样就看不到对面那些构造相同的高级住宅。到了秋天，凋零的落叶飘进屋内，减轻了地毯的厚重感。储藏室也是我的工作室，不了解我的人经常会说，"你是不是打开笔记本，随时随地都能工作。"其实不是的，写作是非常需要灵感和专注的注意力的，所以对工作室要求很高。

我投稿的趣味食物专栏的编辑会给我的稿件标注建议，比如"没看懂这处引用"和"可能的话，改一下"。他用的是"修订模式"，我只能一直按"接受""接受""接受"。他删减了我写的所有玩笑话，文章就只剩下食物专栏的模样。根据领英上的资料显示，我的编辑出生于1995年。

*

我最近参加的聚会是我四十岁生日聚会，帕特里克筹划的，因为我告诉他，对于庆祝生日这件事，我不是特别在意。

他说："我要偷袭这一天。"

"是吗?"

有一次,我们在火车上共用一对耳机听播客。帕特里克把套头毛衣叠成枕头状,让我把头靠在他的肩膀上。我们听的是节目是《荒岛唱片》,这期邀请的嘉宾是坎特伯雷大主教。他在节目上讲起,多年前在一场车祸中他失去了自己第一个孩子。

主持人问他,他现在会如何看待这场事故。他说,每逢纪念日、圣诞节、孩子忌日时,他已经学会了主动出击、偷袭这一天,"这样,这些日子就不会将你吞噬"。

帕特里克深以为然,并抓住了精髓。他开始没完没了地叨叨这句话。聚会前他在熨衬衫,又说起了这句话。我倚在床上,用笔记本电脑看《英国烘焙大赛》,重播之前看过的一集。这一集里,一名参赛者把另一名参赛者做的"烈火阿拉斯加"蛋糕从冰箱里提前拿了出来,最后在评审时,蛋糕在烤盘上已经融化了。这场意外甚至登上了报纸头条——"烘焙大赛惊现搅局者"。

这一集首播时,英格丽德就给我发来消息。她说,如果她是那位自己的"烈火阿拉斯加"被对手故意拿出冰箱的参赛者,她肯定会大闹烘焙大赛。我说,这不好说,我得再观望一下。她给我发了一堆蛋糕和一辆警车的表情符号。

帕特里克熨完衣服后,他走到床边,半倚着我坐下来,盯着正看着视频的我。"我们得……"

我按了下空格键。"帕特里克,我真的不觉得我们得按着那个所谓主教的话去做。只是生日聚会而已,又没有人过世。"

"我只是想调节一个气氛而已。"

"好吧。"我又按了下空格键。

过了一会儿，他跟我说差一刻钟就到点了。"你该动身准备了吧？我想咱们得第一个到那儿。玛莎？"

我合上电脑。"我能穿这一身去吗？"我下身裹着紧身裤，上身套了一件费尔岛针织开襟毛衣，不太记得毛衣里穿的什么。我抬头，看到他的神情，意识到自己太伤人了。"对不起，对不起，对不起。我这就去换衣服。"

帕特里克租下了我们常去的那家酒吧的二楼。我不想成为第一个到场的人，因为在等其他人陆续到场时，我会坐立不安，不确定人们会不会来，然后我开始为第一个到场的倒霉蛋感到尴尬。我知道母亲不会来，因为我让帕特里克不要邀请她。

一共来了44个人，大家是分两批到酒吧的。30岁之后的人，出入总是成双成对的。当时是11月，天寒地冻，大家磨蹭了很长时间才肯脱下大衣。来的人大多是帕特里克的朋友。我已经和自己的朋友断了联系，无论是中小学或大学同学，还是职场上的同事，他们都陆续成家生娃，而我没有孩子，彼此间也就没有共同话题。在去往聚会的路上，帕特里克提醒我，如果有人和我聊起他们小孩的故事，也许我可以试着表现出感兴趣的样子。

众人站成一堆，喝着尼格罗尼鸡尾酒——2017年可谓"尼格罗尼之年"——放声大笑，发表着即兴演讲，两批人里各有一个人站出来发言，如同各自团队的代表。我找到一个为行动不便者专设的卫生间，待在里面哭了起来。英格丽德告诉我，这是生日恐惧症。这是她从卫生巾背面的防黏纸上学来的趣味冷知识，她说这是她目前能调动智力的事物，也是她唯一有时间阅读的东西。用她自己的话说："我们都知道玛莎是一位出色的聆听者，尤其在她说话的时候。"帕特里克拿着些写好的提词卡。

我从没想过自己会成为现在这样的妻子——那晚我径直穿过房间，和我丈夫说，无论提词卡上写了什么，都不要读出来——如果必须选择的话，这一幕是这一形象强有力的佐证。

如果有人观察过我的婚姻状态，他们会认为我并没有努力去当一位好妻子，也没有尝试做得更好。或者，看到我那晚的表现，他们会认为我肯定从一开始就处心积虑，付出多年的努力，苦心经营出这样的形象。他们无法理解的是，在我成年后的大部分时间，在我整段婚姻期间，其实我都在努力活成自己讨厌的样子。

*

隔天早上，我对帕特里克说，对于昨晚发生的一切，我很抱歉。他已经煮好了咖啡，端到客厅去，但直到我走进房间，他都没喝一口。他坐在沙发的一头，我面对他坐下，把双腿并拢在身下。这姿势像是在乞求，于是我把一条腿放回到地板上。

"我不是存心的。"我逼着自己把手放在他的手上。这是五个月来我第一次有意触碰他。"帕特里克，我说实话，我真的控制不了。"

"但是你能控制住自己，和你妹妹处得那么好。"他甩开我的手，说要出门买份报纸。五个小时过去了，他还没有回来。

我依然是40岁。冬天临近尾声，进入2018年，不再是"尼格罗尼之年"了。生日聚会结束两天后，帕特里克离开了。

我爸爸名为弗格斯·罗素，是位诗人。19岁时，他的第一首诗发表在《纽约客》上，描述的是一种濒临灭绝的鸟。诗作发表后，有读者称他为男版西尔维娅·普拉斯。那时候，他正计划出版自己的第一部诗集，进展顺利。但他当时的女朋友，也就是我妈，对他说："我们需要一个男版西尔维娅·普拉斯吗？"她否认说过这句话，但这句话写进了我家的剧本里，而且写下来之后就没被修改过。于是，这成了我爸发表的最后一首诗。他说，我妈妈对他施了魔法，对此我妈极力否认。自此以后，我爸的诗集就一直处于即将发布的状态。我也不知道我家的主要收入来源是什么。

　　我妈妈名为西莉亚·巴里，是一位雕塑家。她雕刻各种鸟雀，看起来体型庞大、凶神恶煞的那种。她的作品都是由旧物改造而成的，比如耙头、电器马达，家中的物件都可以成为她的雕塑素材。在她的某场作品展览中，帕特里克说："说真的，这个世界上就没有你妈妈不能改造利用的物品。"他并不是冷嘲热讽。在我父母的家中，几乎没有哪个物件是在发挥它们原本的用途。

从小到大，每当我和妹妹偶然听到妈妈对别人说"我是一名雕塑家"时，英格丽德就会默念起艾尔顿·约翰唱过的相似歌词。我大笑，然后她会继续模仿，她紧闭双眼，攥紧拳头，捂住胸口，直至我笑得不能自已，不得不离开房间。这套把戏总能逗得我哈哈大笑，屡试不爽。

由于《泰晤士报》的报道，我妈妈稍有名气。报道见刊时，帕特里克和我都在父母家，帮着我爸重新布置书房。她面向我们仨人，大声朗读着那篇报道，读到"稍有名气"这一段时，脸上露出并不愉快的笑容。随后我爸说到，对现在的他而言，任何程度的名气他都能接受。"至少，他们给你写了一篇正儿八经的人物传记。雕塑家西莉亚·巴里，体谅一下我们这些无名之辈吧。"后来，他把报道剪了下来，贴在了冰箱门上。在他们的婚姻里，父亲一直扮演着自我克制的角色。

*

有时，英格丽德会让她的孩子给我打电话，她说，想让孩子们和我建立起亲密的关系，而且这能让她享受五秒钟的清净。有一次，她的大儿子打电话给我，告诉我邮局有个胖女人，还说自己最爱吃的奶酪是那种装在袋子里、有点发白的奶酪。英格丽德后来给我发消息说："他想说切达奶酪。"

我不知道他什么时候才能不把我的名字叫成玛法。不过，我也希望，他就这样一直叫下去。

*

我父母仍然住在我们长大的旧屋里，位于谢泼德布什的戈德霍克路上。在我10岁那年，他们借了温森姨妈的钱，买下了这处住所。和我妈妈不同，姨妈嫁给了钱，而不是一个男版西尔维娅·普拉斯。我妈妈和姨妈小时候住的公寓在一家开锁店的楼上，我妈妈常对人说，"那是一个萧条冷清的海滨小镇，还有一个住在海边的阴郁母亲"。温森比我妈妈大七岁。后来，外婆突发疾病，死于不明癌症，而外公则对生活彻底失去兴趣，也无心抚养女儿，于是温森就从皇家音乐学院退了学，回家照顾当时只有13岁的妹妹。她从未拥有过自己的事业，而我的妈妈稍有名气。

*

戈德霍克路的房子是温森张罗着物色的，也是在她的打点下，我爸妈才能以物超所值的价格买下这座房子。房价之所以低廉，是因为原屋主在这个房子里离世，据我妈妈说，她还能在屋内闻到遗体留在地毯掩盖的某处地板上的味道。

我们搬进去的那天，温森过来帮忙打扫厨房。我走进厨房拿东西，看到妈妈坐在桌旁喝着酒，而我姨妈，裹着无袖围裙，戴着橡胶手套，正站在梯子的顶层踏板上擦拭着碗柜。

她们没再说话，等我离开后，才又开始聊起来。我站在门外，听到姨妈对妈妈说，也许她应该试着表达下感激之情，因为对于一个雕塑家和一个不写诗的诗人来说，拥有自己的房子通常是天方夜谭。在那之后，我妈有八个月没和她说过话。

过去和现在，我妈都憎恨这座房子，因为它狭小黢黑，唯一的卫生间和厨房只隔着一扇百叶门，这意味着，每当有人在上厕所，都要将BBC广播四台调到最大声。她讨厌它，因为每层楼只有一个房间，而楼梯又很陡。她说，她把生命都浪费在走楼梯上，终有一天，这些梯级会夺走她的性命。

她讨厌这座房子，还因为温森住在贝尔格莱维亚的一栋联排别墅里。别墅面积很大，坐落在一个乔治时期风格的广场旁。姨妈说，屋子建在广场的这一边更好，因为午后阳光仍能照进屋内，也能从室内一览户外私家花园的景色。这房子是罗兰的父母赠予他们的结婚礼物，在搬进去之前花了一年时间翻修，自那以后便定期修缮，我妈说那是一笔可耻的开销。

虽然罗兰生活得非常节俭，但这种俭朴的习惯只是一项业余爱好——他从来就不需要工作——而且他只在细枝末节上节俭，比如他会将用剩的碎香皂沾到新香皂上继续用，但是他却同意温森在一次翻新中花费25万英镑购置卡拉拉白大理石瓷砖，还拍下了一些在拍卖目录上标榜为"贵重"的家具。

＊

温森在帮我们物色房子时，完全是根据房子的建筑骨架来决定的——我妈说，不是指掀起地毯后肯定会找到的人体骨架——她本希望，我们会慢慢将它装修成称心如意的样子。但我妈对室内装潢的兴趣也就仅限于维持原样，发发牢骚。买房前，我们租住在一套远郊区的公寓，搬进来后，我们根本没有足够的家具来布置二楼以上的房间。我妈妈也没打算购置新家具，所以这些房间空置了很长一段时间。直到后来，我爸借了一辆面包车，载回来一套需要自己拼装的书架、一套棕色灯芯绒面沙发和一张他知道我母亲不会喜欢的桦木桌子，但他说，这只是权宜之计，等他的诗集出版了，版税就会源源不断地进账。如今，大部分家具还在屋里，包括那张桌子，她称之为我们家唯一一件真正的古董。它在不同的房间里流转着，承担着不同的功能，如今成了我爸爸的书桌。"但毋庸置疑，"我妈妈说道，"在我弥留之际，我最后一次睁开眼睛时，会发现这张桌子还是我的临终病榻。"

后来，在温森的鼓动下，我爸着手粉刷起房子的底层，刷成所谓的"翁布里亚日出"赤褐色。他拿着刷子刷得起劲，根本没有区分墙壁、踢脚板、窗框、电灯开关、电源插座、门、铰链和把手，所以最初进展得相当顺利。但我妈开始坚决拒绝操持家务，最终，打扫、做饭、洗衣服这些任务都落到了爸爸的头上，墙终究是没刷完。直到现在，在戈德霍克路这座宅子里，门厅如同一条只刷了半路赤褐色的隧道，厨房也有三面墙呈赤褐色，客厅墙面只刷到了齐腰的高度。

年幼时，英格丽德会比我更关心物品的好坏状况，但我俩其实都不太在意，家里坏了的东西永远都不会修，毛巾总是湿漉漉的，也很少换。每晚爸爸在烤架里烤肉排时，总是将新的一层锡纸叠放在前一晚用过的那层上，慢慢地，烤箱底部就垒起了油脂和锡箔纸堆成的千层酥。如果我妈妈罕见地下厨，她不会参考任何食谱，烹制出诡异的料理，我们只能从甜椒块的形状来判断这是塔吉锅炖菜还是普罗瓦斯炖菜。甜椒会漂浮在汤里，尝起来像苦涩的番茄，我不得不闭上眼睛，在桌子底下来回摩擦双脚才能把菜吞咽下肚。

*

帕特里克和我小时候是青梅竹马，虽然我们是新婚夫妇，但是我们从不分享早年生活的细节，否则，将演变成一场"谁的童年更悲惨"的竞赛。

有一次我告诉他，我总是生日聚会上最后一个被接走的人，甚至连女主人都会忍不住问，要不我给你父母打个电话。电话铃响了几分钟都无人接听，女主人把听筒换到另一边，和我说不用担心，我们过会儿再试试。于是我帮忙收拾起屋子，留下来一起吃完晚饭和剩下的蛋糕。"简直是煎熬。"我对帕特里克说，"而在我的生日聚会上，我妈连自己都照顾不好，她只会给自己灌酒。"

他伸了个懒腰，假装在活动身体。"从 7 岁到 18 岁，我每一场生日聚会都在学校，是舍监老师给我办的。蛋糕是从戏剧教室的道具展柜里拿出来的，用熟石膏粉做的。"他说，"别伤心，你虽败犹荣。"

*

通常，英格丽德会在载着孩子们出门时给我打电话，她说，这是因为只有在每个孩子都被安全带束缚住时她才能好好说话，如果他们都熟睡了，那简直就是完美世界，这时她的车就成了一辆大号婴儿车。前段时间，她打电话告诉我，她刚刚在公园遇到一个女人，那女人刚和她丈夫离婚了，两人各分得孩子一半的抚养权。女人告诉她，他们约定在周日早上交接孩子，这样他们就各自拥有一天的周末时间。她会在周六晚上一个人去电影院，最近她发现，她的前夫也会在周日晚上一个人去电影院，而且通常他们看的是同一部电影。英格丽德说他们上次看的都是《X战警：第一战》。"玛莎，说真的，你听说过比这还郁闷的事吗？按我说，干脆复合啊，大家都时日无多。"

在整个童年时期，我父母大概每半年就会分开一次。他们的分开总有预兆，家里气氛会在一夜之间急转直下，尽管我和英格丽德从来不清楚他们分开的原因是什么，但出于本能，我们知道高声说话或打探内情绝对是不明智的，也不能在地板上踢踢踏踏地走。爸爸会将他的换洗衣物和打字机装进洗衣篮里，然后搬到街尾的奥林匹亚酒店，给自己订一个带早餐的单人间。

我妈妈会整日整夜待在花园尽头的旧物改造工棚里，而我和英格丽德则独自留守在屋里。第一夜，英格丽德会把她的床铺拖到我房间里，我们躺在床上，各睡一头。透过开着的窗户，金属工具被扔掷在水泥地上的噪声和我妈边工作边哼哼的刺耳民谣音乐会传进房间，吵得我们睡不着觉。

白天，妈妈让我和英格丽德把那棕色沙发搬过去，这样她就能躺在沙发上补觉。她工作棚的门上常年钉着一块牌匾，写着："女孩们，敲门之前，问问自己，是十万火急的事情吗？"尽管如此，我在上学前还是会进去收拾下碗碟茶杯，清理掉越来越多的空酒瓶，免得让英格丽德看见。我一直以为是我动作足够轻，因此一次也没有吵醒妈妈。

我不记得我们害不害怕，有没有想过这次爸爸是不是真的不回来了，不知道能不能自然而然地学会"我妈的男朋友""东西落在我爸家了"这些说辞，像班上那些声称喜欢过两次圣诞节的同学那样若无其事。我们都不承认自己很担心，就这么一直等着。随着年岁渐长，我们开始把这些日子称为"离家出走日"。

最后，我妈会让我们其中一个到街尾的酒店接爸爸回家，而事后她会佯装生气地说，谁让你们接他的，多此一举，尽管由始至终都是她的主意。我爸一回家，她会抵着洗碗槽，和他亲吻起来，她的手一路伸进他衬衫的背后，而我和妹妹就在一旁看着，手足无措。之后没人会提起这件事，除非只是开玩笑。紧接着我们家就会恢复往日的热闹。

*

帕特里克的所有套头毛衣都在手肘处破了洞，连那些没穿多久的也是这样。衬衫的领子总是一边翻在外面，一边掖进毛衣圆领里。尽管他时不时就整理一下，但衬衫的下摆总是在腰部露出。他才刚理过发，三天后就又要理发了。他的手是我见过的最好看的手。

除了经常把父亲赶出去，组织聚会是我妈对我们家庭生活的主要贡献，这一点让我们心甘情愿地原谅她的种种缺点，尤其是在我们了解其他人的妈妈之后。从周五晚到周日早上，参加聚会的人不断涌进我们家，纷纷攘攘。据我妈的说法，他们都是伦敦西区的艺术界名流，但是只要你和艺术扯上点关系，似乎就能进场，比如能容忍烟草味，或者拥有一件乐器。

尽管是在寒冬，屋里所有窗户都大开着，屋里依然闷热拥挤，弥漫着烟草味。没人让我和英格丽德离场，也没人逼我们上床睡觉。整个通宵，我们就在房间里进出穿梭，推搡着拥挤的人群——男人穿着长靴或连体衣工作服，戴着女士首饰，女人将衬裙外穿，套在脏牛仔裤外，脚上踩着马丁靴。我们也没想去哪儿，只是想离人群越近越好。

如果他们让我们凑近点聊聊天，我们就尽量让自己在对话中显得诙谐有趣。有的人把我们当成成年人，有的人则在我们没讲笑话的时候朝着我们笑。当他们要找烟灰缸，想再拿一瓶酒，或者突然想在凌晨3点吃炒鸡蛋而找平底锅时，我和英格丽德都会抢着帮忙。

最后，我和妹妹都睡着了，从来不是睡在床上，但总会睡在一起。醒来后，屋里一片狼藉，在未被"翁布里亚日出"粉刷过的墙上还有些即兴创作的手绘画。最后一幅杰作仍留在卫生间的墙面上，还好画像已经褪色，免得人在洗澡时会被中间的裸体画像分神，盯着那条用短缩透视法画出的左臂看。英格丽德和我第一次看见这幅画时，一度担心这是妈妈的自画像。

在那些夜晚里，我们的妈妈，嘴直接对着瓶口喝酒，叼着从别人嘴里拿来的香烟，对着天花板吐烟圈，仰着头放声大笑，独自跳着舞。那会儿她还留着长发，保留着自然生长的发色，身上也没有赘肉。她穿着薄衬裙，披着狐狸皮裘，腿上裹着黑色长袜，没有穿鞋。头上偶尔会戴一条丝巾。

通常来说，我爸爸会在房间的角落里和别人聊天；偶尔，他也会端着一杯什么东西，操着地方口音，吟诵《古舟子咏》，身边围簇着一小群赞赏他的人。不管怎样，只要我妈妈在开始跳舞时喊爸爸来陪她，爸爸都会放下手头的事，陪她跳舞。

他会努力跟上她的舞步，在她旋转到站立不稳时紧抓住她。爸爸比她高得多——这也是我记忆中，他看起来很高大伟岸的场景。

我无法形容妈妈当时的样子，也难以描述她在我心目中的形象，当时我只想知道她有多大名气。大家纷纷往后退让，看着她独自起舞，但她的舞姿仅限于不停地旋转，用双臂搂住自己的身体，或者把手高举过头顶挥舞，像在模仿海藻随浪摇曳。

终于她精疲力竭，疲软地倒在父亲的怀里，但一旦看到我们在人群的边缘，就又兴奋不已地大喊："我的女孩们！快到这来！"我和英格丽德总会拒绝，唯独有一次，我们走上前和他们一起跳，我们感觉到，身材高大的爸爸和险些摔倒的、风趣的妈妈深爱着我们，围观的人群也很喜欢我们一家四口，尽管我们不认识在场的人。

回想起来，我妈妈也不太可能认识他们——她举办聚会的目的，似乎就是让家里挤满非凡的陌生人，同时也让她自己在人群中显得与众不同，而不是一个住在开锁匠楼上的平凡人。对她而言，仅在家里的三个人面前彰显自己的卓尔不凡，是远远不够的。

*

我住在牛津时，有一段时间，我妈会给我发不带任何主题的短邮件。最后一封说道："泰特美术馆在打探我的作品。"自从我离开家后，爸爸会给我复印其他作家的作品，并邮寄过来。打开包裹，将复印的书页抵在玻璃窗上，书页如同灰色的蝴蝶翅膀，书页中间的大片黑色阴影就像它的身体。这些复印件我全都保留下来了。

他最近寄来的是拉尔夫·艾里森的作品。复印件上，他用彩色铅笔高亮标注出一行字——"故事开头里面就包含着结尾，但是说来，结尾还远着呢"。在这句话旁边的空白处留有一行小字，是他的笔迹："也许对你有帮助，玛莎。"那会儿，帕特里克刚离我而去。我在同一页的顶部写下："现在就是故事的结尾，而我早已忘了开头，这才是重点。"我把书页寄回给他。

几天后，书页又寄回来了。他只补充了一句："你可以再试试吗?"

1993年，在我16岁那年，我遇见了帕特里克。那天是圣诞节，我们都在姨妈家。他站在铺设了黑白格子地砖的门厅里，穿着全套校服，拿着一个手提旅行包。和他一起的还有奥利弗，姨妈家的二儿子。我刚洗完澡，正要下楼帮忙摆桌子，然后出发去教堂。

　　我的家人从来没有在贝尔格莱维亚以外的地方过圣诞节。温森要求我们在平安夜留下来过夜，她说这样会更有节日气氛。当然她没说破的是，这样我们就不会在圣诞节当天迟到。比如原定早上8点吃早餐，而我们一家四口会在11点半才到。我妈说，这是贝尔格莱维亚标准时间。

　　我和英格丽德在表妹贾丝明的房间里打地铺。贾丝明是温森高龄时才生的孩子，比奥利弗小五岁。大人不在旁时，奥利弗说她是个"意外"，如果大人在场，他就改口说她是个"神奇的惊喜"。直到他长大后，才意识到自己也是个惊喜——他哥哥尼古拉斯是领养的。姨妈和罗兰姨父结婚四年后，姨妈始终没有怀上孩子，其中原因无人讨论，可能也无从知晓。我妈说，无论是什么原因，对他俩来说，烦琐的领养法律程序肯定比在卧室里埋头苦干要好得多。

尼古拉斯和我同龄，姨父姨妈领养他时，他本名不叫尼古拉斯。家里除了简单提了下他的出身外，没人讨论过和他出身相关的其他细节。但我曾听姨父说过，在英国领养婴儿，只要你领养过一个黄色人种的孩子，之后再领养孩子时就可以随意选择自己喜欢的肤色的孩子。说这话，他儿子刚好听见了。我也听尼古拉斯当着他父亲的面说过，"如果当年你和妈妈再坚持一下，可能你就只需要养两个白人小孩了。"帕特里克来我们家的第一年，尼古拉斯开始变得我行我素，叛逆不羁。

奥利弗和帕特里克同岁，他们13岁那年，在同一所苏格兰的寄宿学校读书（帕特里克是从7岁起就在那所学校上学的）。奥利弗在圣诞节放假后，本应在平安夜坐飞机到家，他却错过了航班，只好赶了一趟通宵列车到帕丁顿，再由家长开车接回家。罗兰开着黑色奔驰到帕丁顿接奥利弗——我妈把这台奔驰叫作"那辆破车"——结果，他接回来两个人。

我从楼梯上走下来，看见姨父连外套都没脱，就开始训斥奥利弗，说他没经任何人同意就擅自把朋友带到家里过圣诞节。我走到半路停了下来，继续旁观。在听罗兰训话时，帕特里克捏着套头毛衣的下摆，把褶边卷起又松开。

奥利弗说："我和你说过了，他爸忘了给他订回家的机票。那我该怎么办，把他丢在学校和舍监老师一起过节吗？"

罗兰压低嗓门骂了一句，然后转向帕特里克。"我想知道，什么样的父亲会在圣诞节忘记给自己的儿子订回家的机票。该死的新加坡。"

奥利弗说:"应该是香港。"

罗兰没理他,接着问帕特里克:"你母亲呢?"

"他没有母亲。"奥利弗看向帕特里克,看到他还在捏着套头毛衣的下摆,一声不吭。

罗兰动作缓慢地解开围巾,把它挂好,和奥利弗说他妈妈在厨房。"我建议你最好进去帮点忙,"然后转向帕特里克,"还有你,你刚才说你叫什么名字来着?"

他回答说:"帕特里克·弗里尔,先生。"那语气听起来像是在提问。

"听着,帕特里克·弗里尔先生,既然你已经来了,就别再哭哭啼啼了。把你那该死的包放下吧。"他让帕特里克称呼他为吉尔霍利先生,称呼奥利弗的母亲为吉尔霍利太太,然后扬长而去。

我继续从楼梯往下走。他们同时抬头看向我。"那是我表姐,叫玛莎。"奥利弗说道,然后抓住帕特里克的袖子,拉着他走到通往楼下厨房的楼梯。

*

几个月前,英国时任首相撒切尔夫人搬进了广场另一边的一栋联排别墅。温森在每一次谈话中都有意无意地提到这件事。圣诞节当天,她在早餐时提了两次,在我们准备去教堂时又提了一次。教堂在广场的这一边,相比于首相家,我姨父姨妈家离教堂更近。

我们注意到（后来慢慢就视而不见了），姨妈每谈及一个重要的话题时，她都会扬起下巴，紧闭双眼；讲到关键处，她会突然睁开眼睛，双眼凸出鼓胀，就像刚从梦中惊醒；临近尾声时，鼻翼翕动，鼻孔大张着吸入空气，憋气的时间长到令人担忧，最后才慢慢呼气。比如在撒切尔夫人这个例子中，她在提及撒切尔夫人选了广场"不够好的一边"时，就总会睁开双眼。这惹恼了我妈，在去教堂的路上，她扯着嗓门问温森："为什么不径直走到教堂，非得带着我们绕着广场兜一圈？"

我们一回来，我妈就把百果馅饼拿出屋外，想分给驻守在撒切尔夫人家门前的警卫员，回来时她手上的盘子是空的。我妈告诉温森，警卫员不能收这些甜点，所以她就在回来的路上把所有馅饼都倒进了垃圾箱。为了制作馅饼，温森早在四月就自制了水果内馅，她只好强颜欢笑地听我妈说完。

*

午餐前，我换了一件米奇套头衫和一条黑色自行车骑行短裤，光着脚走进了餐厅——我之所以印象深刻，是因为我在找自己座位时，温森提醒我，我还有时间上楼把衣服换回来，因为在圣诞大餐上，身着莱卡面料的服装太不合乎礼节，另外我上楼后最好找双鞋子穿上。我妈妈说道："是呀，玛莎，万一我们闲聊时，撒切尔夫人从没那么好的广场那边散步过来了，那怎么办？这让我们面子往哪儿搁？"说着，她从罗兰手里接过一杯酒。

他看着她把酒杯一饮而尽，说道："天哪，温森，这又不是药，至少假装一下你很享受吧。"

她的确很享受，但我和英格丽德并没有。家里有聚会时，喝酒后的妈妈总能给我们带来无尽欢乐。但随着我们慢慢长大，妈妈也年纪渐长，这种欢乐逐渐消失。现在，无论在场的人是否有趣，甚至无论有没有人在场，她都要喝酒。而喝酒这件事，在贝尔格莱维亚的别墅里从来就不是娱乐消遣，姨父姨妈喝酒时并不会表现出情绪的波动，也是在这里，我和英格丽德才意识到，酒瓶是可以重新盖上瓶塞、保存起来的，杯中的酒是没必要一次都喝完的。那天结束后，温森双膝跪地，双手伏在我妈妈座位旁边的地板上，擦拭着洒落在地毯上的酒渍。这一幕让我们难堪，我们的妈妈让我们难堪。

我们都落座后，温森让大家开始传递餐盘，并要求餐盘必须沿着餐桌从右边传向左边。大人和孩子分坐餐桌的两头，坐在一端的罗兰问坐在另一端的帕特里克是不是混血儿。奥利弗说："爸，你怎么能问这样的问题。"

罗兰说："怎么不能，我刚就问了。"然后无所顾忌地直视着帕特里克。帕特里克顺从地回答说，他爸爸出生在美国，但他是苏格兰裔，他妈妈——说到这时，他声音有些颤抖——他妈妈是印度裔英国人。

我姨父说道，这样的话，既然帕特里克的父母都不是英国人，那从口音上看，帕特里克听起来比他儿子聪明，真是奇怪。尼古拉斯低声嘀咕了句天哪。他爸听到后让他离开餐厅，但他并没有动身。我妈有次和我们说，在尼古拉斯成长的关键时期，温森和罗兰没有对他们的大儿子严加管教。这话从她口中说出来，让我和英格丽德颇感诧异，因为她自己从来就没管教过我们。

温森装出活跃轻松的语气，问帕特里克父母叫什么名字。他回答说，父亲叫克里斯托弗·弗里尔，母亲叫尼娜，说后半句时，他的声音小得几乎听不见。罗兰面前摆着姨妈给他分好的火鸡肉，他把火鸡皮撕下来，切成小份，一片片喂给坐在他脚边的惠比特犬。他几周前刚养的这只狗，名为瓦格纳，可惜的是，只有等他解释完这个名字的德语发音和拼写，把单词写下来展示给大家看，大家才能听懂他的笑话。那天早上吃早餐时，我妈妈说，她宁愿听一个小提琴初学者演奏整部《尼伯龙根的指环》[1]歌剧，也不愿意听这只狗整夜在板条箱里哀号。

罗兰又问帕特里克，你父亲做什么工作。帕特里克说爸爸在一家欧洲银行上班，但他不记得具体是哪家了。姨父猛灌了一大口盛在杯子里的液体，问道："说说看，你母亲发生什么事了？"

餐盘传递了一圈，我们都取好了餐食，但是没有人开动，因为大家都在隔着桌子交谈。帕特里克努力控制住情绪，强忍着没哭。他解释道，母亲在他7岁时在酒店泳池溺亡了。罗兰说了句真不幸，然后抖开餐巾，表明饭前采访告一段落。奥利弗和尼古拉斯立刻拿起餐具，如同听到发令枪响一样开始猛吃。他们把头埋进餐盘中，左臂环绕着盘子，呈现出护食的姿态，同时右手拿着叉子将食

---

1 《尼伯龙根的指环》(Der Ring Des Nibelungen) 是德国音乐家理查德·瓦格纳(Richard Wagner)作曲及编剧的一部大型乐剧,又称 Ring Cycle。此处是玛莎妈妈借同名音乐家的作品来开姨父玩笑。

物大口大口地往嘴里塞。帕特里克的吃相和他们一模一样。

帕特里克的母亲葬礼结束后一周，他就被父亲送到寄宿学校，也就是这位父亲，忘记给自己儿子订回家的机票。

几分钟后，在大人们谈话的间歇，帕特里克停下吃饭的动作，抬起头说了句，"我妈妈是位医生。"但当时，在场的人都没有问过他，他说话的语气，就像自己一度忘记了，然后刚刚才想起来。

我猜，我爸是因为不想让罗兰重启这个话题，或者转向更糟糕的话题，所以才会想到给全桌人解释忒修斯悖论[1]。他说，这是在1世纪提出的哲学难题：如果一艘木船在横渡大洋的航程中，船上的每一块木板都被更换了，那当它到达彼岸时，还是原来的那艘船吗？因为我们谁也不理解他在说什么，所以他换了一种问法："罗兰现在用的香皂，还是他在1980年买的那块吗？还是说，已经是一块全新的肥皂了？"我妈说这是"皇室牌香皂悖论"，然后越过我爸，拿起已经打开的酒瓶。

*

在午餐快结束时，温森邀请我们移步到正式客厅，算是"开启圣诞节的序幕"。也正是此时，我和英格丽德发现，我俩赖以生存的微薄生活费，并非来自我们的父母。

那时，我们都在一所严格筛选生源的私立女校上学。开学第一

1　忒修斯悖论亦称为忒修斯之船，是一种有关身份更替的悖论。假定某物体的构成要素被置换后，但它依旧是原来的物体吗？

天，一个比我大的女孩告诉我，我的考试成绩排名第二，而排在我前面的女生在假期里离世了，所以我拿到了奖学金。

校服清单长达五页纸，还是双面打印。我妈妈靠在桌旁，细数着各项着装要求，她边念边笑，让我紧张不安。"冬季袜子，配有校徽。夏季袜子，配有校徽。运动袜，配有校徽。泳衣，配有校徽。泳帽，配有校徽。卫生巾，配有校徽。"她把清单扔到餐具柜上，说道："玛莎，别这副表情，我开玩笑的。我保证没人会规定你用哪种型号的卫生巾。"

因为英格丽德没有申请到奖学金，所以我爸妈本来想让她到家附近一所男女同校的免费高中上学。英格丽德和我们说，学校会给女生提供两种校服，一种是普通校服，另一种是孕妇专用。但在最后一刻，我爸妈改变主意，让我俩上同一所学校。我妈说她卖掉了一件作品。英格丽德和我做了个庆祝蛋糕。

那个平安夜，在去往贝尔格莱维亚的路上，我们问妈妈为什么她不喜欢温森。因为在出发前的几个小时，她一直不肯收拾准备。每年的这个时候，她都会威胁说，我爸越催她，她就越不着急，越不愿意动身。后来我们费尽口舌、软磨硬泡后，她终于答应出门。她告诉我们，因为温森控制欲很强，非常注重外表，对房屋装修和大型聚会近乎痴迷，无论有没有姐妹关系，她都无法与这样一个人和谐共处。

尽管如此，我妈妈总是为大家准备昂贵的礼物——人人有份，给温森的更是准备得倍加用心。温森拆礼物时，她总是将包装纸撕开一个小口，瞥一眼里面的礼物，然后试着将胶带重新粘上，说礼物太贵重了。而以往，我妈会愤愤然离开，这时英格丽德就会说点风趣的话打圆场，缓和一下气氛。然而今年，妈妈留在原地，摊开双手问道："为什么，温森？为什么你从不发自内心地感谢我送给你的礼物？"

姨妈看起来异常尴尬，她扫视着整个房间，想找到一个聚焦点。罗兰按照传统惯例，给姨妈送了一张马莎百货的20英镑代金券。他说道："因为这是我们的钱，西莉亚。"

我和英格丽德坐在同一张扶手椅上，摸到了彼此的手。她双手发烫，紧紧攥住我的手。妈妈踉跄着站起来，说道："好吧，罗兰，有赢就有输，有得必有失嘛[1]。"她说完后，自顾自地笑着走出门外。

还是青少年的我们，根本没有想过，一个才思枯竭的诗人和一个没什么名气的雕刻家是挣不到钱的。我们那些配有校徽的泳衣，连同上学时的吃穿用度，都是由姨父姨妈出资的。我妈一走出房门，英格丽德就问温森："是什么礼物？无论是什么我都想要，只要不是雕塑就行。"就这样，一切又像什么事都没发生。

*

在贝尔格莱维亚，有个惯例是孩子们按照年龄顺序，由小到大

1　此处，玛莎妈妈的原话是"Win some, lose some"，可翻译为"有得必有失"的意思；而姨妈温森的英文名正是 Winsome，拆分成"win"和"some"两个单词后意为"赢了一些；得到了一些"。由此可见，"Win some"和"Winsome"一语双关，因此妈妈觉得自己很幽默。

依次拆礼物。贾丝明是第一个，而我和尼古拉斯排到最后。快轮到奥利弗时，温森离开了一会儿，然后拿着一份礼物回来了，趁大家不注意时将礼物放在圣诞树下。过了一会儿，她拿起礼物说："帕特里克，这是给你的。"他大为错愕。礼物是某一期漫画年刊。英格丽德看到礼物时，低声说了句"真没劲"，但帕特里克拆开后，抬头感谢我姨妈，我还从没看见过哪个男孩像他那样笑得如此灿烂。

当时没人知道他会来，但是为什么还会有一份写着他名字的礼物，这对帕特里克来说一直是个谜。直到多年以后，我们正打包行囊，准备搬去牛津，帕特里克从书架上找到这本年刊，问我还记不记得。他说："这是我小时候收到的最棒的礼物。真不知道温森是怎么给我准备的。"

"帕特里克，这是从她的应急礼物柜里拿的。"

他似乎有点沮丧，说道："但还是很棒。"然后他站在那开始读起来，直到我把书从他手里拿过来。

*

帕特里克来我们家的第一年，我只和他说过一次话。那天下午，我们出门闲逛，走走停停到了海德公园，在肯辛顿花园附近的小径上溜达。大人们让我们四处转悠，这样罗兰就能在相对安静的环境下观看女王的演讲。之所以说是"相对安静"，是因为从航拍温莎城堡的第一个镜头开始，到女王演讲结束，我妈妈都会喋喋不休地怒斥君主制，同时，我爸则会翻阅他给自己买的圣诞节礼物，大声朗读书中的内容。

英格丽德和我正走在帕特里克身后，快走到公园主干道的尽头时，他突然停下，朝奥利弗刚扔向他的网球猛扑过去。我妹来不及停下脚步，被他伸展开来的手臂撞到了胸部。她骂了一句，说帕特里克弄疼了她的胸。他看起来很愧疚，连声道歉。我告诉他没什么事，要避开英格丽德的胸部也挺难的。他再次道歉，然后向前跑去。

帕特里克第二年又来了，但这次是温森邀请的，因为他父亲再婚了，娶了一个名为辛西娅的美籍华裔诉讼律师，正在度蜜月。那一年我17岁，帕特里克14岁。他和奥利弗出现在厨房时，我和他打了个招呼。他站在门边，手指又在卷套头毛衣的下摆，等着我表弟在厨房找什么东西。

那一天，我们上楼都待在贾丝明的房间，坐在没铺好的充气床垫上。只有尼古拉斯走到窗前，从口袋里掏出一根烟，是那种手卷烟，卷得有点松散，甚至快散开了。贾丝明当时才9岁，当尼古拉斯想要点烟时，她挥着手哭了起来。

英格丽德说："没人觉得你很酷，尼古拉斯，"然后把贾丝明拉过来，让她坐到我俩之间，"那看起来就跟卫生纸卷着茶包似的。"

我跟他说，要不要给你点胶带黏牢点啊？我转过头，问贾丝明想不想看个把戏。她点点头，英格丽德用套头毛衣的袖子给她擦了擦脸。我当时还戴着牙套，在众目睽睽之下，我让舌头在脸颊下的口腔里游走。一秒后，我把嘴圈成O形，然后一根橡皮筋从嘴里弹射而出。橡皮筋打在了帕特里克的手背上。他犹疑地看了好一阵子，然后小心翼翼地把它捻了起来。

回家后，英格丽德跑到我的房间，我们把所有的礼物都堆放在地板上，看看谁收到的礼物更多，并把礼物分成"喜欢的"和"不喜欢的"两堆，尽管我们早过了玩这种游戏的年纪了。她告诉我，她看见帕特里克把我丢了的橡皮筋放到自己口袋里了，他还以为没人留意到。"这说明他爱你。"

我说她太恶心了。"他还是个孩子。"

"等你要结婚的时候，这个年龄差就不是问题了。"

我装出要呕的样子。

英格丽德说了句"帕特里克爱玛莎"，然后将那盘《1993年金曲合辑》从"不喜欢的"礼物堆里挑出来，放进CD播放机里。

那是我脑子里的小型炸弹爆炸前的最后一个圣诞节。故事开头里就包含着结尾。帕特里克往后每年都会来我们家。

在我的 A Level 法语考试开考那天，我醒来后发现双手和手臂都毫无知觉。我仰卧着，任由眼泪从眼角流出，划过太阳穴，打湿了头发。我起床走进卫生间，从镜子里看到嘴唇周围泛起一圈深紫色，像一块不明淤青。我止不住地颤抖起来。

考试时，我无法阅读试卷的文字，只能呆坐在座位上，盯着试卷首页直至考试结束，答卷上空空如也。我一回到家，就上楼躲在书桌下，像一只濒死的小动物一样，本能地意识到自己时日无多。

我在那儿藏了好些天，最初每天的活动是下楼吃饭、上卫生间，最后只剩下上卫生间。我过上昼夜颠倒的生活，夜里无法入睡，白天无法醒来。我感觉皮肤上爬满了我看不见的东西，还惧怕噪声。英格丽德经常到我的房间，乞求我不要表现得这么奇怪。我请她离开，别靠近我，然后我就会听到她在门厅大喊："妈，玛莎又躲到桌子底下了。"

我妈一开始很体恤我的感受，她端水给我喝，尝试了用不同的方式哄我下楼。但时间一久，她就不耐烦了，英格丽德再喊她时，她回应道："玛莎想走出来的时候自然会出来的。"她不再来我的房间，除了有一次她带着胡佛吸尘器进来打扫。她假装没看见我，但故意用吸尘器在我的脚周围清扫。这是我印象中唯一一次我妈和做家务有关联的回忆。

*

在我爸的嘱咐下，戈德霍克路的聚会终于消停了。我爸告诉我妈，等我情况好转后再办吧。她说："好的，谁要找乐子呢？"话音刚落，她就剪了短发，还染成自然界里鲜见的发色。

据说，我的病让我妈压力倍增，这是她逐渐变胖的原因。英格丽德说，如果这都说得通的话，那她开始穿棉麻布裙也得算在我头上。那些裙子不显腰线，由棉布或亚麻布缝制而成，全是千篇一律的紫色。布块层层叠叠地套在她身上，不平整的裙摆垂至脚踝，如同两个铺上餐布的桌角。自那以后，她始终坚持着这种穿衣风格，只是她每增重10千克，就往身上多覆上一层。现在她基本上是球形身材，所以给人的印象是，许多张毯子被随意地扔在一个鸟笼上。

在我生病之前，我妈给我起的绰号是哼哼，因为我小时候经常唱歌，唱的是自由散漫、没有调子、自己编的曲子。我一起床就开始唱，一直唱到有人把我叫停。我对唱歌的这些记忆大多来自其他人的说法——有人说，我在去往康沃尔郡的六小时车程中唱着对桃子罐头的喜爱，也有人说，歌讲述的是一只失去妈妈的小狗或一支丢失的毡头笔，我甚至被这首歌感动得落泪，有一次我难过地在浴缸里吐了起来。

对此我唯一的记忆是，我在花园里，坐在我妈工作棚外那片未经修剪的草地上，唱着我脚上扎到一根刺。我妈的歌声从棚里传出："到我这来，哼哼，我帮你拔出来。"我生病后，我妈就不再叫我哼哼，改口为"我们的常驻评论家"。

英格丽德说妈妈一直都有撒泼的潜质，是我把她这方面的潜质激发出来。

*

去年，我买了一副我不需要的眼镜，因为验光师在给我做眼科检查时从滚轮凳子上摔了下来。他看起来非常窘迫，于是我就故意把字母读错。那副眼镜现在还在副驾驶座的杂物箱里，原封不动地放在袋子里。

*

我一开始犯病时，我爸就坐在我房间的地板上，倚靠着床边，陪我熬夜。他主动提出给我读诗，如果我不想听，他就会用很平和的声音讲一些无关的事，不需要我做出回应。他从来不穿睡衣，我想，这是因为只要他不换衣服，我们就能假装现在才刚刚入夜，我们在做很平常的事。

但我知道他非常焦虑，同时，因为我对自己的所作所为感到羞愧，一个月后，我仍不知道要怎么控制这个势头，于是我让他带我去看医生。在去往诊所的路上，我全程躺在后座上。

医生问了我父亲一些问题，而我坐在他旁边的椅子上，低头盯着地板。医生总结说，根据疲乏、面色苍白、情绪低落这些表现，我很有可能是得了腺热，没必要验血。同样，他也没给我开出对症药物——腺热病发后，只能等症状自行缓解——但他说，有的女生也喜欢吃点药，比如口服铁片。说完，他便拍了拍大腿，站了起来。把我们送到门口时，他朝我的方向点了下头，暗示我爸："显然有人亲了男孩子。"

在回家的路上，父亲中途停下来给我买了个冰激凌，我很想吃，却吃不下，于是在后半程里，他只能把融化的冰激凌一直举在车窗外。走到我家的前门时，他停下来和我说，与其直接回房间，不如到他的书房去休息一下。那是临街的第一个房间，他提议我不妨换个环境。我知道，他说的环境是指他书桌下的狭窄空间，但他没有明说。他说他自己有事要忙，咱俩不一定要聊天。我答应了，因为我知道他希望我答应，也因为我刚从人行道上爬了六级台阶才走到家门，我需要坐下来喘口气，才能上楼回房间。

我在门口等着，看着我爸把棕色沙发上的书和纸张都挪开。此前那张沙发又被搬进来了，抵在前窗的墙根下。他想尽快收拾干净，情急之中，书从他怀里滑落到地上。他好像担心如果耗时太久，我就会改变主意，转身离开。在那之前，我一直觉得我不应该走进书房，但在这等候的几分钟，我意识到我会有这种想法，纯粹是因为我妈说过，如果不是迫不得已，谁愿意进那个房间？全屋所有房间里，我妈最嫌弃的就是我爸的书房，因为她觉得房间里充斥着徒劳无益的气息。

他一整理完，我就走进去侧身躺下，头靠在沙发低矮的扶手上，面朝着他的桌子。我爸绕到椅子前坐下，调整下已经装入打字机的纸，搓了搓手掌。以前，每当我听到他打字的声音从房子的另一头传来，或者在我出门时经过他紧闭的房门，我都会想象出他一脸痛苦煎熬的表情，因为他走出书房给我们烤排骨时，总是满脸倦容。但是，一旦他开始用食指敲击键盘，他的脸上就洋溢着专属于他的幸福感。才刚过一分钟，他似乎已经忘记了我的存在。我躺卧着，观察着他。他会在每行的末尾处稍作停顿，把刚写下的内容默念一遍，时常面露微笑。接着，他用左手啪地猛击一下拉杆，字车便归位到起始位置，同时滚筒转动，换至下一行。他又搓了搓手，继续敲下新一行字。敲键时，打字机发出的并不是尖锐的噼啪声，而是沉闷的抨击声。我并没有被噪声搅得心烦意乱，相反，他循环往复的打字操作和他的存在本身让我平静下来，我开始昏昏欲睡。那是一种想和真正活出自我的人共处的感觉。

*

自那天起，我每天都在爸爸的书房里度过。一段时间后，我不再躺在沙发上，而是坐起来看着窗外的街道。一天，我在沙发坐垫的间隙里找到了一支笔，于是漫不经心地在胳膊上涂涂画画。我爸看见后，起身拿了几张纸和一本《牛津英语大词典（简编本）》，走了过来。他动作很轻，在我旁边坐了一会儿，然后沿着白纸的左侧边缘依次写下了字母表，让我以每个字母为首，分别写出一个单词，这些单词需要连成只有一句话的故事。他说，词典只是让我垫着写的，然后就回到书桌前。

我写了上百个这样的故事。直到现在它们还存放在一个盒子里，但我只记得其中一个，因为当时我写完后，我爸说终有一天，这篇故事[1] 会被评为我毕生作品的巅峰之作。

在

芭芭拉

备受争议的

离婚后，

所有人

都感受到

真正的

痛苦，

包括

名正言顺的

亲属

离开时，

悲痛地

---

1 下文采取纵向排列的布局，每一行对应原文中依序排列的一个单词，个别词组因中文语序需要，稍有微调。原文单词串联成句为："After Barbara's contentious divorce, everyone felt genuinely hurt, including justifiably kin left melancholically noting or perhaps questioning rumours suggesting that, unannounced, Vincent'd wedanu xorious young Zimbabwean."

提及，

又或者

可能是

怀疑

一些传闻，

传言

称，

文森特已经

秘而不宣地

娶了一个

备受宠爱的

津巴布韦

年轻姑娘。

直到现在，我偶尔失眠时，都在心里用单词编造故事。K往往是最难的。

*

在我留在书房的日子里，英格丽德的一个朋友过来串门。她告诉我，现在她每天都冥想，那个冥想软件改变了她的生活。我想问问她过往的生活是怎样的，现在又是怎样的。

*

9月份的时候我感觉还不错。我和我爸商量后，决定是时候回大学了。但我只有在书房里和他独处时，状态才比较稳定。刚开始时，我连一节课都无法坚持下来。我连续几天逃课，到后来发展到几周不去上课。在家时，我又开始缩回到书桌下的逼仄角落里。快到学期末，院长给我开了留校察看的处分。他还给了我一本介绍压力管理的小册子，告诉我，如果我还打算1月份回校上课的话，我得在考试中出色发挥。我应该在假期里认真思考一下。我走出他办公室时，他对我说："每一批学生里，总有一两个像你这样的人。"最后他祝我圣诞快乐。

＊

在戈德霍克路这幢房子的最顶层有一个铁制露台，但我们从不上去，因为铁架早已生锈，与墙体焊接的部分也开始松动。假期里的某个晚上，我跑到露台上，光脚踩在铁架上，隔着栏杆凝视着四层楼下面那黑色的长方形花园。

我的一举一动都很痛苦。我的脚掌、胸腔、心脏、肺部、头皮、指节和颧骨，每个器官都疼痛难忍。说话、呼吸、哭泣、吃饭、读书、听音乐、与他人共处一室或独自一人也会让我难受。我在露台上待了很久，当风偶尔吹过时，脚下的露台摇摇欲坠，感觉自己不由自主地想往下跳。

正常人会说，他们无法想象这种感觉有多可怕，竟然会让人难受到产生自杀的念头。我不想费力解释，这并不是你想自杀，而是你很清楚，自己本不该存活于这个世界，那种倦怠感足以钻心刺骨，让人惶恐不安。活着，是一个反常怪异的事实，一个你最终必须修正的事实。

*

帕特里克对我说过最刻薄的话是："有时候，我都怀疑你是不是真的喜欢现在这种状态。"

*

最后，我退回到屋里，因为我不想别人议论我爸，说他不是个好父亲，也不想英格丽德因此考试不及格，更不想我妈有一天把我自杀这件事变成她的艺术作品。

但帕特里克是唯一一个知道主要原因的人，因为这个原因，是我脑海中出现过的最糟糕的想法。我回到屋里，是因为，哪怕我身处那种状态，我仍觉得自己聪明、独特和智力异于常人，无论做什么事情，我都出类拔萃，我才不是什么"每一批学生里总会出现的那类人"。我回到屋里，是因为我的傲气。

有一次，我在一篇趣味食物专栏文章中提到，帕尔玛火腿太平庸乏味了。杂志出版后，一位读者给我发电子邮件，说我的文章流露出一种令人不适的优越感，而她会继续享受帕尔玛火腿的美味。我把邮件打印出来，给帕特里克看。他站在那里一边读信，一边用一只胳膊搂着我的肩膀。读完后，他把我拉入怀中，俯视着我的头顶说："我很欣慰。"

我说："因为她不会因此放弃火腿吗？"

"因为你那令人不适的优越感，"他解释说，这是你仍能存活于世的原因。

好吧，这可能也不是我脑海中出现过的最糟糕的想法。但至少能排进前100。

*

英格丽德对我说过最刻薄的话是："你简直就是妈妈的翻版。"

*

几个月前，英格丽德打电话给我，说她开始用淡斑霜来祛除脸上出现的棕色色斑。在包装的背面，写着"适用于绝大部分存在色斑问题的部位。"

我问她，她是不是觉得这也能解决我的性格问题。

她说："可能吧，但它也没办法根治问题。"

*

我走上露台的那晚过去之后，我问我爸能不能见见别的医生。我告诉了他事情的原委。他当时正在厨房里吃着水煮蛋，听完后他倏地站了起来，椅子一下往后倾翻。他紧紧抱住我，很久都没有松手。然后他让我稍等一下，他在书房某处找到一个便签本，上面写了一列医生的名单。

我们从名单中选择了一位医生，因为她是名单中唯一的女性。她从一排立式文件中抽出一份塑封的问卷，手握一支红色白板笔，开始读表单上的问题。问卷上填涂过别人的答案，哪怕字迹已经擦掉，塑封上还是留下了淡淡的粉红色。"你无缘无故感到难过的频率是'总是'，'有时'，'很少'，还是'从来没有'？"听完我的回答，她回应道："好的，'总是'。"我每回答一个问题，她会追加一句"好的，又是'总是'""这一个问题也是'总是'""至于这个问题，我猜答案还是'总是'吧？"

最后她说："好吧，我想也没有太大必要算分评级了，我们基本可以肯定……"她给我开了抗抑郁药的处方，紧接着说这种药是"专门为青少年调配的"，语气像是在描述一款去痘痤疮膏。

我爸请她详细解释一下这种药和成人专用的药有什么不同。医生坐在办公椅上，踩着碎步，将椅子转到我爸面前，然后放低声音说："这种药对性欲的影响小一些。"

我爸露出痛苦的表情，说："啊。"

医生依然面向我爸，继续说道："我推测，她应该有性行为了。"

她继续轻声解释说，虽然前面提过，药物对性欲影响较小，但是建议我仍需采取更加谨慎的避孕措施，以免意外怀孕，因为药物会对胎儿发育产生不良影响。她希望我们能明确了解这点风险。话说到这，我想立刻逃离现场。

父亲点点头，医生说道："明白就好。"她把办公椅再次移到我面前，说话声音比正常音量稍大，以此营造出她刚才说的话我都没听见的假象。她说，吃药后可能会出现持续两周的头痛症状，还可能觉得口干，但几周过后，从前的玛莎就会回来了。

她把处方单递给我爸。我们起身离开时，她还寒暄起来，问我们圣诞节要准备的东西是否都采购完了。她说她还没开始买呢，节日来得真是一年比一年快。

开车回家的路上，我爸问我为什么哭了，是跟平常一样状态不好，还是因为其他什么特殊的原因。

我说："因为'胎儿'这个词。"

"我想问，"他的手紧抓着方向盘，指关节都发白了，"她的推测，对吗？"

"我没有。"

车停在一家药房门前。我爸说我不用下车，他花不了多长时间。

*

胶囊是深深浅浅的棕色，因为剂量小，我需要服用6粒，但我必须循序渐进，在两周内慢慢将药量增加到这个数量。医生也希望我们明确了解这一点。尽管如此，我还是决定从一开始就服用足量，所以一到家，我就跑进卫生间。英格丽德正在里面剪刘海，她停下手，眼看着我试图将6粒药一次性塞进嘴里。我没有成功，把药吐了出来。她说："嘿，我是你的老朋友甜饼怪！"然后假装一遍遍地把药都塞回嘴里，大喊道："我要饼干！"

含在嘴里的药有种塑料的口感，吞咽后留下一股洗发水的味道。我往洗手槽里吐了口唾沫就想离开，但英格丽德让我多待一会儿。我们爬进空浴缸里，背靠着浴缸的一头，双腿紧挨着对方的一侧。她谈论起日常，模仿着妈妈的言谈举止。真希望我能笑出来，因为看着我面无表情，她很难过。最后她离开浴缸，在镜子前检查她的刘海剪得如何。她大喊道："天哪，我的刘海又长了。"

每次我要吞服药片时，就在心里默念，我要饼干。

*

英格丽德的四个孩子里，我最喜欢的是老二，因为他容易害羞慌张。他还有个习惯，自从他学会走路，他总会用手握着一些东西，比如妈妈的裙摆、哥哥的大腿、桌子的边缘等。有一次，他和他爸爸哈米什并排走着的时候，我看到他努力把小手向上够，用指尖勾住爸爸的口袋，三步并作两步地走，好跟上爸爸的步伐。

一天，我哄他上床睡觉时，我问他为什么总喜欢在手里抓点东西。说话那会儿他手里正抓着睡觉时盖的法兰绒毯子。

他说，"我不喜欢。"

我问他那为什么还这么做呢。

"这样我就不会沉下去，"他神色紧张地看着我，似乎在担心我会嘲笑他，"妈妈会找不到我的。"

我告诉他，我理解那种感觉，那种不想沉没的感觉。他拿起那张法兰绒毯子的一角，问我需不需要；如果需要，他可以让给我。

"我知道你肯定会给我的，但我没事啦。谢谢你，贴心宝贝。"

他依然抓着毯子，轻柔地伸出小手，拉扯着我的发梢，让我的脸凑得更近一些。他低声说："其实我有两条一模一样的。"如果我改变主意了，我可以告诉他。说完，他翻过身睡着了，另一只手仍握住我的拇指。

我的头痛持续了两周，可能还有点口干。平安夜那天，我的头仍然在痛，便告诉我妈，我不太舒服，不想在贝尔格莱维亚过夜，也不想去过圣诞节。

　　当时，我们四个人都在厨房里。我们已经迟到了，所以我爸干脆把几页《泰晤士报文学增刊》铺在地板上，方便他擦鞋——不是他马上要出门穿的鞋，而是他所有的鞋。而我妈则刚决定要洗个澡，浴室与厨房一门之隔，传出往浴缸放水的哗哗水声。她穿着一件破旧的丝质和服式浴袍，但袍带总是松开。英格丽德正站在桌旁包装礼物，她动作麻利，只是包得很一般。我妈的浴袍一松开，她就停下来，用双手捂住眼睛，闷声叫着，仿佛刚在一场工厂爆炸中弄瞎了双眼。我什么也没做，只是坐在角落里的梯子上，看着他们。

　　我妈妈走进浴室，拿出一个洗衣篮。我看着她把礼物装进篮子里，隐约听见她说，如果只有我们想去贝尔格莱维亚的时候才需要去，那她只会去一回。我被那个洗衣篮分神了，那是我爸搬去奥林匹亚酒店暂居时带的洗衣篮。

我瞥了瞥我爸，他正用厨房卷纸蘸着棕色鞋油擦他的黑皮鞋。他最近很少外出，看着他这么精心地为出门作准备，多少有点奇怪。尽管我妈喊他载她出门，或者英格丽德求他开车送她，他都不答应。他拒绝的理由五花八门——要等编辑的电话，忘记把驾照放哪儿了，各种各样的挂号信——我妈感觉这些借口似真非真，觉得他很明显是在逃避照顾我们的责任。

她喊了声玛莎。我朝她眨了眨眼。"你听到我说话了吗？"

我说："听到了，不过我可以独自一个人留在家里。"

"我们都想独自留在家里。"她说她已经有好几个月没体验过这种独处的快乐了，然后瞥了我爸一眼。我恍然大悟。我怎么从来没想过，自从我上过露台之后，我爸再也没有让我独处过。

他看起来疲惫不堪。我妈开了一瓶酒带进浴室，经过收音机时顺手将它打开了。

*

几个小时后，我们上了车，驱车前往贝尔格莱维亚。装满礼物的洗衣篮放在英格丽德的腿上，而我把头靠在她的肩膀上。只有温森仍在等候我们的到来。她气到对我妈视若无睹，至于对我爸，她也只是应付地点了点头。她吻了我和英格丽德，然后告诉我她在小休息室的沙发上给我专门铺了一张小床，也就是我表兄妹称为影音室的房间，在地下厨房的隔壁。她说："你爸今早打电话说，你身体不舒服，可能不太想和别人睡一个房间。"现在她看见我的状态了，我确实显得很憔悴。

我一早上都没出去。没有人强迫我出房门。英格丽德知道我不会吃早饭，但还是把饭菜端到了房间。她说我至少得喝口茶。

我已经清醒了好几个小时，没有感受到过去几个月来会蚕食掉我意识的那种恐惧，那种会耗尽心神的悲伤也没有随之而来。在黑暗中，我躺着不动，屏息等待着，我在怀疑，它们是不是在别的房间醒来了。

英格丽德出去后，我坐起来，听到了厨房里的吵闹声和收音机里的圣诞颂歌，听到我的表弟们嗵嗵嗵上下楼的脚步声，听到罗兰经过房门时吹响的颤音口哨。我并不因此胆战心惊，相反，这些噪声让我心神安宁，就连楼上房门被猛地关上时发出尖锐突兀的声音、瓦格纳狂躁的犬吠声都能让我觉得心安。我在想，我的病情是不是好转了。我喝了茶。

接近9点时，门厅传来嘈杂声。喧闹声达到顶峰后，屋子几乎陷入一片静寂中。唯一没有去教堂的那个人将收音机从吟唱圣诞颂歌的频道调到另一频道，频道里一个男人的声音正在阅读戏剧剧本。我知道，留下的这个人是我爸。

*

我刚听到他们回来的声音，贾丝明就敲响了房门。那年她10岁，打扮得像女王的孙女。家人们让她来转告我午饭准备好了，还

48

说如果我不想上楼吃饭也没关系。

"或者，"她身上的衣服绷得太紧，她挠了挠，说"如果你想在房间里吃也可以，我们给你带一份进来。"

我说我什么都不需要。她眼睛斜瞥了一下，似乎认为我神经错乱，便转身离开，也没关房门。我起身想去关门，发现帕特里克在门外徘徊。他比去年高了一英尺[1]，跟我打招呼的声音和我想象中的完全不一样，我笑了。

气氛有点尴尬，他不好意思地垂下了眼睛。当时我身上只套着一身从家里穿来的运动休闲裤和卫衣，但我把胸罩脱了，这会儿我突然意识到了。我把双臂交叉在胸前，问他在这里干吗。他摆弄了一下左右手的袖口，说他本来是要给他爸爸打电话的，罗兰告诉他可以用影音室里的电话，但后来贾丝明跟他说我在房间里。

"我可以出来。"

帕特里克说没关系，他可以找别的电话。他突然匆匆往两旁扫视了一下，似乎害怕我姨父会突然出现。我往边上让了半步，他就冲进了房间。

他和他爸大概聊了一两分钟，他的回答全是嗯嗯啊啊的单音节词。我一直等在门外，直到他说完再见。他站在放电话的桌子旁，眼神空洞地盯着挂在电话上方的一幅画，画里画的是一只狮子在追捕一匹马。过了一会儿，他留意到我进来了，道歉说自己花了太长时间。我以为他会就此离开，但他却站在一旁。我走回沙发旁，坐

1　1英尺=0.304 8米。——译者注

在沙发盖布上，在胸前抱了一只抱枕，默默祈祷着他会离开，这样我就能重新躺下来了。可他一直待在那儿，没有离开的意思。我实在想不出别的问题，便问了一句："学校怎么样？"

"很好，"他转过身来，停顿了一下，然后说道，"很遗憾你生病了。"

我耸了耸肩，从抱枕的拉链缝隙里抽出一根线头。虽然他已经和我们过了三个圣诞节，我始终没有和他单独聊过天，此前的对话无非都是几点了、他拿进厨房的餐盘要摆在哪里之类的。过了一阵，他还没有要离开的意思，我就接着说："你肯定很想你爸。"

他笑着点点头，明显表明了他并不想。"那你想你妈妈吗？"我一说完，他神色骤变，脸上流露出难以名状的情绪，更像是一片茫然的空白。他走到窗户旁，背对着我，双手垂在身旁，沉默良久，最终说出一句"是啊"，听着不像是在回应什么问题。他的肩膀随着沉重的呼吸上下起伏，我感到很愧疚，我从来没想过，他作为家里唯一的外人，会感到多么孤独，每年和别人的家人过圣诞节并非他所愿，而是一种耻辱。

我挪动了一下，问道："她是什么样的人？"

他留在窗边。"她真的很好。"

"你还记得有关她的具体事吗？你当年是7岁？"

"没什么印象了。"

我又从抱枕里抽了根线头。"太令人难过了。"

帕特里克终于转过身来，平静地说，他唯一一个不是从照片里得来的回忆，是他妈妈去世前，他俩在家里的厨房。他想吃苹果，他妈妈递给他时，顺带问了句，你需要我替你咬开第一口吗？

"我也不知道为什么会记得这事。"

"你那时多大？"

"5岁左右吧。"

我说："那会儿你可能都没长门牙。"

他脸上的表情难以形容，或者说，是百感交集。随后，他离开了。

*

从我家那幢高级住宅步行一两分钟就可以走到一家咖啡店，我以往每天早上都会光顾一趟。咖啡师很年轻，长得像某个名人。有天他给我的咖啡盖上盖子时，我开了个玩笑。令人失望的是，他回应了几句轻佻的话。于是，那一周里，我每天都得跟他调侃打趣。这种关系很快变得劳神费力，所以我决定去另一家更远的咖啡店，虽然那儿的咖啡质量稍差，但是我不用多费唇舌。

*

房间里又只剩下我一个人。我从沙发上起来，想找点书看看。咖啡桌上只有一本《广播时报》杂志和一本《惠比特犬养育全书（全新校编版）》，我姨妈的写字台上还摆着些散页乐谱。

我知道姨妈"在少不更事的16岁时"就被皇家音乐学院录取了，因为据我妈的描述，她曾趴在我的婴儿床边小声说过。这件事情并没有让我觉得姨妈特别出类拔萃。我从来没有想过，她有一个住在海边的阴郁母亲和迷茫彷徨的父亲，家里还一贫如洗。在这种家庭背景下，她到底是如何突围而出的。我拿起乐谱翻阅起来，惊讶于音符的密集程度。我这才想起，自己记忆中并没有听过她弹奏乐曲。对于客厅里摆放的三角钢琴，我唯一的印象是不能在上面放水、饮料或其他湿的东西。

正当我站在那儿时，门半开了，温森端着一个托盘慢慢挤进来。她系着一条被洗碗水打湿的围裙。我放下乐谱，向她道歉，但她看出我刚拿着的是乐谱，看起来十分欣喜。我告诉她，我从来没见过如此复杂的乐谱。她说，那只是一些巴赫的老曲子，但似乎不情愿将话题转移到托盘和餐食上，直到她发现我显然无话可接时，才聊起吃饭的话题。

我回到沙发上坐下。据她所说，端来的都是些剩菜，但当她把托盘放在我大腿上时，我立刻发现那是一顿微型版的全套圣诞午餐，食物整齐地摆放在主菜盘中，餐盘旁边的亚麻布餐巾上放着亮银打造的餐巾环，配有一只盛着起泡葡萄汁的水晶杯。泪水打湿了我的眼眶。温森见状，立即说如果我不喜欢，不必逼着自己吃。自夏天开始，光是看见食物就让我难以忍受，但这不是现在我只能盯着这个托盘看的原因。让我动容的是姨妈精心安排的细节中透露出的关爱，是静物摆设的美好。现在回想起来，还有从极小一部分大脑组织中构筑起的安全感。

我姨妈说道，好吧，或者我回头再来，然后转身离开。

她走到房门时，我听到自己的声音说道："留下来。"

温森不是我妈妈，但她让我感受到了母爱——这个词显然不能用来描述我妈——我不想她离开。她问道，我是不是还需要点什么。

52

我说，不是，语速很慢，试图编造出一个不让她离开的理由。"我在想——我的意思是，在你进来之前，我在想你上大学的事。我在想是不是有谁给过你帮助。"

她说："没有任何人帮过我！"我拿起小叉子，挑起一只小土豆，接着问她那是怎么做到的。她动作轻柔而利落地回到房间，坐在我试着给她收拾平整的一处空间，开始讲述自己的故事。她沉浸于讲述中，完全没有留意到我把叉子插进土豆里，像吃冰激凌一样啃着吃。她平时是绝对不允许自家孩子用这种方式吃饭的。

她说，她是在学校礼堂里自学的钢琴。有人用铅笔把音名写在了琴键上，到她12岁时，她已经练习完图书馆里所有考级教材上的曲目，开始写信索取活页乐谱。皇家音乐学院和伦敦南肯辛顿街区亲王道的校址总是印在乐谱背面，随着时间推移，她强烈渴望看看这些乐谱诞生的地方。15岁那年，她一个人去了伦敦，唯一的行程就是站在学校大楼前仰望，然后再坐返程火车回家。但当她看到学生们穿着黑衣，提着乐器盒进进出出时，羡慕之情油然而生，甚至有点难过。不知哪来的勇气，她径直迈进校门，在服务台咨询怎么申请。她拿到一张表格，回家后，她先用铅笔打稿，再用钢笔抄写，当晚就填写完毕。两周后，她收到了试演邀请。

我打断了她，问道，她没有参加过任何考级考试，怎么能证明自己的水平？

姨妈闭上眼睛，抬起下巴，深吸了一口气，然后睁开眼睛说："我瞎编了。"呼气时，她带着满满的自豪感。

试演当天，她演奏得毫无瑕疵。随后，考官让她出示考级证书，她只能如实交代。"我预想过自己会被警察带走，但是，"温森说道,"他们得知我从来没接受过专业训练后,就当场录取了我。"她将双手合在一起,叠放在大腿上。

我放下叉子。"如果我走出房间,你能弹首曲子吗?"她推托说琴技都生疏了,但依然立刻站了起来,把托盘从我腿上拿开了。

我起身问她需不需要桌上的乐谱。姨妈笑了笑,领着我走出房门。

*

她让我坐下来,我看着她掀开琴盖,调整琴凳,先抬起柔软的手腕,再带动手指,向上抬起手臂,悬停几秒后再自然落于琴键上。我没听出来她弹的乐曲,但从她演奏的第一小节开始,家里其他人便鱼贯而入,连男孩们和我妈妈都进来了。

大家都沉默不语。乐曲如天籁之音,悠扬动听。

那是一种生理性的震撼,像是温水缓缓冲洗着伤口,先是疼痛,而后是净化和疗愈。英格丽德走了进来,和我挤在一张椅子上。这时,温森弹奏的节奏越来越快,乐曲不像是她现场演奏的。我妹妹惊呼天啊。一连串和弦猛烈地倾泻而下,曲子的速度突然放慢,似乎预示着一曲终结,但柳暗花明的是,姨妈在最后几小节自然过渡至《平安夜!圣善夜!》的开头旋律。

对温森的印象是我妈灌输给我的——我一直觉得她年纪大,拘于礼数,缺乏内在的生命力,也没啥有趣的爱好。这是我第一次从自己的视角去观察她。温森是细心体贴的成年人,她喜欢事情有条不紊地发生,懂得鉴赏美,并努力将这份井然和美好馈赠给别人。

此时，她抬起双眼望向天花板，面带微笑。她依然穿着那条湿围裙。

第一个大声说话的人是罗兰。他最后一个进来，站在壁炉前，胳膊肘支在壁炉架上，像在摆好姿势，让画师给他画一幅全身像油画。他大喊着说来首欢快的曲子，于是温森利索地切换到《普世欢腾》的曲调。

我妈哼唱起来，中断了姨妈的演奏——她唱的是自己编的曲子，姨妈没法给她伴奏。她唱歌的声音越来越大，最后温森即兴创作了一个结尾，手便从钢琴上移开了，托词说可能快到女王演讲的时间了。但我妈说，大家正玩得尽兴呢。"我得和大家说说，"我妈说道，"在我十几岁的时候，我姐非常笃定地认为自己会扬名天下，她过去练琴时常常将头转向一边——是吧，温森——为将来边演奏边望向台下观众做准备。"温森勉强地笑了笑，罗兰此时说了句对啊，然后就让所有在女王加冕礼之后出生的人离开。这没有太大必要，因为英格丽德、我的表弟们和帕特里克在我妈开口时就已经起身往外走了。我也站起来走到客厅门口。我想向温森道歉，但当我经过她身边时，我只是紧盯着地板，然后走回楼下的房间。直到家人离开之前，我都没有再出过那个房门。在车后座上，英格丽德告诉我她已经帮我拆了礼物。她说："太多没意思的东西，都得归到'不喜欢的'那堆。"

我并没有好转。我只是放了几天圣诞假。我再回到贝尔格莱维亚时，钢琴合上了，盖上了防尘罩。

＊

一月，我回到大学校园，参加考试。哲学基础（一）的期末论文可以带回家写，于是我就坐在我爸书房的地板上写，用那本牛津词典垫着。

任课老师批阅后把论文发回来，在文末加了这样的评语："你文笔细腻，却沉默寡言。"我爸读了论文，说道："同意。别人自视过高，而你善刀而藏。"[1]

玛莎·朱丽叶·罗素长眠于此

1977年11月25日 – 待定

她，善刀而藏。

＊

我服药一个月后，药起效了，但我并没有感觉到过去的玛莎回来了。我不再感到压抑。我整天都情绪高涨，觉得没什么事情能吓到我，一切都有趣得很。第二学期开学后，我回到学校，被药效逼着和班上所有人成了朋友。一个女生说："真奇怪，你太有趣了。我们原来都以为你很不好相处。"她旁边的男生接过话说："他们是这么想的，但我们只觉得你有点冷漠。""重点是，"女孩接着说，

1　原文为 I think you chewed more than you bit off。此处是对英语谚语"to bite off more than one can chew"的改写，原来谚语意思是"自不量力；心有余而力不足；急于求成"。

"你一整年都没和任何人说过话。"英格丽德说我躲在桌子底下时还正常些。

*

我的处分撤销后，院长给我指派了一名博士生，让他帮我"查漏补缺"。结果，我把自己的第一次给了这个博士生，事后我就离开了他的公寓。当时还是冬天，虽然是下午，但天色已经暗了下来。走在街上，我只看到推着婴儿车的宝妈们。她们像是从四面八方汇聚于此，参加一场游行。在街灯光线的投射下，婴儿们的脸如月色般苍白，略带着一抹淡橘色。他们哭喊着，扭动着，挣扎着，想摆脱安全带的束缚，但徒劳无功。我走进博姿药房，药剂师一副不以为然的样子，告诉我"需要凭借处方才能买事后避孕药，这又不是头痛药，不过，这条路的尽头有家诊所，无需预约；如果他是我，就会直接去那"。

我等了好几个小时才见到一位似乎不比我大不了多少的医生，她安慰我说，我正好处在"最佳窗口期"。她说只是打个比方，然后就被自己逗笑了。

当晚，我没有照常服抗抑郁药。往后的一天又一天我都没有服，直到后来我干脆断药了。给我开药的医生没有明确说明这种药的副作用，也说不清楚药效会"在体内持续多久"。但我脑子里充斥着的画面全都是她压低声音说的"性欲"这个词。

所以，我每天都做早孕检查，直到我来例假。尽管我在事中事后都采取了避孕措施，尽管每次验孕棒都显示为阴性，但我始终坚信自己怀上了一个不断扭动着身体、脸色苍白如月光的婴儿。例假来的那天早上，我坐在浴缸边上，因自己的如释重负感到难过。

断药之后，我一点也兴奋不起来。无论是哪一个我，我都不觉得压抑。我就是，没这种感觉。

*

我告诉英格丽德我和那个博士生睡了，但隐瞒了之后发生的一切，生怕她笑我患了妄想症。她说："哇，看来你找到了自己的缺漏，还填补上了。"她问我第一次是什么感觉，我把它描述得天花乱坠，因为她说，她热切渴望着自己的缺漏得到填补。

*

我毕业后很久，才在《服饰与美容》（Vogue）杂志社找到一份工作。他们要创办一个网站，而我在申请表里提到，我不仅是一名具备学历背景的哲学家，还精通互联网技术。英格丽德说，我能得到这份工作是因为我长得高。

入职的前一天，我去了肯辛顿高街上的水石书店，找到一本关于HTML的书。我一直站在过道上看，因为书的封面是一片明亮刺眼的黄色，我无法容忍自己成为它的主人。书晦涩难懂，我怄着气离开了。

除了我，还有另一个做网站的女孩。我们的工位是一个由置物架隔成的小隔间，离做杂志内容的同事很远，但我俩挨得很近，近得不合乎常理。后来发现，我们都不想打扰对方，因此我学会了如何吃苹果而不发出半点声响——我会把苹果切成十六小份，把每一片含在嘴里，直到果肉像华夫饼一样融化在唾液中。而每当她的电话响铃时，她都第一时间扑向听筒，把听筒举到离电话支架2厘米的地方，然后直接放回原位，中断它的响铃。电话不可能是打给我们的，因为没人知道我们在这里。我们把这地儿称为"圈养待宰小牛的板条箱"。

入职半年后，我就瘦了20多斤。英格丽德说，虽然我骨瘦如柴，但还是挺美的，然后问我能不能给她也找份工作。我并没有刻意地减肥——后来有人告诉我，到这上班的每个人都变轻了，似乎大家都在潜意识地期待着，有一天我们走进公司，发现所有的门都被改动过，只有身材合适的女孩才能通过。类似于机场的随身行李测量器，只有尺寸合规的手提行李才放得下。

我喜欢这份工作。他们最终发现我并不精通互联网技术，于是把我安排到楼下的《家居世界》[1]杂志社，我开始用细腻的文笔写起关于椅子的文章，变得沉默寡言。英格丽德说，凭借我刻苦耐劳的精神，我终于使自己的职业生涯稳步下滑。在完成 A Level 考试后，英格丽德在一所区域性大学的市场营销专业念了一年，但她觉得上了大学反而让她比刚入学时还要愚笨，所以她搬回了伦敦，成了一名模特经纪人。她刚怀孕就选择了辞职，再也没有重返职场，

---

1 《家居世界》(*The World of Interiors*)，英国室内设计杂志，世界上较具影响力的室内设计和装饰杂志之一，创刊于1981年。

因为她说，为了每天花9个小时看着那些BMI值[1]为负值的16岁东欧小女孩，她还得花钱请保姆，她图什么啊。

*

有一年假期，我读了《金钱：绝命书》[2]，在读到第30页时，我发现自己读不懂马丁·艾米斯。书中主角是一个嗜烟如命的烟鬼。他说："我又开始抽下一支烟。除非我特别说明，否则我总是在抽下一支烟。"[3]

在二十多岁的一少部分时间，以及三十多岁的大部分时间里，我都体验到不同程度的抑郁，轻微、中度或严重，持续时长可能是一周、两周、半年，甚至是一整年，这种情况毫无例外，除非我特别说明。我21岁生日那天开始写日记，自以为写的是自己的生活。至今我还保留着这些日记，但它读起来就像是心理医生叮嘱我写的日记，用来记录抑郁发作、平息或预感即将发作的情况（我总是有这样的预感）。这是我日记里唯一的主题。但抑郁发作的时间间隔很长，让我错以为每次发作都是相互独立的，都有与当时情境相关的特定原因，尽管大部分情况下我都很难找出原因。

---

1 BMI指数,简称体重指数,是国际上常用的衡量人体胖瘦程度以及是否健康的标准。

2 原书名为 *Money*,作者是英国作家马丁·艾米斯(Martin Amis),该书入选《时代》杂志"一百部最佳英语小说"之列。

3 作者原注: Unless I specifically tell you otherwise, I was always smoking another cigarette. *Money*, by Martin Amis.

事后，我总以为类似情况不会再发生。当抑郁再次发作时，我会去看不同的医生，得出不同的诊断，就像我在凑齐一个大集合。最初还只是吃几颗药，后来发展成专科医生研配的药片组合。他们说，就像拨号盘也需要微调和修正，"试错"这个词也频频出现在他们嘴边。有一次，英格丽德在厨房做早餐，她看着我把一大堆药丸和胶囊配到一个碗中，说道："这看着很饱腹。"她还问我要不要泡在牛奶里。

我也被这些药片组合吓到了。我讨厌被药盒塞得满满当当的浴室橱柜，讨厌吃了一半胶囊的折弯铝塑板和散落在水槽里的铝箔片，更讨厌胶囊卡在喉咙里那种难以下咽的感觉。但是医生给我开的药，我概不拒绝。如果吃了药反而不舒服，或者吃了药病情好转，我都会自行停药。但大多数情况下，吃药之后我没啥感觉。

这是我最后不再服用任何药物，也不再看那么多医生的原因，很长一段时间后，我就完全不用看病了。这也解释了为什么所有人——包括我父母、英格丽德和帕特里克——都同意我的自行诊断，他们觉得我只是很难与人相处、过分敏感，这是这些断断续续发作的情绪障碍的病因。

我的第一任丈夫名为乔纳森·斯特朗。他是一位艺术品经纪人，主营田园主题艺术品方向，专为收藏家们寻找和发现有投资价值的艺术品。那年我25岁，仍然保持着在《服饰与美容》杂志社工作时的体重。我俩是在《家居世界》杂志社主编举办的一个夏日派对上相识的。那位主编60多岁，头发花白，用时装界的行话说，他对天鹅绒有着特殊的偏爱。他的名字是佩里格林，办公室的同事说，他的名字在社交网页上出现得太高频，因此那家杂志社的所有电脑都为他的名字设了键盘快捷键。当他得知我妈妈是雕塑家西莉亚·巴里时，他立即邀请我共进午餐，个中缘由是，虽然面对我妈的作品他不为所动（除了这些作品会偶尔引起他极大的反感），但是他关心艺术家、艺术、美和为美癫狂，他认为我和这四个主题都关联密切，很有意思。

　　在佩里格林吃完他的生蚝之前，我早就聊完了自己事前准备的内容，但接下来的一周，乃至之后的每一周，他都会邀请我共进午餐，因为他自述被我讲述的童年故事深深打动了——那些家庭聚会、爸爸在平衡艺术事业和家庭事务上所受的煎熬、夭折的大作、翁布里亚日出和锡箔纸千层酥。大多数时候，他都因我与疯狂擦肩而过激动不已。他说，他不相信任何一个未曾精神崩溃过的人，每个人至少会经历一次。他自己的精神崩溃发生在30年前，毫无悬念地，这场崩溃导致了他婚姻的崩塌。

我和他分享了我爸教我的字母表故事游戏，佩里格林一听到就跃跃欲试。自那以后，他一点完菜，我们就把故事写在从他胸前口袋里掏出来的名片上，这自然而然成了我俩的默契。

那天，我创作了一个故事——记不清全部内容了，开头是"青铜铸成的德加令人兴奋[1]"之类的——佩里格林告诉我，我越来越像他从未有过的女儿。他继续解释道，在现实生活中，他有两个女儿，但她们都没有遂他的心愿成为艺术家，而是在大学里读了会计专业。他说，她们就是为了"伤透他这个父亲的心"。即使过去多年，现在他还是难以接受她们选择的生活方式——她们定居在萨里郡邋遢丑陋的区域，住在一幢半独立式房屋里，每天吸尘打扫，去超市采购，最后嫁人了。而佩里格林的日常生活是和一位名为杰里米的老先生共住一屋，共同养着一只名为切尔西的猫咪，所有购物都由杰里米在福南梅森百货完成。

佩里格林说完后，我让他读一下他写的故事。他说："写得一

1　原文为："A Bronze-Cast Degas Excites Feeling"。

般般，但既然你想听，那就如你所愿好了。贝尔纳能轻松消化的，只有法式腌猪后腿。他的肠液……[1]"就在此时，服务员端上我们点的生蚝，打断了他的故事。

*

有段时期，英格丽德的大儿子喜欢自己设计菜单。她给我发过一些照片，其中一份菜单上，他是这样写的：

1. 红酒套餐，20元

2. 白酒套餐，20元

3. 鸡尾酒套餐，10元

英格丽德给我发消息说，她点了大份的3号套餐，因为这可是最划算的。

*

正是佩里格林在那年的夏日派对上让我留意到乔纳森。一年后，佩里格林请我原谅他，说自己"无意中为你编排了一段灾难性的双人舞"。

1　原文为："All Bernard Can Digest Easily, French Gammon. His Intestinal Juices － "。

64

当时，乔纳森站在房间中央，正和三名穿着相仿的金发女郎聊天。佩里格林说她们仨都有麻烦了，要么会被花言巧语冲昏头脑，要么被引诱着买下一幅风景画。他道了个歉，说他必须得离开一阵子，去跟某个无趣的人寒暄。

我走向露台时，从乔纳森身边经过，感觉到他转过身，目光一直追随着我。当我走回屋里，回到刚和佩里格林聊天的地方时，乔纳森欠身离开他的同伴。看着他穿过人群向我走来，我承认泛起了一股厌恶之情，因为他的发型看起来油腻潮湿（虽然头发并没有打湿），也因为他从服务员的托盘里顺手拿了两杯香槟，却没有向服务员致谢。他把其中一杯递到我手中，与此同时，撸起晚礼服的袖子，故意露出他的劳力士的腕表。

因为他只给我俩留了几英寸的距离，所以他只需微微一倾，便可碰到我酒杯的边缘。他说道："我是乔纳森·斯特朗，但我更关心你是谁。"

一分钟后，我就缴械投降了。他浑身散发着挥霍不尽的能量，显得朝气蓬勃，无论他与谁交谈，对方总听得如痴如醉，不自觉地陶醉于他吹捧自己魅力无限的戏言之中。我告诉他，他的眼眸如同维多利亚时期的孩子那般明亮，但在一夜之间，眼里的光会因猩红热而泯灭。他听后，大笑不止。

他对此的回答很俗套——"显然，我的礼服让我看起来像20世纪30年代的电影明星"——我以为他在开玩笑。乔纳森从不开玩笑，但我花了很长时间才意识到这一点。

那段时间我还在服抗抑郁药，在酒精的作用下，我感觉自己不胜酒力，果然，还没喝完乔纳森给我的香槟，我就醉了。我们聊着聊着，两人之间的距离逐渐缩小，直至完全消失，他在我的脸颊上摩挲着、耳语着，我默许了他的吻，纵容着我俩关系进一步发展。然后，我把电话号码给了他，隔天他就约我共进晚餐。

他把我带到切尔西的一家寿司店，有一段时间，他完完全全爱上这家餐厅，不过，后来他又觉得食物在"直送小火车"上不断回转，太幼稚了。那天晚上，我躺在他身旁，和他同床共眠，那一刻，厌恶他的感觉在我内心重新燃起。

我俩结婚后，彼此间产生了深如鸿沟的误解，根源就在于：他觉得我放纵不羁、夜夜笙歌、骨瘦如柴、热爱时尚，是杂志派对的常客，而我怀疑他暗地里使用成瘾物质。

*

晚饭吃到一半时，乔纳森突然发表了一场关于精神疾病和患者的专题演讲，这和我们刚聊着的话题毫不相关。

根据他的经验，那些吵吵嚷嚷说自己有心理障碍的人，要么是竭力让自己显得有趣的无聊之人，要么是把自己的正常生活搞得乌烟瘴气，但却无法接受这个事实的人。这些人落得如此下场，很可能是咎由自取，而非他们口口声声说的童年阴影。

我一言不发，被他的行为分神了——就在乔纳森说话的时候，他从传送带上拿下一碟刺身，揭开盖子，用筷子夹起生鱼片，咬掉一半，冲我做了个鬼脸，然后将剩下的一半放回碟子里，盖上盖子，重新搁在传送带上。

乔纳森继续说道，现在人人都得吃点药，但药效如何呢——普罗大众还是一如既往地悲哀。

我的视线一直没有离开过那碟刺身，它在传送带上继续回转着，在其他食客面前经过。隐隐约约地，我听到他说："也许，与其像嚼巧克力坚果棒那样咀嚼药丸，抱着病情好转的微弱希望，他们还不如振作起来，变得更坚强些。"

我抿了一口清酒——本来我是拒绝喝酒的，但他还是给我斟了一杯清酒——我的视线掠过他肩膀，看到坐在后方的一个男人拿起了乔纳森挑过的那碟刺身，递给了他妻子。她拿起筷子，夹起那片剩下的刺身。我满脸惶恐地看着她吃下去，乔纳森喊了下我，让我稍微定了下神。"我说的没错吧?"

我笑着说："乔纳森，你可真幽默。"他咧嘴一笑，又给我斟满了一杯清酒。几周后，他再次发表了一番关于心理健康的论调。那会儿我已经爱上他了，依然觉得他只是在调侃。

我告诉佩里格林，我开始和乔纳森约会了。他说，他宁愿我被诓骗买下了一幅丑得可怕的画，也不愿意听说我被他骗上了床。

同年夏天，温森在贝尔格莱维亚的别墅给英格丽德办了个生日派对，路上经过哈米什家门口。为了躲避出门扔垃圾的哈米什，英格丽德摔倒在人行道，哈米什一看见她摔倒，就立马把手上的垃圾桶扔在门口，跑过去看她有无大碍。他把她搀扶起来，看见她身上多处擦伤流血，于是提议开车送她去目的地。据英格丽德说，他当时的原话是："我不是一个糟糕的杀人犯。"她说，如果他是想说自己谋杀技术高超，她倒是很愿意搭个便车。

　　把英格丽德送到家后，哈米什同意进门喝一杯，因为我妹妹滔滔不绝地说了一路，他很喜欢。我当时已经到了，英格丽德在向他介绍了我们一家人后，哈米什问起我的工作，我说我在杂志社工作。他说在杂志社工作一定很有意思，然后说自己在政府部门工作，简直太无趣了，没必要细说。英格丽德说，虽然刚刚才知道这事，但她完全赞同。派对还没结束，我就知道这就是她要嫁的人，因为他整晚都围着她打转，无论她聊起什么趣闻怪事，哪怕她说得极其夸张，甚至添油加醋夹杂着谎言和明显的错误，他都不会粗暴打断，提出半点质疑。

他们谈了三年恋爱后，哈米什求婚了，求婚地点选在多塞特郡的一个海滩。因为是一月份，海滩上空无一人。据英格丽德事后描述，当时海风凛冽，沙子如刀割一般刮到身上，哈米什只能全程眯着双眼。

*

我们在一起大约几个星期后，乔纳森就求婚了，为此他专门筹划了一场晚宴。除了一个继姐外，他和自己家人关系疏远，但他把我的家人都邀请过来了：我父母、英格丽德和她带来的哈米什、罗兰、温森、奥利弗、贾丝明和帕特里克，帕特里克是代替尼古拉斯来的，据他们说尼古拉斯远在美国某个特殊农场里。

那晚之前，乔纳森从未见过我的家人。我俩认识的时间太短，他完全没有意识到，对我而言，将如此私密的事情暴露在公众场合下，无异于我14岁时在溜冰场第一次来例假。我希望他向我求婚，但不是在这种场合。后来我理解了，是乔纳森自己需要观众。

他的公寓位于萨瑟克区一座大厦的高层，大厦外观采用玻璃幕墙设计，尽显咄咄逼人的概念感。早在筹建阶段，这座大厦就遭到了当地社区的强烈抗议。室内家具要么被藏匿或嵌入某处，要么被掩饰成别的东西，又或是因为某些故意摆放在那儿的物件，巧妙地让人转移视线。在我摸索清楚各处角落之前，我关掉过无数的嵌板，要么一无所获，要么发现了不少我本没有打算找的或我不该看的东西。

在遇见乔纳森的时候，我还住在家里，因为专职写推销椅子文案的人能挣到的薪水只能勉强够得上五位数。虽然我们在一起之后，他很快就提议我搬进他家，但举办这场晚宴之前，我还是住在家里，因为一想到大楼高耸入云，公寓被巨大宽阔、密不透气的玻璃窗紧紧包围，一种空气稀薄的窒息感便扑面而来。哪怕搬进去，我也坚持不了几个小时，就必须坐上垂直速降的静音电梯到达地面，在人行道上站一段时间，着急忙慌地大口呼吸，完全不符合正念要求的呼吸频率。所以，当晚我是和父母一起来到他公寓的。在幽暗的公寓门厅里，我向乔纳森介绍了我父母。他身穿深蓝色西装，内搭一件解开纽扣的衬衫，看起来像一位颇有声望的房地产经纪人。形成鲜明对比的是，我爸身穿棕色长裤和套头毛衣，像一名流动图书馆车的司机。

他们彼此都意识到这种反差，但是乔纳森主动上前一步，握住我爸的手，说道："诗人！"这一举动化解了尴尬，为双方解了围，还徒增了我对他的倾慕之情。接着，他转过身打量起我妈妈，问道："亲爱的，那我该称你为？"她说自己是雕塑家。乔纳森说他得花点时间来解构她的着装，尽管是戏谑，我妈的心同样被他掳获了。

我们还站在门厅时，其他人也陆续到了。我每说完一个人的名字，他都要重复一遍，就像在学习外语时跟读关键词。称呼对方的同时，他还和每个人握手，足足握了两三秒钟才放手。

最后我介绍了帕特里克，乔纳森说道："对对，校友。"然后引着其他人走进公寓，来到开阔的休闲娱乐区，只剩下我和帕特里克两人留在门厅。

他看起来气色很好，我也是。除此之外，我们都没聊到别的话题。这时乔纳森走回我们身边，说道："你俩，帕特里克，快来快来。"

关于乔纳森记名字这事，虽然我妹妹从未提及，但乔纳森在当晚和她的唯一一次对话中主动解释道，人们总觉得他在记名字上拥有不可思议的天赋，但事实是，他之所以能快速记住人名，是因为他使用了记忆技巧——第一次和对方见面握手时，他会把某些外貌特征和对方的名字联系起来，直至他记住后才会松开手。所以在很长一段时间里，我妹都把他叫作"乔纳森那张丑恶嘴脸"。

英格丽德不待见乔纳森，在他俩见面前，她便从理论上预判自己会对他很反感，见面后，她更是发自肺腑地憎恶他。她是唯一一个对他的影响力免疫的人，后来她告诉我，眼见我们坠入爱河，就如同看着两辆相向而行的汽车同时滑入道路中央的隔离带，但她作为旁观者却无能为力，只能眼睁睁等待着碰撞发生。那天晚上，我妹在一张收据背面列出了一堆证明"乔纳森完全是个祸害"的理由。

*

我并不知道乔纳森会在晚宴上向我求婚，也不曾预料到，他做了一个幻灯片相册，借助照片展示我俩的关系，等气氛烘托到恰到好处时，顺势进入求婚的高潮。大体上，那都是些个人照，或是我拍的他，或是他拍的我，全是用他那台神奇的相机拍的。

一块投影幕布从天花板某个隐藏的凹槽里落下，播放着我俩的照片。幕布再次徐徐上升时，乔纳森挥手示意我走到他身边。

我缓缓站起来的那一刻，看见我爸脸上挂着勉强的微笑，他想帮我，但总是心有余而力不足。我看向英格丽德，她还坐在哈米什的腿上，手臂勾着他的脖子。我望向桌子另一头，姨父姨妈和表弟表妹正窃窃私语，而一旁的帕特里克虽然只隔着一个座位，但看似孤身一人。我看着我妈给自己斟满香槟，有些溅落到酒杯以外，她正含情脉脉地盯着乔纳森。而乔纳森此时站在我面前，张开双臂，似乎在期待拥入某个属于他的大物件。我想成为另一个人。我想属于某一个人。我想改变一切。为了不让他在我家人面前单膝下跪，在他开口之前，我说了句，我愿意。

当下那一秒钟，一片寂静，直到我爸鼓起掌来打破这片紧绷的安静，他像一个刚开始热衷于听古典音乐会的乐迷，犹疑着，不确定该不该在乐章之间鼓掌。其他人也拍起手来，但英格丽德除外，她的眼神在我和乔纳森之间来回游走。我妈坐在英格丽德旁，大声喊道："哎哟喂，玛莎怀孕了！"掌声越来越大，英格丽德猛地转向我妈，说道："什么？她没怀孕。"随即转身问我："你没怀孕吧？"

我说没有，我妈试着打开另一瓶酒，英格丽德握住酒瓶颈，一把从我妈手里夺了过去。她从哈米什的腿上下来，让他接过酒，往我和乔纳森走去。她走过来后，不知怎的让乔纳森顺势挪到一边，她没有和他打招呼，就上前拥抱了我。

此情此景，在座的人都以为我俩姐妹情深，在拥抱道贺。实际发生的情形是，其中一人柔声细语地安慰对方说："别担心，她喝醉了，别理她。"而另一个人听到安慰后，则留在原地，没有因蒙受了羞辱而冲出房间。我的耻辱感并非源自我妈。我没办法告诉英格丽德，就在我妈口不择言之后，乔纳森装出非常惊恐的表情，然后转向我爸，咬牙切齿地说道："她可别吓我！"我爸绷着脸没笑，于是乔纳森就向罗兰重复说了一遍，罗兰笑了，而后全桌人哄堂大笑。

笑声没有持续很久，但大家笑得越来越开怀，我不知道该把目光投向哪里，就一直盯着乔纳森看，他还在笑，笑得额头都渗出了汗珠。

他不想要孩子，我们在寿司店的那晚就聊过。我跟他说我也不想要，他举起酒杯说道："哇，完美的女人。"这件事似乎从一开始就尘埃落定，没有再次提起的必要。这合乎我的心意，但我此时却不开心。怀孕并不好笑，但在场的人都笑个不停。我不想成为母亲，但一旦想到我有可能怀孕，想到我怀孕的样子，大家似乎觉得很滑稽。

笑声此起彼伏，但帕特里克没有笑，只是一脸严肃地坐在位置上。我们目光相遇后，他却微笑了，带着怜悯和同情——至于他因何而笑，我不理解——不过，我的屈辱感在此刻达到巅峰。我的旧日校友为我感到难过。

我和英格丽德松开拥抱之前，我说了声："谢谢，我爱你。"然后扬起头，让所有在场的人都看得见我脸上那一抹明媚的微笑。

他们都从桌子旁站了起来。我和乔纳森重新站到一起，笼罩在大家的祝贺声中。乔纳森说道："谢谢大家。透露一下，我这辈子从未感到如此幸福。老天，看看她！"他牵起我的手，吻了一下。

我快步走进乔纳森的主卧卫生间，惊愕地看着镜子里那个陌生的自己。我的眼睛睁得很大，微笑僵硬得如同死后弥留在遗容上的表情。我用双手揉着脸颊，嘴巴张张合合，笑容才慢慢隐去。我走出卧室时，英格丽德已经回家了。

*

那晚深夜，我打车回到戈德霍克路。乔纳森说他必须上床睡觉了，没法帮我收拾残局，并为此道了歉。他没预料到，制造一场盛大的浪漫会让人如此疲惫不堪。

出租车驶过沃克斯霍尔桥时，英格丽德打电话给我，让我务必听听她认为我不该嫁给他的理由。"这还不是全部，但他从没说过我愿意。他总是把百分之一百挂在嘴边。他把咖啡和音乐列入自己的主要爱好之列。他总在解释自身情况之前说'透露一下'。他说的那些自身情况也很无聊，比如，我爱喝咖啡。在相册里，展示的大多数是他的照片。向你——在所有人中偏偏选中了你——当众求婚。"

我说，够了。

"他根本不了解你。"

我让她别说了。

"在你内心深处，你根本不爱他。你只是有点迷茫。"

我说道："英格丽德，别说了。我清楚自己在做什么。奥利弗已经抢先一步，和我说过这些了。我也不需要你的理由。"

"但谈到孩子时，他说，哈哈，她最好不要吧。"

我说，他是在开玩笑。"他就这样，其实他在心底里真心实意地爱着我。你没听到他随后说的话吗，'老天，看看她'？"

英格丽德说，单凭这一句话、这一件事就足以让我沉醉其中，无条件宽恕他，真是不可思议。

"我知道。"我挂掉电话，坚信她说的"不可思议"，是指"美妙得不可思议"。

随后几周，每当我不得不原谅他时，我感觉自己对他的爱只增不减，他对此也觉得不可思议，最终连我自己也大为惊诧。

*

求婚后的第二天，我问我爸喜不喜欢乔纳森，他是这么回答的："只要我女儿认为一个男人足够好，我就赞同她的看法。"我妈说，在她的设想中，我绝对不会选择乔纳森这种类型的男人，也就是说，她很喜欢他。我说，还真看不出来。尤其是，我们站在门厅里道别时，我妈搂着乔纳森的脖子，一副要邀他共舞的架势；当他凑下身子想亲吻她的脸颊时，两人的头摆错了方向，阴差阳错地擦过彼此的嘴角，我妈因此笑得花枝乱颤。

紧接着那个周末，我搬进了他家。

*

因为英格丽德的孩子长得很像她，所以他们也和我长相相仿。当我推着他们上街时，会有老太太停下来关心我，"你看你拿着太多东西了"，或者说，"你家宝宝长大了，不需要坐婴儿车了"。我说我不是他们的妈妈，但路人们都不相信，于是我就继续走，让他们误以为我就是母亲。

*

乔纳森的卧室有两个配套的浴室。周日早晨，我正在浴室里把药片从铝塑板上挤压到手上，这时他走进来，说我一起床他就觉得空落落的，开始想我了。

在此之前，我们一直躺在床上。乔纳森前一天给自己买了一台昂贵的咖啡机作为订婚礼物，一大早就给自己沏了一小杯意式浓缩咖啡。而我则研究着他在回家路上给我选的订婚戒指，因为戒指太大，他没费什么力气就戴进了我的手指。

现在我俩都在浴室里，他从洗漱台拿起我的东西看，留意到我手上的药片，问我那是什么药。我说是避孕药，然后请他先出去。乔纳森装作很受伤的样子，但还是离开了。我吞下药片，把药板塞回到化妆包的暗格里。

我走出浴室，看见他躺回到床上，靠在他的欧式枕头上，脸上带着一副大彻大悟的表情。他拍拍身旁的床铺，示意我过去。我还没走到床边，他便一把抓住我的手，将我拉到床上。

"玛莎，你知道我刚在想啥？别吃避孕药了，我们生个孩子吧。"

我说，"我不想要孩子。"

"这可是我们的孩子。你想象一下，他能同时拥有我的样貌和你的头脑。还等什么？"

"我没在等。我从来都不想要孩子，你也不要想。"

"好吧，我只是提议一下。"

"你自己说的，"我喊了他的名字，因为他没在留心听，"我们第二次见面时，你就说过你不想要孩子。"

他笑了。"我得抢先一步，有备无患，玛莎。万一你是那种对孩子有着热切渴望的女人……"乔纳森说到一半，突然话锋一转，"想象一下，如果我们生一个女孩，我和我的女儿，不，是女儿们，那得多引人注目。"

从那时起，乔纳森就沉浸于这个想法中不能自拔，就像他的大学朋友打电话来，提议他们去日本滑雪或者租一艘游艇，越快越好。他踢开被子，从床上蹦起来，说自己很有信心，肯定能说服我改变想法，甚至，他可以在去健身房之前速战速决，这样等我改变想法时就已经怀上了。

我笑了。他说他是认真的，然后走到那一排像镜子墙一样的衣柜前。

我的行李箱挡了他的道。箱子敞开着，空无一物，但周围堆放着我来他家那天拿出来的衣物，我还没收拾好。他让我在他出去时整理一下，因为这片衣服散落的区域大得就像一个 TK Maxx 大卖场。

"乔纳森，你去过 TK Maxx 吗？见过他们店里面长什么样？"

"我听说过。"

他拉开衣柜门，边穿衣边说道："我的女儿有可能随你，变得邋里邋遢的，但除此以外，你会成为一位妩媚动人的母亲，令人迷醉。"他跑回床边，亲吻着我，说道："太撩人了。"

他一离开，我就返回浴室，往浴缸里放水。

也正是在我和乔纳森订婚的那晚，在一排商用垃圾桶旁，我得知，帕特里克从1994年起就爱上了我。

我下了楼，期待英格丽德还在街上，但街上空无一人。我走到路对面，站在雨棚下，还没准备好回到楼上。大雨倾盆而下，雨水顺着棚顶从两边落下，啪嗒啪嗒地溅落在人行道上。我在那儿待了几分钟，奥利弗和帕特里克从大堂里走了出来。看见我站在街对面，他们小跑过来，挤在我身旁。奥利弗从夹克口袋里掏出一根烟，用手护着点了火，问我站在这干什么。

我说，在百无聊赖地呼吸。他说，"既然如此"，便把烟放到我嘴里。我吸了一口，把烟气含在嘴里，久久不愿吐出。在唰唰的雨声中，帕特里克说了句恭喜。

奥利弗斜睨了我一眼，说道："是啊，见鬼，这么快就完事。"

我吐出烟雾，说道，是啊。一辆出租车从拐角处驶出，朝我们开了过来，车轮碾过水坑，溅起水花。帕特里克说，其实他是打算下楼偷溜的，说着便立起衣领，跑了出去。

奥利弗把烟接了回去，我把头靠在他肩上，一想到还得回到楼上和人交谈，我感到精疲力竭。

他让我就这么靠着，过了一会儿他说道："所以，你确定要嫁给这个乔纳森？他看起来不是……"

我抬起头，皱着眉头问："不是什么？"

"不是你喜欢的类型。"

我说，他认识乔纳森才两个半小时，我对他的看法没啥兴趣。他又把烟递给我，我接了过来。他的话让我恼火，但我语气里的愠怒更让我郁闷。

帕特里克没能拦下那辆出租车，只好在路对面淋着雨等下一辆。我抽着烟，目视前方，察觉到奥利弗在打量我。一分钟后他说："你显然没有怀孕。既然这样，何必这么着急？"

我开始说道，我又没有和这冲突的计划。正要往下说，一股酸水涌上喉咙，呛得我咳了起来。

艰难地吞咽了几口苦水后，我说："他爱我。"

奥利弗拿回最后一点烟，叼在嘴角说："也不算是什么劲爆新闻了，对吧？快十年了吧？"

我问他在说什么。"我说的是乔纳森。"

他说道："哦，不好意思啊，我以为你在说帕特里克。我以为你早知道了。看来你不知道啊。"

我转过头，直视着他："帕特里克不爱我。奥利弗，别犯傻了。"

他转换成一种慢条斯理、吐字清晰的语气，就像和一个孩子解释某个显而易见的事实。"啊，不是的，他爱你，玛莎。"

"你怎么知道？"

"你怎么能不知道？所有人都看出来了。"

我问他所有人指的是谁。

"我们所有人。你家人，我家人。这是罗素-吉尔霍利家众口相传的事实。"

"他什么时候告诉你的？"

"他不需要告诉我。"

我说，哦，原来如此。"所以他根本没说过，你只是在瞎猜。"

他说不，"这可是……"

"奥利弗，他基本上就是我表弟。我25岁，帕特里克呢，19岁。"

"22岁。而且，无论怎么说，他都不是你表弟。"

我再次望向街对面。帕特里克还是没拦到车，他放弃了，淋着雨埋头往前走去，渐行渐远。

我从未刻意关注他的言谈举止或身材样貌，但与他相关的一切——他肩膀的宽度、背部的轮廓，以及走路的姿态；尤其是走路时，他喜欢伸直胳膊，将双手深深插进口袋，肘部内侧朝前——他此刻的举手投足，我早就熟稔于心，如同我生命中确信无疑的人和事。

帕特里克走到街道的尽头，回过头来朝我们挥了挥手。夜色太深，他的脸模糊不清，但在他继续前行、转过街角消失之前的那一刹那，我感觉他好像只在看我。一瞬间，我意识到，帕特里克是真的爱我，然后下一瞬间，我就恍然大悟，这事儿其实我早就知道了。在晚饭那会儿，他脸上的笑容不是同情和怜悯，这也是为什么我会觉得难以承受——于所有人的嘲笑声中，他在表达爱意。

我说，真真假假都无所谓了，反正现在我爱着乔纳森。奥利弗什么也没说，只抬了抬一侧的眉毛。我说完，冲进雨中，返回楼上。

我和乔纳森的婚礼花了7万英镑，全是他付的钱。我任由他继姐来操办婚礼，她自诩为活动策划能手，并且和乔纳森一样，天生热情洋溢，冲劲十足。她给我发来一封没有任何大写字母的邮件，说自己能帮忙牵桥搭线，能联系上英国顶级私人俱乐部Soho House或者W1区的任意一家酒店，最快一个月就能安排上。她还说自己认识亚历山大麦昆的看门侍应，也和在法国著名时装及奢侈品牌Chloé里上班的大多数女生是同学，就看我喜欢哪个品牌。另外，她不需要像市井小民那样和花店预约档期（花店列表见附件），她只需要走进店里，百分之百能在半小时内将所有事情处理妥当，虽然我在想现在是淡季。

　　我让她全权把控了。最终，我身穿着Chloé，站在Soho House里，手捧从某地空运过来的铃兰花束，对乔纳森说我很幸福，有点像喝了兴奋剂一样飘飘然了。他说自己欣喜若狂，而他确实喝了兴奋剂。

*

帕特里克接受了我的婚礼邀请。而佩里格林和杰里米正在走圣地亚哥朝圣之路，他在信中表达了深深的遗憾，并随信送了一把古董牡蛎刀。

*

我们的蜜月旅行选在伊维萨岛，蜜月期虽然不长，但感觉时间过得缓慢，这也正是我们婚姻的映照。乔纳森说，他还没把我带到他在这世界上最喜欢的地方，这是一种罪过，他向我保证，这个地方并不如传闻中的那样。我说，只要那个地方能让我们远离一切，我就同意去。

在会员休息室候机时，我告诉乔纳森我改变主意了。当时他正靠在一张深扶手椅上，脚搭在面前的矮桌上，读着《金融时报》周末版。

"为时已晚了，亲爱的。我们还有20分钟就要登机了。"

我说，不，"我是说要孩子的事。"

自从他首次提议以来，这六个星期里，他一直坚持不懈地游说我。我这么快就被打动，似乎都在他意料之中。他说既然如此，那我得准备好，在返回伦敦前，我可就肯定怀孕了。他所不知道的是，这些天来，他这么努力说服我改变主意，其实徒劳无功。在我告诉他我在服避孕药的那天，在他去健身房的路上，我就把那些药片扔进马桶里，连同真正的避孕药一并冲掉了。

我本没打算瞒他的，但我往浴缸里放水时，看着镜子，想起乔纳森请我家人来吃晚饭的那天，我那副眼神呆滞、笑容僵硬的表情。我记得他求婚后站在我家人面前，他们大笑不止，嘲笑我做母亲的想法。乔纳森并不觉得这很可笑，他认为我会成为一位妩媚撩人的母亲。于是，我站在马桶旁，将药片逐粒逐粒地从铝塑板上挤出来。还没等我按下那个隐藏式冲水按钮，它们便早已溶解在水中。

乔纳森回过头去，继续看报。我环顾候机室，起身取了杯饮料。旁边一张座椅上坐着一名孕妇，孕肚非常明显，大到她能把一小碟三明治直接放肚皮上。我经过她身边时，将耳后的头发都放下来，遮住我的脸，因为如果他人看见我在偷笑，肯定觉得我发疯。

乔纳森和我坐的是商务舱，我们在舱里用高脚杯喝香槟。我发现，我的新婚丈夫戴着的眼罩是从店里买的，而不是从上一次航班里留下来的。在飞往目的地的途中，我全程都在想着我的孩子。

*

我们在下午早些时候到达了度假别墅。我打开行李整理衣物时，乔纳森提议去游个泳，然后来一场饭前亲密活动。我告诉他我累了，我可以趁他游泳时小睡一会，之后再和他做亲密活动。他已经换上了带花卉图案的游泳裤，出门时还扮出一副孩子生闷气的经典表情——下唇外翻，交叉双臂，双脚跺地。我洗了个澡就睡下了。

女管家把我叫醒，向我道歉说，太阳下山了，她需要进来关上百叶窗，不让蚊子飞进来。她说，如果丈夫回来后发现，他美丽的新婚妻子在蜜月期被蚊子叮得半死，肯定会大发脾气。我问她知不知道我丈夫去哪儿了。她说，他打车去城区了，说8点会回来，但现在已经9点了，仍不见踪影，弄得她不知如何处置已经准备多时的晚餐。

我在露台上吃了饭。那张桌子本是为情侣精心准备的，但现在管家只能先让我站着等候一下，将其仓促布置成一人食的餐桌。她面带微笑，眼神里满含过度的同情，不厌其烦地摆弄着餐巾和酒杯，频繁出入，反复确认独自就餐的女士对餐食是否满意，是否需要添点驱蚊的蜡烛，还不断称赞女士的年轻貌美……这些全是暗示你婚姻不幸的全球统一信号。

饭后，我躺在泳池边的躺椅上，肩上裹着毛巾，面朝大海。起起落落的潮水拍打在低矮的石墙上，漆黑一片，皎洁的月光映得海面波光粼粼。我一直待到夜深。乔纳森在第二天的清晨回来了，他的鼻尖上沾满了伊维萨岛海滩上久负盛名的白色细沙。

*

虽然乔纳森勉强同意待在远离一切的地方，但是他无法忍受只有我俩独处的日子。而我也无法忍受和好几百人一起泡在俱乐部里熬夜。虽然他声称自己只来过一两次，但他总能成为和谁都能打个照面的社交明星。他向我保证，只要我放开自己，每次都尽可能待得久一点，我也会玩得很尽兴。但俱乐部里播放的音乐很像电击疗法的配乐，让我惊魂未定，我俩只能一致同意，这对我来说没啥意思。最后我一个人打了车，坐了很长时间才回到公寓，上床睡觉。

他向我允诺过的做爱次数——一个医学上不推荐的次数——并没有兑现。他每个清晨回来后都神志恍惚，到了中午则面色憔悴，到了每晚准时离开的时间又激动紧张。他唯一一次想做爱，是他消失26小时后回到别墅，发现我还醒着，但我将他推开，告诉他我来例假了。他站起来，踉跄着穿上牛仔裤，大声喊叫着，如果女孩在十三四岁就来月经，她们在25岁时应该早就知道如何操纵这个机制。我说："这又不是股市，乔纳森。"他没回应，只是一边将衬衫从地板上踢起来，一边自言自语道，幸运的话，刚送他回来的那辆出租车可能还在门外。

没过一会儿，我就听到车胎碾压碎石路面的声音，屋里又剩我孤单一人。

*

虽然帕特里克接受了我的婚礼邀请，但他并没有出席。他在婚礼当天的早上给我妈打电话说，他从自行车上摔下来了。

*

我开始没日没夜地哭泣，说不出为什么要哭，也不知道什么时候能停止哭泣。在我们认识的短暂时间里，乔纳森从未目睹过我这副模样。这种状态从我们乘早班机返回伦敦时就开始了。我坐在靠窗的座位，看着伊维萨岛在我们脚下渐行渐远，目之所及的景色被海面取而代之。我把靠枕顶着机舱内壁，把头靠上去。当我闭上双眼，泪水就开始从脸上滑落。乔纳森那会儿在选电影，没留意到我。

我们一回到公寓，我就上床睡觉了。乔纳森说他去另一个房间睡，因为我显然是从飞机上感染了什么可怕的流感——不然为什么我的双腿会像死人一样颤颤发抖，而且呼吸不正常——他根本不想被我传染。

早上他就出去工作了。我没有起床，第二天也起不来。我一直留在公寓里。白天时，无论我怎么做，房间里还是会有亮光。阳光穿透窗帘照进屋内，即使我在头上蒙上枕头和T恤，光线还是能找到缝隙探进来。哪怕我用手捂着眼睛，努力入睡，光还是让我感觉双眼刺痛。

乔纳森晚上回到家，发现我还待在床上，他的反应也随着时间推移而变化：

你是不是病了？

我需要叫一下医生吗？

说真的，玛莎，你让我感到毛骨悚然。

啊，这到底是怎么回事？

看起来你又过了充实的一天，亲爱的。

你觉得我们是不是该回一下你妹妹的电话，这样你的丈夫就不会在工作时被她辱骂了？

那我还是出去好了。不，真的，你别起来。

天啊，你就像一个黑洞，吸走了我所有的能量——一个无尽痛苦的力场，让人精疲力竭。

如果你一直是这个样子，那麻烦你随时换到另一个卧室，永远待在那儿吧。

几个星期就这样过去了。工作信件接踵而至，但我都没有点开。于是，乔纳森给自己计划了一趟购物之旅，说要出去十天。在这期间，我应该怀着对他的爱和尊重，不辞而别。他把手放在门框上，接着说，但是，他已经在谷歌上搜索过了，我的守身如玉能让我们免去正式离婚的烦琐手续，这倒是件好事。只需下载一份PDF文件，花费550欧元，等上6~8个月，在文件上按下手印，至少从法律的角度看，我俩的一切纠葛都不曾发生。

乔纳森一离开公寓，我就开机给英格丽德发消息。她和哈米什半小时后就到了，扶我起床。她帮着我把胳膊伸进外套袖子，而哈米什则把他认为是我的东西塞进我的行李箱里。

*

电梯把我们送到了一楼，大堂门口一开，空气便扑面而来，冷热交替，夹杂着人的体味、汽车尾气和沥青的气味。我将空气大口吸进肺部，就像我坠入水底很久很久，几周以来，我第一次感觉自己并非命悬一线。

我爸在路对面，他把车并排停在路边另一辆车旁。车停在一排商用垃圾桶前，旁边是雨棚。我被疼痛折磨得精疲力竭，没精力去想，如果当初我不是跑进大堂里，而是朝另一个方向跑，朝帕特里克消失的方向跑，我将如何。

英格丽德挽着我的手臂，将我搀扶到车旁，让我坐到前排，我爸俯身帮我系好安全带。在回家的路上，每到红绿灯前停下来时，他都会把手伸过来，捏捏我的手，说我的宝贝女儿、我的宝贝女儿，直到绿灯亮起，他继续往前驶去。

他把车停在屋前，我看见我妈站在前窗。我已经能预料到她要说的每一句话，只是不太确定她这次念叨的顺序。我没有生病。我只是绷得太紧了。我没法管好自己。如果我天生是抑郁体质，我还拥有一项令人难以置信的技能——很会找黑暗时期的爆发时机，比如在其他人成就自己职业生涯的艺术展览上。我在负面关注的滋养下成长，为了成为焦点，我可以摔打东西，高声尖叫，甚至在现在的情形下，不惜离开婚姻。但是，我就像一个赖在商店地板上打滚的小孩，最好的处置方式就是无视我。一旦我恢复平静，她就会让我思考自己的行为给其他人带来多大的影响，我耽误了他们事业的发展，害他们失去了一个女婿。他们发现，这位女婿是他们在艺术领域里的合作伙伴，是相互调情的对象，是能为她旧瓶刚空、随即续上新瓶而买单的金主，为此他们对他青睐有加。

我不想下车。

哈米什和我父亲提着大包小袋进去了。英格丽德一直等着，等我准备好了，才陪我走进家门。那会儿，我妈已经不在窗前。英格丽德将我扶上楼。床已经铺好了，在那张充当我床头柜的椅子上，摆着一只插满常青藤的陶罐。这些常春藤是从我妈的工作棚旁的藤蔓上剪下来的。我感谢英格丽德给我布置了花瓶。她说："不是我

89

放的，来。"她给我盖上了被子。

她在我身边躺了一会儿，轻抚着我的手臂，和我说起哈米什那烦人的姐姐和南滩节食法的饮食规则。最后，她说她先离开一阵，让我好好睡一觉。她双脚踩在地板上，但仍坐在床边，说道："玛莎，你会没事的。我保证，你很快就会恢复过来，比你想象中还快。"

我坐起来，靠在墙上，用双臂环抱着腿。"我们本打算要孩子的。"

英格丽德脸色一沉。她摸摸我的脚，然后抓在手心。"玛莎。"

她的声音很轻，"你说过……"

"那是乔纳森的主意。"

"所以你不是真的想要孩子。你只是被他说服了。"

"是我让他说服了我。"

她皱起了眉头，我第一反应是因为我，但其实是因为她对乔纳森的鄙夷。"他真是个汽车销售。"她捏了捏我的脚，说她很遗憾。但是，"谢天谢地，你没有怀孕。你能想象吗，孩子的爸竟然是乔纳森，想起他那张丑恶嘴脸就恶心。"

英格丽德松开了我的脚，说她待会儿再过来，一切都会好起来的。

就在英格丽德要离开时，我妈走了进来，逗留了片刻，盯着那罐常青藤说道："我不记得有没有添水。"然后，她转身离开，在门口处停下，说道："玛莎，乔纳森是个浑蛋。"

早上，我开始收拾哈米什给我打包的衣服，收到一半我停下手，意识到我哪一件都不想留了。无论是我俩在一起时买的，还是我之前拥有的，都变成了因他的存在而遭到玷污的东西。房间里有个我曾经打开后再也关不上的抽屉。在抽屉深处，我找到了一盒吃了一半的药。药似乎来自一个久远的年代，牌子我不认识了，只记得是某个不具名的医生将我诊断为某个病症的患者，然后给我开了处方。我服了一些药，期待自己能感觉舒服些，尽管它们早就过了保质期。

*

电话一响起来，我的肌肉记忆就会被激活，迫使着我走出房间，走下楼梯，来到厨房。长久以来，接电话这件事曾遭到我妈的严肃反对，她认为这是对她改造工作的干扰，其他干扰项还包括打扫卫生、做饭和抚养女儿。通常，她会对着话筒尖声叫骂，一分钟后，我爸、英格丽德和我就会齐聚一屋，仿佛是被火警铃声召唤到一起。我已经忘记了这件事，尽管当时我很讨厌下楼，但是，穿着袜子、在铺了地毯的楼梯阶边缘滑落下来的感觉，让我怀念起我们四个都在家里的时光。这种怀念仅限于佩里格林后来教过我的："希腊语最初的定义，玛莎"。

是温森，她打电话来和我妈商量圣诞节的计划。她说，圣诞节快到了，因为九月眨眼就来了。她的确谈到了圣诞节——是和我说的，因为我妈没有理会我的叫唤——我说了自己在家里的原因，随后的好几分钟里，她语速飞快，话音里明显带着歇斯底里的语气。

她漫不经心地提到搞成自助餐的形式，贾丝明会带男朋友来过节，得粉刷墙面，有些事可能还不能赶在节前做完。我望向窗外，一只乌鸫重复不断地把喙伸进同一小块草皮里。"对了，帕特里克来不了。"他人在国外，温森简直无法想象没有他的日子，但她说，让人欣慰的是，我们以后会经常见到他，因为他在牛津快毕业了，正来回奔波找工作，现在和奥利弗住在一起——奥利弗刚在贝夫诺格林买了房子，但温森无法理解为什么要买在那里。

她细数着这套公寓的种种缺陷，但萦绕在我脑海中的，仍是帕特里克站在乔纳森公寓所在的大街上，在转过街角之前，他的眼神里好像只有我。那一刻，我相信了奥利弗的话，但之后我就不这么想了。在我这场短暂的婚姻中，那个念头显得荒谬可笑。温森盘点完毕，总结道："万幸的是，它不在那些可怕的玻璃塔里，全是透明幕墙和尖锐棱角。"这是她对乔纳森评价的第一句话，也是最后一句话。

*

在临终关怀旧货店里，在柜台服务的女士拒绝接受我的婚纱。她把衣服从我带去的袋子里一件地捡拾出来。来这店时，我身上穿着一套衣服——一条牛仔裤和一件普利马克运动衫。这套衣服是英格丽德买的，因为它们只卖9欧元，也因为正面印着"大学"的字样。她说，这样人们就能清楚地看到我们接受过高等教育，但我们又不急于获得肯定，不需要别人知道我们上的哪所大学。

我的婚纱被压在其他东西的底下，在柜台服务的女士拽着其中一只袖子把它拉出来，我告诉她那是婚纱，她倒吸了一口气。婚纱裙这么美好，应该被薄纸包裹着，放置在盒子中，再说，她肯定我会后悔舍弃了它。她瞥了我的左手一眼。我依然戴着婚戒，它的存在让她确信自己没说什么冒犯的话。她笑着说道："未来有一天，你可以将它送给你的女儿。"她想着溜到后头，看看还有什么东西需要我带回去的。

她掀起帘子进去后，我把婚纱留在柜台上就离开了，往家的方向走。天下起了雨，雨水冲刷着人行道，唰唰地流进排水沟。走到第一个拐角时，我停下脚步，把所有戒指都摘下来，思考着像我这样的女人，是不是该将它们扔进沟渠里，然后得到解脱，重新出发。这个动作若是让乔纳森看到，他肯定会哄然大笑，说道："真棒。"我把它们塞到钱包里的零钱夹中，继续往前走。

哈米什帮我把它们放到网络交易平台易贝上卖出去了。我用这些钱给我爸买了台电脑，还把剩下的钱捐给了一家社区组织，他们专门反对动工建设像乔纳森家这样的楼宇。

蜜月旅行过后，我就没有再回《家居世界》杂志社工作。乔纳森给我寄来最后一封信，信的地址修改过，最终寄到了戈德霍克路。由于我违规缺勤，公司正式将我解聘了。

我坐在床上给佩里格林写信，想为自己的行为道歉，我本该提交一份妥当的辞呈，但却无故消失；也本该向他解释我不能回来上班的原因，却没有坦诚的勇气。我反复修改了多次草稿，但都没法让个中缘由听起来风趣一些。在终稿的末尾，我告诉他，我的语言已经走向贫瘠，除了"很好"和"棕色"，我脑子里一片空白，搜刮不出更多能描述椅子的词语。最后我表达了感激和歉意，说希望我们能保持联系。

那周内，他的回信就寄来了，写在一张印有花押字图案的卡片上。信中说道："身为作家，逃跑总比屈服于同义词词典的诱惑好。一如往常，午餐见。"

*

依我爸的看法，我最好平复好情绪后，才考虑另谋生计的事情。我坐在他的书房里浏览着招聘网站，将范围锁定在大伦敦区，感到不知所措。

因为在我的房间里平复情绪是不可能的，我妈改造物品时发出的声响会接连不断地从窗户外传进来，于是我爸让我到书房里消磨时光，就像回到我17岁那年——这点他没有明说，但我俩都心照不宣。我在那待了几天，但我爸写诗的状态明显变得没那么愉悦。他频繁起身，挪动椅子，在房间里来回踱步，长吁短叹，大声朗读其他作家的作品。虽然他说这样可以帮他进入状态，但是显然，这些行为并不奏效。

我搬到楼下的厨房，开始写小说。我爸工作时的动向我在楼下听得一清二楚。我开始去图书馆。我很喜欢图书馆，但小说总是不受控地写成自传。我想象着自己在某个作家节上发表演讲，被听众问及这本书有多少内容是根据我自己的生活改编的。那我只能说全部基于真实故事了！在整整四百页的篇幅中，没有一丁点儿创造的痕迹！除了以下这段——丈夫决定把昂贵的咖啡机搬到厨房的其他位置，当他拿起咖啡机时，褐色的咖啡废水从蓄水盘里倾洒到他的白色牛仔裤上。另外，真实生活里，丈夫一头金发，也没有遭到谋杀。

每当我敲下小说里的一行字时，描绘的场景似乎都因为文笔的巧妙和幽默而颤动。然而到了隔天，这些文字读着就像一个15岁的青少年在父母的鼓励下完成的作品。我能看出小说的风格越发贴近我当时读的作品，混杂着一种琼·狄迪恩作品、反乌托邦小说和一个正在记录自己离婚进展的独立专栏作家的连载小说，着实令人困惑。

于是我放弃了，读起了大字版的爱情小说，还和一些喜欢读爱情小说的老年人成了朋友，他们终日居住在幽静的区域消磨时日。后来，他们邀请我到一家名为"可丽饼工厂"的甜品店吃午饭，我答应了，也没觉得是特别奇怪的事。

*

尼古拉斯在我搬回来一个月后也搬进了戈德霍克路，这让我妈觉得这间屋子就像收留无业游民的寺庙。他未打招呼就从社区的戒瘾康复中心回来了，告诉我们，如果他回贝尔格莱维亚的话，不出24小时他就又会药物滥用。

尼古拉斯会像我妈那样行为难以预测，也像我那样会陷入周期性的抑郁状态，因此在所有表亲中，我对他的好感度最低。但他住在我们家，也就意味着奥利弗晚上会过来，或是和他看电视，或是在他给之前的朋友打电话道歉时坐在他身旁。

奥利弗带来了他要洗的衣服，只要帕特里克在伦敦时，他也会跟着奥利弗来。他告诉我，贝夫诺格林的公寓位置便利，附近有专营世界各地美食的外卖餐馆，还有一家真假发接发服务沙龙，但是公寓里没有洗衣机，下午5点后不供应热水，也没有房地产经纪人所谓的能合法宣称为浴室的东西。

帕特里克第一次来我们家时，我和他在厨房碰面了。他进来的时候，我正把碗碟从洗碗机里取出来，一时手滑，一只湿碗滑落在地上。

他看起来还是老样子。我在公寓里搬进搬出，结过婚，出过国，生病后被赶出家门，而他还穿着我最后一次在乔纳森的晚宴上见到他时穿的那件衬衫。我彻头彻尾变了，而他一如从前，对此我无法理解。我蹲下身收拾起碎片，想起来距离上次见面才过了3个月。

他走过来帮忙，跪在我面前，一言不发，只提醒我有些碎片很锋利。他依然如故的姿态似乎能让时间分崩离析，仿佛没有旁人经过，没有任何事情发生，世界只剩下我们两人，俯身捡着散落的碎片。

出人意料的是，他突然说道："乔纳森的事，我很遗憾。"

我随口应着，匆忙起身去拿扫帚，因为我不想在他面前落泪。我拿着扫帚回到厨房时，他已经不在了，地板上早已没有碎片的痕迹，我也无需打扫。

自从奥利弗和我那次在雨棚下谈话之后，就再也没有提及过那个话题，我俩也没有承认发生过那场对话。我不知道奥利弗有没有告诉帕特里克，但从帕特里克在厨房里的反应看来，他也没有比平时和我一起时显得更不自在。我不清楚帕特里克有没有感觉出我的局促不安。因为这种不适感，那晚我没有和他们一起待在客厅，在那之后也没有过。但是，当他们在客厅里，我能听到电视声、说话声、楼下橱柜烘干机里发出的碰撞声，还有外卖员送餐的声音。听着这些嘈杂声，我感觉没那么孤单了。

一大早，尼古拉斯就出去散步，他的其余日程包括参加戒瘾互助会、写日记和给戒瘾互助会导师打电话。他很快就推断出，我甚至比他还清闲，于是问起我想不想和他一起去散步。

那天，我们从谢泼德布什出发，走到河边，再沿着河岸一直走到巴特西，然后走到威斯敏斯特。接着，我们绕着路往城里走，沿着运河岸边溜达，再往北走到克拉肯维尔和伊斯灵顿区，穿过摄政公园，探索着回家的路线。最终我们走了好几个小时，买了些能量棒和葡萄糖来补充体力。等我们尝遍了各种口味后，我便爱上了尼古拉斯。感觉他就像我的哥哥，他从不问长问短，从未问起为什么我都26岁了，还是找不到工作，只能和父母住一起，也不在意我只有一套衣服。当我主动提起时，他说："我希望和一个浑蛋结婚是我做过的最糟糕的人生选择。"

但是，他告诉我，"一切都是可以弥补的，玛莎。哪怕你做出的决定会让你落得和我一样的下场——躺在地下通道里不省人事，血流不止。尽管在理想情况下，你总想弄清楚为什么你总是要烧掉自己的房子。"我们当时在布卢姆斯伯里某个封闭式花园里，坐在一座喷泉的边上。我问他为什么总是要烧掉自己的房子，紧接着补充说道，如果他不想说也可以，不必勉强。

他说了。他说，因为在他成长的过程中，家人从未和他真正地聊过天。

我说，我和英格丽德一直非常好奇他的出身。

尼古拉斯说道："噢天啦，我的出身。"

我是模仿着罗兰的语气说的。我本以为他会觉得很滑稽，但显然，并没有。

我道歉了。"身上带有难以启齿的事情，那种感觉肯定很难受。"

尼古拉斯哼了一声，说道："你是说，我本身就是难以启齿的存在吧。如果你们一直想问，为什么没问？你们父母不让问，还是有别的原因？"

我说不是的，"我们只是感觉他们不允许我们问起，我也不知道为什么。可能是因为我们从未听过你家人提起过这事。而且，"我思考了一下措辞，"我觉得，我不想成为那个揭穿坏消息的人。"

"说得好像我不知道自己是被收养的？"

"不。我指的是你不是白人。"

他大喊了一声："什么？"声音大到引得旁人转过头来。他抓住我的肩膀，问道："为什么我到现在才知道这事，玛莎？"

"抱歉，尼古拉斯，我以为你知道。"

他松开手，把我往后推了一下，说自己需要继续走，好好消化一下。他说，自己可能在某种程度上也猜到了，但听到别人这么说，还是让他感到非常难以接受。我说，我能理解，这肯定是一个巨大的打击。

走出花园门口，尼古拉斯搂着我说："玛莎，你是个傻瓜。"我们就这样走了一会儿，穿过菲茨罗维亚，然后转向诺丁山的方向。我问他我们是不是该多吃点碳水化合物，他说，玛莎，我们该找份工作。

我们经过韦斯特伯恩路时，一家小型有机超市的橱窗上贴着招聘启事，上面写着所有临时工职位都有空缺。虽然我们都没有基本的零售经验，但我们双双被录用了。我想，我俩一个是正在戒瘾的酒鬼，一个是每天闲逛数英里、遭丈夫摒弃的妻子，我们和其他健康店员一样，拥有必备的苍白肤色和消瘦身体。

尼古拉斯被安排上夜班。经理问我是想收银还是卖咖啡。我告诉她，作为一名失眠患者，我也倾向于上夜班。她瞥了一眼我的肱二头肌，说道："收银吧。"她让我回家，给了我一瓶草本助眠药剂的小样，那味道尝起来就像超市里腐烂的沙拉菜叶。

我们之后就再没一起散步了。休息的时候，我会吃从超市买来的火腿三明治，喝我俩认为的口味最好的葡萄果汁，但因为无意中听到经理对顾客说过，吃肉简直是谋杀，而糖基本上就是对微生物的大屠杀，所以我只能躲在仓库里吃喝。尽管尼古拉斯还住在戈德霍克路，我还是很想念他。

我最后一次见乔纳森是在他的办公室，我去那签解除婚姻关系的终版协议。那时距离我从他家出逃已经过去了半年。我站在他的桌前，等着他检查每一页的内容，他这种审慎一反常态。他将文件推到我面前，自鸣得意地笑着。"我只能说，感谢苍天，你没怀上孕。毕竟，你有那种倾向。"

我一把抓过文件，提醒他要孩子一直都是他的主意。"不过，是啊，感谢苍天，你没能让我怀上，乔纳森。一个遗传了成瘾基因和白色牛仔裤嗜好的孩子，我从一开始就不想要。"他还没来得及反驳，我就离开了。

*

在走去坐公交车的路上，我毫不迟疑地将文件丢进一个路过的垃圾桶。我无法想象将来某天我需要为这段失败的婚姻提供纸质版的证明文件，也不想考虑我会将它保存在戈德霍克路的卧室里的哪个地方，除非我将爸爸的某个文件柜拖到楼上，然后将它塞在"痛苦的蠢事（2003—2004年）"这一格。

过了几个红绿灯后，我从公交车上下车，走了半英里[1]路，回到那个垃圾桶旁。文件还在垃圾桶里，压在一个麦当劳的饮料杯下，杯中饮料还是满的，杯盖敞开着。英格丽德在帮我搬离他的公寓时和我说过，没有这些文件，我就无法证明自己不再是这人的妻子。她还在"你是反社会者吗"的网站上，以乔纳森的名义做了份问卷，10分满分，他得了9分。我把文件捡起来，纸张粘成一团，我只能捏着一角，去等下一辆公交，任由芬达顺着纸面滴落在我腿上。

公交车沿着谢泼德布什路爬行了半个小时。交通灯来回切换，丝毫不理会已经堵塞在十字路上的车流。公交车的上层只有我一个乘客。我将额头抵在玻璃窗上，低头俯视着人行道。透过一家咖啡店宽阔的前窗，一个女人进入我的视野。她一边看书，一边给孩子喂母乳。要翻页时，她得将书放在桌上，用手掌压着书页，同时手指从右向左划动，翻至下一页。在她继续阅读前，她会把脸深埋到婴儿身上，亲吻那只抓握着她衬衫边缘的小手。几分钟后，我看见一个孕妇从另一张桌子前站起来，朝这个妈妈走了过来。她们交谈起来，一个抚摸着肚子，莞尔笑着，另一个轻拍着婴儿的背。我说

---

1 1英里=1 609.344米。——译者注

不出这俩人是朋友，还是只是迫于共同的生育压力而攀谈起来的陌生人。我不想成为她们当中的任意一人。

我告诉英格丽德，是我自己让乔纳森说动我的。按她的理解，这是一次人生抉择的短暂逆转。

我从来没有告诉她我对怀孕的恐惧，从我刚了解这个概念，到我长大成人，这种萌发于青春期的恐惧不减反增。我害怕的不仅仅是怀孕，也不只是畸胎或婴儿患有残疾，我恐惧的是孩子本身，那种成为母亲和付出母爱的概念——一个人需要为另一个人的诞生和人身安全担负责任。英格丽德会觉我的恐惧不合情理、毫无缘由，不足以作为一个成年人做决定的依据。而现在，我不想让她知道，也害怕让她知道，我仍然无法抵抗乔纳森的影响，他那自信十足的言谈举止和促人行动的能量，驱散了我的恐惧。我听信了他的劝说，简单利索地接受了我可以成为另一个人，或者说，只要我愿意，我就能成为想要孩子的另一个人。

但我不能强迫自己转变为一个没有不良倾向的人。环境对我不起作用，随着时间的推移，我也没有看见另一种活法。我已经演化成最终的状态。我没有孩子，我也不想要孩子。对着空无一人的车厢，我大声说道："那很好。"咖啡馆里的女人们仍在谈话，交通拥堵突然疏散开来，公交车继续往前驶去。

＊

回到家中，奥利弗和帕特里克在客厅里，陪着尼古拉斯看电视。这是他们这几个月来的惯常活动，我和帕特里克也有过好几次偶然的交谈，虽然我已经不再感到尴尬，但我仍然没有加入他们，那会儿也没这个打算。但当我走进敞开的大门，正要往楼梯走时，我看见他们肩并肩地挤在那张小沙发上，孤独感席卷着我，让我喘不过气来。我只是待在那里，肩上挎着背包，手里还拿着文件，感受到胸部在快速上下起伏，气体在胸腔里进进出出。此时，奥利弗留意到我，说我也看到了，他们在看飞镖比赛，已经进行到倒数第二轮了，我要么进来坐下，要么继续上楼。

顷刻之间，我仿佛看到自己坐在床上，翻看着伦敦郊区合租房的房源列表。房子太偏远，我只能辨认出它们位于各条地铁线的终点站附近，并借由这一动作来假装自己还在做搬家的准备。

我任由背包从肩上滑落下来，走进客厅。帕特里克默默朝我挥了挥手，打了招呼，而尼古拉斯则观察到我看起来一团糟。他问我去哪了。

"城里。"

"干什么去了？"

"离婚。"

他说了句"真遗憾"，然后转过头继续看电视。比赛里，一个大腹便便的男人把飞镖瞄准红色圆心，当飞镖正中红心后，他在空中挥舞起拳头。随后，尼古拉斯起身伸了个懒腰，说我可以坐他的位置，因为他刚想起要给一个女孩打个道歉电话。他在进入戒瘾互助会前，最后一个举动是吸食了超过每日建议量的成瘾物质，然后用一支高尔夫9号铁杆砸穿了这个女孩的车的挡风玻璃。"就在回来后不久，我发现自己一点都没吸。"

帕特里克作势要移动一下，想给我腾点地儿，但空间所剩无几。我坐在帕特里克和奥利弗之间，双臂紧紧抵着他们的胳膊，我只想留在那里一直看飞镖比赛，让我这副冰冷空虚的躯体能吸收他们的暖意。帕特里克转过头来，但回避了我的目光，只说了一句话："希望你一切都好。"

我假装没听见，因为这份体贴我实在难以承受，我转而问奥利弗，为什么这些人要穿着吸湿排汗的POLO衫和运动裤来打这种胖子在酒吧玩的游戏。他说道："这是一项运动，不是游戏。"之后我们都保持沉默，直到拖沓冗长的比赛终于结束，进入颁奖仪式。颁发的奖杯颇为寒酸，但获胜者仍然用双手将它高举过头顶，仿佛只有这样才能托得起奖杯的重量，我只好把目光移开。

奥利弗说："来，让我们看看你爸妈的地面频道还有什么好看的，玛莎。"我知道在尼古拉斯回来之前，他不会离开，而我希望尼古拉斯可以聊得更久一点。我不想孤单一人。奥利弗选了一部电影，因为电影提示会有粗言秽语和性暗示画面，看到一半时，我感觉自己快要睡着了。在我入睡前，有人挪了挪身子，好让我昏昏沉沉的脑袋靠在他们的肩膀上。

*

我醒来时，电视是关着的，窗外已经黑了。只有帕特里克还在房间里。我侧躺着，蜷缩在一个垫子旁，头枕在他的大腿上。我起身后，他就立马站起，走到房间另一头的书柜旁，似乎一直在物色机会，从我爸的书架上取那出本《中古英语百科全书》。他拿起书，随意翻到某页，站在那读了起来。我问他几点了，我的表兄弟都去

105

哪了。他回答说，已经是午夜了，尼古拉斯已经上床睡觉了，奥利弗不久前也离开了。

"那你为什么没和他一起走？"

帕特里克犹疑着说："我不想吵醒你。"

"其实还好。"

"当然，肯定的。我只是想——算了，没事。"他把书夹在腋下，拍了拍口袋，说道："抱歉，我本该——"

"你错过地铁末班车了，打算怎么回家？"

"走回去就行。"

"从谢泼德布什走到贝夫诺格林。"

他说花不了太长时间，他还挺想走走路的，他一直有这个打算。我瞥了一眼他的脚——他光脚穿着一双帆布网球鞋，鞋带不知道为啥失踪了。

"帕特里克，这是你第一次说谎吗？你并不是很在行。说真的，你为什么不跟着奥利弗一起走？"

帕特里克清了清嗓子。"我只是想，你今天过得不怎么好，可能醒来之后想有人陪着你。但你肯定没什么事，那就好。我这就走。"

我问他是否要借走还夹在他腋下的那本书。

他大笑了一声，说忘了自己还夹着它，于是把书抽了出来，有一瞬间在假装看后面的内容。"我还是把书留在这吧，我把它放回去。"我说我来帮他开门，因为只有戈德霍克路的原住民才知道开门的确切顺序，他则把书重新放回到书架上。

门厅的灯泡已经坏了一段时间了。我爸的自行车斜靠在墙上，在绕开它时我臀部碰到了车把，车失去平衡，我后退到一边让它顺势倾倒。帕特里克不知道啥时候站在我后面，我刚好撞到他怀里。他把手放在我的腰间，直到我稳住身子也没有把手拿开，于是我问道："帕特里克，你爱我吗？"他立马松开手，退后一步。黢黑的深夜，我看不清他的脸。

他说不，接着问道："你是说像朋友一样的爱？"

我挪开脚步，拨亮门外的灯。透过门上的玻璃，光朦朦胧胧地照进屋内。我说，不，不是朋友间的爱。

"那就是不，我没有。"他说他没那种想法，然后绕开我，跨过自行车，开始尝试用各种组合方法来开锁。

"奥利弗告诉我，自我们十几岁那会儿起，你就爱上了我。"

帕特里克背对着我，说道："他说的？"

"就在乔纳森求婚的那晚。"

"好吧，我不知道他为什么这么说。"

他没看到身后有个高高的门闩，我伸手去够，擦过他的胳膊。帕特里克紧靠在墙边，门一打开，他就从刚好能通过的门缝里走了出去。

"帕特里克。"

他两步并作一步地离开了，直至走到人行道上才回头。我追了上去，走到半路停了下来。

"是真的吗？"

他说不，当然不是。"我真的不知道奥利弗怎么想的，"他说，"抱歉，我得走了。"然后径直离开了。

门铃响起时，我还在门厅，扶起我爸的自行车。

"嗨。"

"嗨。"

"抱歉。"

"为什么？"

帕特里克站在最顶层的台阶上，双手插兜，说道："我只是感觉我该向你坦白，刚刚和你说的，不全是真话。"

我说，好吧。

他顿了一下，很显然，他不确定要不要继续解释，或者如果他实话实说，是不是还能理所当然地离开。一秒钟后，他把双手往口袋里探得更深，说道："没有，只是有过一段时间……"

我挠了挠手臂，等待着。站在门厅里，我本以为我想知道，也需要知道帕特里克是否爱我。但我不再想知道答案了。我局促不安，只想让他离开，因为我很确信——虽然不太理智，但我肯定——在他把手搭在我腰上的那一秒钟，以及随后停留的那半秒钟，这短暂的一瞬间足以让我相信，如奥利弗所说的，他爱我。而我想听他亲口说出来，是因为——现在，在帕特里克的心目中——我爱上了他。

"有过一段时间，"他把身体重心换到另一侧，"我一度以为我……就，你知道的。"

"什么时候？"

"有一年，我在你姨妈妈父家过圣诞节，碰到了你。"他说我大概已经忘记了。"那会儿我们十几岁。你病了，而我得进房间……"

"你和我谈起了你妈妈。"

帕特里克显得很惊诧，好像他从未想过我俩的对话会给我留下印象。

"为什么那会让你觉得自己爱上了我？"

"我感觉，是因为你问起了她的事。过去或现在，都不曾有人问及她。当然，在我第一次来的时候，罗兰想知道她怎么过世的，那不算在内。"

我打了个寒战，抱起双臂，尽管外面吹进来的空气并不寒冷。"我们待你太糟了，帕特里克。"

他说，"你待我很好，以前和现在都是。总之，我是想说，当时我确实认为自己爱上了你，还告诉过奥利弗，这太丢人了。"帕特里克轻轻地挠了挠后脑勺，"但我显然没有爱上你，后来我就想明白了。所以请不要担心，我从来没有爱过你。"听到自己这么说出口，他继续说道："对不起，这听起来……"

"还好，"我和他说我本来就不应该问他的，"你快走吧。"

"但是，你真的还好吗？"

我说是的，声音干脆利落。"我很好，帕特里克。只是这一整天里，要么是曾经爱我的男人突然不爱了，要么是曾经以为爱我的男人发现自己当初可能只是觉得饿了之类的。"我回到屋里，告诉他我们之后再见。

　　我睡不着，一直失眠到天明。我的思绪一直在乔纳森和帕特里克之间来回切换——我回忆起乔纳森坐在他的桌子后面，自鸣得意地笑着，说我不应该成为母亲；而后又换成帕特里克的脸，他站在人行道上，走回门口。乔纳森野蛮残暴，但至少他在伤害我时手段利索肮脏。而帕特里克在解释他从来没有爱过我时——不是真正的爱，只是年少时的懵懂情愫——他非常担心会伤害我，就像旁人从我的伤口上揭下敷料，他们从边角处慢慢地撕开，动作过于小心翼翼，还没等湿润的伤口揭开一半，他就想自己把它撕下来了。

　　就是在这几个小时里，我总想起他们俩，于是乔纳森和帕特里克就在我的脑海里产生了关联。正因为他们都是在同一天拒绝了我，自那以后，每当我想到乔纳森和这段无疾而终的婚姻时，我也会联想起帕特里克。这是我在后来的日子里所做的判断，也是我在一段时间内所深信的。

隔日早上，我和我爸正坐在厨房的桌旁看报纸，尼古拉斯走了进来。他问屋里有没有多余的纸箱，因为他决定搬去和奥利弗一起住了。他想住得离城市近一点，再试着找一份像样的工作。他说他弟弟下午会来接他。

　　我爸站了起来，说看看能不能翻出点啥。尼古拉斯烤了面包，把面包拿到桌上，在我对面的椅子上坐了下来。他开始聊起他的计划。我把胳膊杵在桌上，继续读报纸，并用手捂着前额，支撑着头部重量的同时掩住脸。

　　我没有理会他说的话。我感觉自己像一个学生，试图遮掩自己哭泣的样子，因为摆在我面前的难题更难了。我强忍着没哭，因为一想到尼古拉斯即将离开，屋里突然只剩下我和父母独处，眼前的现实可太难了。他继续往下说，我试图集中注意力，脑海却只想着一旦他离开，帕特里克就不会再到家里来了。

几分钟后，他放弃了，将我爸的报纸拉到身边，一页页地翻动起来，但是看得漫不经心，并没有停下来去读任何内容。我则一动不动地坐在报纸后，一字一句地读着面前摊开的报纸，直至只剩下"宫廷报道"。前一天，安妮公主在塞尔比区议会开设了一个客户服务中心，之后参加了一场招待筵席。我为她感到难过，更为我自己感到难过，尤其是尼古拉斯站起身，将他的碟子放进洗碗槽里，说他该加快点进度了。

最后，我离开家，外出散步。就在我找荷兰公园的出口时，电话响了。是佩里格林打来的。我和他仅存的联系只有那封道歉信和他的回信。我没法鼓起勇气邀约他共进午餐，虽然我很想念他，这种想念甚至强烈得不寻常。

他说，他正乘车往西边去，想知道我的确切位置。他刚刚得知——他说别管他从哪打听到的——我的婚姻破裂了，他无须追究是谁的责任，他只是感到绝望，因为事情发生后我没有给他打电话。

我告诉他我在荷兰公园，佩里格林说这不是巧了吗，他会让司机掉个头。"你走快几步，15分钟后我们在橘园餐厅见。"

我告诉他我穿着牛仔裤。他反对任何款式的牛仔布出现在任何场合中，我想着这样一来我就不用赴约了。我很想见他，但不能以我现在这副模样去见他。

我听到佩里格林给司机交代了下路线，然后回到电话里说道，他会忽略这一点，虽然着装标准要摆在首位，但也只能排在心碎之后。

佩里格林没打招呼，说道："我始终无法理解，为什么人们总觉得香槟是用来庆祝的，而不是用来疗愈的。"这时，女服务员正倒着香槟，显然在他看来，倒酒的方式错了，所以她正要倒第二杯时，他表示感谢并说我们自己来就行。我坐下来，他把其中一个酒杯放在我手里。"只有当生活一潭死水时，人们才需要热血沸腾。"

他看着我抿了一口，说道，虽然这么说很令他心痛，但我看起来似乎病入膏肓。"不管怎样，"他往后一靠，十指指尖相抵，形成尖塔状，"我们接下来干什么？你有什么计划吗？"

我开始聊起我现在住在父母家，在一家有机超市工作，但他摇了摇头。"这只是你正在做的事，不是计划。我得说，你一直在黑暗的等待中苦苦煎熬，不太可能突然想出个计划。"

我摸着酒杯的边缘，冷凝的水珠顺壁流下，滑落至杯柄。我不知道该说什么。

佩里格林将手掌放在桌上。他说，巴黎，玛莎。"请到巴黎去。"

"为什么？"

"因为当痛苦无可避免时，你能选择的就只有环境。在塞纳河边痛哭流涕，和拖着疲惫的身躯在哈默史密斯大街上痛哭流涕是两回事。"

我笑了，佩里格林脸色一沉。"别觉着我是异想天开，玛莎。说简单点，美是活下去的理由。"

我和他说，这是个不错的主意，但我不觉得自己有足够的精力和财力出国。

他说，首先，去巴黎根本算不上出国。"其次，我有一套临时住所，是许多年前给我的女儿们买的。我原以为她们会像泽尔达·菲茨杰拉德[1]一样徜徉于蒙帕纳斯，或者至少像简·里斯[2]那样在一间昏暗的房间里消磨时光，但她们却像《美丽与毁灭》[3]里的人物，偏爱混迹于沃金区。所以那套房子就这么闲置着，摆设了满屋家具却无人居住。"

他告诉我，虽说屋子不至于年久失修，但是内部装潢只能算是渐趋完善。"不过，现在它是你的，玛莎。一个家，一个你想住多久就住多久的家。"

我说他真是太好了，我肯定会好好考虑的。

"你最不该做的，就是想得太多，"他看了看时间，"我得回工厂去了，不过今天下午我会让人骑自行车把钥匙送过来。"他说，就这么定了。我两在公园的一角分别时，佩里格林吻了吻我的双颊，说道："德国人有一个词来形容心碎，玛莎。Liebeskummer[4]，可真糟糕，是吧？"

1　泽尔达·菲茨杰拉德(Zelda Fitzgerald)是一位美国小说家、社交名流，美国作家弗朗西斯·斯科特·菲茨杰拉德的妻子。她是20世纪20年代的偶像，被她的丈夫戏称为"美国第一轻佻女子"。

2　简·里斯(Jean Rhys)，英国当代女作家，凭借《藻海无边》于1966年获得英国皇家文学会奖。

3　《美丽与毁灭》，著名美国小说家弗朗西斯·斯科特·菲茨杰拉德的作品，讲述一对新婚夫妇追求奢侈华丽的上流生活，依凭上一辈的财富不事生产，终日纸醉金迷，以致价值观扭曲，财务和健康状况不断变差。

4　德语词汇，意为"失恋的烦恼，爱情上的苦闷"。

*

回到家，我用谷歌搜索了我的银行卡，经过"忘记密码"一系列的流程后，我终于看到了自己的账户余额。我和乔纳森订婚后，他开始每周给我的账户上转钱，我把钱攒起来了，因为每一笔钱都多得离谱，我还没来得及花完这一笔，下一笔又到账了。后来他出差时，钱又鬼使神差地被他转走了，所以我回到戈德霍克路后，我的所有财产仅剩那些婚戒和捐献到临终关怀旧货店的衣物。我在有机超市打工时，我的时薪只买得起一份小杯装的茅草奶昔，不加任何小料那种。但我什么都没买过——数月以来，我只买过火腿三明治和与尼古拉斯散步时喝的运动饮料。

钥匙当天下午就送到了。地址依然写在一张印有花押字图案的卡片上，地址上方写着："一个新娘，被残忍地打发出家门，享受幸福后失去丈夫，现在身穿牛仔裤[1]……到达后给我打个电话。"我有足够的钱，所以我启程了。

1　此处原文的单词首字母遵循字母表顺序，是玛莎和佩里格林之前玩过的写故事游戏。原文为："A Bride, Cruelly Dismissed, Experiences Felicity, Going Husbandless, In Jeans …"。

我在巴黎生活了四年，一直在巴黎圣母院附近的一家英文书店工作，接待那些只想在书店里打卡拍照的游客，向他们兜售《孤独星球》和海明威作品的平装本。

我的老板是一个美国人，住在改建过的阁楼里，他的梦想是成为一名剧作家。我第一天上班时，他领着我了解每样东西的位置，最后在靠近门口的书架旁结束介绍。他说道："所有颇负盛名的作家作品都在这了。"我问他那些籍籍无名的作家在哪边，他用舌头抵住上颚，发出弹响，朝向那个忧郁愁苦的丹麦女孩说道："我们这就有一现成的。"那天是她最后一天上班。我在他的书店工作了三年半，却从未爱过这份工作。

他在店里张贴过"禁止拍摄"的警示标识，随后演变为"禁止使用iPhone"，甚至"禁止使用自拍杆"。但在此之前，我曾出现在上千张照片的背景中。我坐在柜台后读着新近出版的书籍，如果新书是犯罪或魔幻现实主义题材，那我就透过楼宇间的缝隙一窥塞纳河的局部风景。

*

佩里格林是第一个在巴黎看望我的人，除了英格丽德，他也是造访最频繁的人。他只在白天来访，往往是中午前就到，一直待到很晚才离开。我们会相约在餐厅里见面。佩里格林青睐于刚失去一颗米其林星的餐厅，因为他觉得这是一种简单的慈善行为，仅凭光临餐厅享用午餐即可让他们备受鼓舞。另外他说，在巴黎，这是能获得周到服务的唯一保证。无论是一年中的哪个时节，我们都会在午饭后步行到杜乐丽花园，然后沿着河岸走往玛莱区——但行程中需要回避蓬皮杜中心，因为那里的建筑风格让他感觉压抑——随后，我们会前往毕加索博物馆，一直等到他提议去某家评价不高但很迷人的餐厅，在晚饭前来一杯杜博尼酒。

我以佩里格林的来访计算着我在巴黎的时间。也许他深谙这一点，因为他离开时总会告诉我，他打算什么时候再来看我。而且，他总在九月份来，他说那是我被解雇的纪念日——指的是被乔纳森解雇，而非被杂志社辞退。

哪怕是在这种纪念日的节点上，与他在一起的时刻总是快乐的，除了我即将30岁的那一年。走近博物馆的前厅，佩里格林说他发现我这一整天的行为都有点匪夷所思。后来，我们没有像往常那样参观博物馆，而是原路返回，他向我讲述了他30岁那年的生活状态。他说，如果我觉得他当时非常凄凉，那可能我就不会再因自己的生活而苦恼沮丧，也不会再耸起可怕的圆肩走路了。

我们重新回到街上，佩里格林拂了拂大衣的衣袖，说了声"来吧"，于是我们就启程了。"我们来回想一下。当时，我妻子戴安娜觉得我俩话不投机，正跟我闹离婚，她谋划着让我净身出户，也不能和孩子们见面。我搬到伦敦，流连于苏活区某个乌烟瘴气的房间，沉醉于各种成瘾物质，结果，我被当时的杂志社东家解聘了。一天之内，我的钱全花光了，走投无路下，我只能回到格洛斯特郡的老家。回到老家，我自然是不受待见，不仅自己不受欢迎，还连累家族受到牵连，最终我精神崩溃了。对此，你怎么看？"

我告诉他，这确实相当凄惨，得知他经历过如此煎熬的日子，我很难过。我也很愧疚，因为我从未问及他此前的生活。

他说是的。"然而，过上流放生活的好处是，你只能强迫着自己纠正行为，因为在20世纪70年代的图克斯伯里根本买不到甲喹酮。"

我说，"也买不到意大利青酱。"我将肩膀收了回来。佩里格林搂着我的肩，我俩继续前行。

*

通常我们会在巴黎北站分别，但那天我不想他离开，便问道我能不能和他一起进站等火车。我们站在咖啡店的台前，我告诉他，有时我还是会想念乔纳森，对此我感到羞愧。这事我没告诉过任何人。

他说这没什么好羞愧的，千万别有这样的想法。"时至今日，我还在回忆我和戴安娜结婚的那些年，非常怀念，"他端起咖啡抿了一口，放下来继续说道，"当然，我是说按照希腊语最初的定义，和现在普罗大众描述对学生时代的怀旧之情毫不相关。"佩里格林看了看钟，从胸前口袋里掏出钱放在柜台上。"玛莎，回家……痛苦……怀念……归家的心愿无法满足，内心的渴望未被抚平，因而产生痛苦。"不管我们日思夜盼的这个家是否仍然存在，他补了一句。在通往月台的大门前，佩里格林吻了吻我的双颊，说："十一月。"我便知道下次见面是在我生日那天。

*

补充说明：我爱巴黎，爱这套临时住所的窗户，爱它的瓦楞铁板屋顶、赤褐色烟囱和凌乱纠缠的电线。在戈德霍克路住了几个月后，我爱上了这种独居生活。每个周末我会和我爸聊天，每个早上则和英格丽德聊，聊完后我会走到街角的咖啡店买早餐。我还着手写另一本小说。

但我也讨厌巴黎，讨厌这套临时住所的红色油毡地面，讨厌黑暗通道尽头的公共浴室。没有了我爸，没有了尼格拉斯、奥利弗和帕特里克在我入睡时的吵闹声，没有了英格丽德的陪伴，我感到如此孤独。我到巴黎没多久，英格丽德就打电话给我说，帕特里克开始和贾丝明约会，她觉得这事儿滑稽极了，但我笑不出来，个中原因我也无法解释。但是后来，我总是将小说的故事背景设定在戈德霍克路，而主角——一名男性，所以不可能是我——总是向帕特里克靠拢。小说里还有一个女孩，她的遭遇总是那么出人意料，无论我怎么写，她似乎总出现在楼梯上。

我告诉佩里格林我在写书，但我总把它写成一个发生在一幢丑房子里的爱情故事。他说道，"作家的首部小说一般是自传，就为了实现未遂的心愿。显然，如果一个人想写点有用的东西，就得先承认和接受所有的失望和求而不得的期待。"

我一到家就把书稿扔了。但我尝试过其他写法，一直在努力实现佩里格林的愿望，让他女儿成为泽尔达·菲茨杰拉德。我沿着河边散步、消费，到市场里买了奶酪并直接用手指掰着吃，我就这样四处游荡着。我粉刷了临时住所的墙面，重铺了木地板。我独自去歌剧院，买了芭蕾舞的带妆彩排门票。我学会了抽烟，喜欢上吃蜗牛，无论谁约我，我都会跟他出去。我在维基百科上查到了佩里格林那天在橘园餐厅提及的另一位作家——那时我还没听说过她——我读了她那本以巴黎为故事背景的书。很多时候，我都能将自己代入主角中，一个躺在昏暗的画室里、思考自己离婚问题的女人，她想了长达 192 页。维基百科上显示，"评论家认为小说写得不错，但整体而言太压抑了。"

还有，我沉浸式地学了些法语医学用语：我很痛苦；请给我开点抗抑郁药；我的处方药吃完了，而现在又是周末。医生问："你无缘无故感到悲伤的频率有多高？总是，有时，很少还是没有？"

时不时会。随着时间流逝，就变得总是悲伤。

　　我回过一次家，就在我搬回伦敦前长住的一个月左右。我回到巴黎时已经一月了，空气潮湿，天色晦暗，商店冷冷清清，在圣诞节和情人节之间的时日总是如此。美国人老板回家过节了，我一个人留守书店，紧张不安地坐在柜台后面好几个小时，摊在膝上的书一页未读。

　　那个美国人回来了，毫无预兆地雇用了一个男性店员并解雇了我，因为我赔不起那些被我弄破书脊、打湿书页而卖不出去的书。我不想再待在巴黎了。我回伦敦，是去参加佩里格林的葬礼。

　　他从华莱士收藏馆的中央楼梯上摔了下来，头部撞在楼梯的大理石中柱底部，不幸身亡。他的一个女儿念了悼词，神色严肃地说，这正是他想要的撒手人寰的方式。我怆然泪下，意识到我有多爱他，他是我最真挚的朋友，他的女儿是对的。如果佩里格林不是以这出悲剧收场，他肯定会非常嫉妒那些在满是镀金家具的背景里，在众目睽睽之下，以戏剧化的方式离世的人。

　　我在巴黎的最后一天，在一家评价不高的餐厅里吃了牡蛎，那正是我30岁生日那天他带我去过的餐厅。随后，我从杜乐丽花园步行至毕加索博物馆，我想起那次我们在巴黎北站道别。那晚的天空是紫罗兰色的。佩里格林身穿长款大衣，围着丝质围巾。他亲吻了我的双颊后，把帽子戴在头上，转身向车站走去。他踱步走向黑森森的车站正面，寻常民众在他面前分离告别，那一幕美得令人心醉。我喊出他的名字，他回眸一瞥。我有些后悔，但还是说道："你很美。"佩里格林碰了一下帽檐，对我说了最后一句话："人该尽力而为。"

在博物馆里，我在一幅他最喜欢的画前坐了许久。他曾说过，这幅画不典型，所以大多数人看不懂。我离开之前，在票根的票面写了一行字，趁警卫不注意，我把它贴到画的背面。我希望它还在那。票上写道："女孩们失去了更好的陪伴，心碎不已……[1]"

他女儿把那套临时住所卖掉了。

1　此处原文的单词首字母遵循字母表顺序，原文为："A Better Com‑panion Didn't Exist For Girls, Heartbroken etc."

英格丽德到机场接我，跟我说："你好，忧愁。"我俩拥抱了很久。"噢，我的天哪，这话我想说很久了，"她让我往前走，"哈米什在车上。"回家的路上，她告诉我他们已经定好婚礼日期，所以我还有两个月可以增重，最好能重6千克，实在不行，3千克也好。"还有，你不用送我船型肉汁盘。"

根据后来在测算怀孕时间的网站上推算出的结果，英格丽德应该是在四月婚礼和在贝尔格莱维亚办鸡尾酒会的期间怀上第一胎的。随后，温森立即将房子里的每一间浴室都重新翻修了，尽管她只在其中一间浴室里碰见过英格丽德和哈米什。

在妹妹等待走进教堂的那一刻，她转过身来对我说："我要像戴安娜王妃那样走进去。"

"你是认真的吗？"

"我好不容易才走到这的，玛莎。"

*

英格丽德和我说过他会来。尽管当我和妹妹走进教堂时，所有教堂会众都扭头看向我们，尽管我们走在教堂过道时，接受着两百多人的注视，尽管我一直走到过道的最后1米左右才发现他坐的位置，我也只考虑帕特里克视角下的我——他是否正注视着我，如果是的话，他是怎样看待我的。我的一举一动、一颦一笑，我凝视的方向，都是为了帕特里克。

原因是——随着时间的推移，我很少会再想起乔纳森，在巴黎生活了几年后，我就意识到，只有在受到某些外部刺激时才会想起他。而现在，哪怕喷了帕尔玛之水的男人在街上与我擦肩而过，我也不会联想起他。

但我想起帕特里克的次数并没有减少。我承认，最初是源于他与乔纳森的关联，仅仅是为了重现和对比他们各自拒绝我的方式。后来，他与贾丝明约会了，又闯进我的小说中，我想起他的动机就随之改变了。如果把帕特里克的罪行和乔纳森的区别开来、单独考虑的话，帕特里克的行为不再称得上罪行。我在脑海中重演回忆时，我能看见他的善意。我实在太孤单了，我追想着帕特里克的好，想象着他一如往昔地陪在我身边，陪我在人迹寥寥的街道上闲逛，或者在没有顾客的商店里消磨时光，这能让我感到一丝慰藉。每当我需要安慰和陪伴，需要排忧解闷，需要寻觅在家的舒适感时，我都会想起他——这发生得越来越频繁，我无法再坚称这与乔纳森有关联。在那两年后，我意识到，我想念的不再是乔纳森，而是他。

我们的家人站在同一排，而他挨着贾丝明站在中间，并肩站立的新人与两旁的人聊天时，他的存在显而易见。他身穿一身黑色西服，这是唯一一处与他在我脑海中的各种形象明显不同的地方。在我的印象中，他总是穿着牛仔裤和衬衫，衣物熨烫得很糟糕，衬衣也没有掖好。他还是那副模样，头发依然漆黑，还是需要去理发。在这些细节上，他一如往常。但他表现出与以往不同的神态，即使隔着一段距离也清晰可辨。

开始唱第一首赞美诗时，他给站在贾丝明另一边的奥利弗递了份婚礼流程单。在传递的过程中，帕特里克将手伸到贾丝明的背后，缩回来时手搭在她的后腰上。他说了句什么，她侧耳听着，似乎觉得很有趣。接着，他又用同一只手从胸前的口袋里掏出一副眼镜，不经意间轻轻一弹便将镜腿打开了，然后漫不经心地拿起自己的婚礼流程单。帕特里克做事从不会漫不经心的。他的所言所行并非与生俱来的。根据我对他的了解，与女性近距离接触会让他心慌意乱，甚至表现出神色不安。赞美诗唱罢，我从圣坛上退下，在走到指定位置时从他身边经过。他微笑着向我点头致意，同时整理了一下袖口。我不确定我有没有回应他的微笑。我继续走到自己的位置上，想搜刮出一个能描述他的词。突然想到后，我感到很难为情，就像我当着所有会众大声喊了出来一样。帕特里克看起来，很有男子气概。

这是我四年来第一次见到他，此刻相遇的感觉，就和过去这些年来在公共场合下见到他的感觉一样。如果我到了某个地方，看到他早早在那等候或者朝我走来，如果他正和房间另一边的人说话——我感到的不是兴奋，不是愉悦，也不是猛烈迸发出的爱意。在教堂里，我说不清这到底是什么感觉，在整场婚礼仪式上，我一直想弄明白到底是什么感觉。仪式结束后，我走回圣坛，帕特里克又朝我笑了笑，我内心深处再次翻涌起那种强烈得使我挪不动步的感觉，差点无法跟随英格丽德和哈米什走出教堂，逐渐离帕特里克远去。

*

在酒会上，贾丝明给我、尼古拉斯、奥利弗讲了她十几岁时第一次在夜里进城的故事。温森本该9点来接她的，但她并没有准时出现。9点半时，贾丝明的所有朋友都回家了，只剩她一个人站在莱斯特广场的人潮中，先是尴尬难堪，然后窘迫转变成愤怒，最后感到惶恐不安，因为温森会迟到的唯一原因只能是她出事了。

奥利弗说："是啊，哪怕她出事了也会赶到的。"

贾丝明说正是如此。"但大约10点的时候，我看到她推开一群醉酒的人，从人群中挤了过来。真的，我当时感觉恶心干呕，想号啕大哭，那一刻我如释重负。就像，前一秒你还混杂在一群可怕的白痴里，独自一人、惊恐万分，而下一秒你知道自己脱离危险，安然无恙。"

奥利弗问他们的妈妈到底去哪了。

贾丝明说她也不知道。"这不是故事的重点。"

"那重点是啥？讲得长篇大论的。"

"奥利弗，闭嘴。我也很难说，"她轻拂着头发，"就是你看到某个人后，会发出感谢上天的感慨。玛莎，你懂我在说什么吗？"

我说我懂。"感谢上天"就是那天我看见帕特里克的感觉。并非兴奋、爱意或愉悦，而是发自内心的如释重负。

后来，英格丽德和哈米什离开了，宾客们悉数散去，工作人员轻手轻脚地结束工作，温森和罗兰都上床休息了，只剩下我的表弟、表妹们、帕特里克和我。我们坐在花园里，被笼罩在黑夜里，桌上散落的酒瓶和空酒杯还没清理干净。除了帕特里克，我们都半醉半醒，穿着参加婚礼时的礼服和从屋子里找到的外套。

奥利弗点起一支烟，问帕特里克，他十几岁时，每年都来我们家过圣诞节，为什么他从来不喝我们从罗兰的酒柜里偷来的酒，也从不爬到屋顶去试抽尼古拉斯的烟。还有，为什么在女王发表圣诞演讲、我们被赶出屋外时，明明所有人都在公园的长凳上坐上一个小时就回家了，而他却会绕着公园走一圈。为什么他总是表现得像个循规蹈矩的好男孩，把我们衬托成一群浑蛋。

帕特里克说："因为只有安分守己，我才会再次被邀请来过节，而你们没有这个顾虑。"

我们三人不约而同地说道，"天啊"，声音很轻。

*

我想离开时已是凌晨，夜色仍浓，帕特里克提议开车送我回家。在他回屋里拿外套的那几分钟里，我独自坐在他的车里。如果那会儿我能打电话给我妹，我会问她想不想知道他车的内饰，因为她肯定会想知道。我会和她描述，帕特里克将手帕纸和英镑硬币放在扶手箱里的一个小收纳盘中——我妹肯定会说"我死了"——他不会撕烂水果软糖外的包装锡纸，尝过一颗后，还会将包装纸小心地合上。此时，她肯定会感叹："玛莎，说真的，谁会只吃一颗糖？""还有，"我会接着说，"他身为一名27岁的单身男性，车里的搁脚地毯竟然半点泥尘都没有，只有几道吸尘器推拉过的痕迹。"

我翻出手机，开始编辑信息，但是没有发出去，因为她和哈米什在一起，我不想让她知道，我凌晨四点独自一人坐在别人的车里，疲惫不堪。我翻了翻副驾座的杂物箱，不去想她选择了哈米什而不是我，试图驱散积压已久的悲伤。

他打开车门时，我正看着他的医院员工卡。"我能说拍这张照片的时候我已经连续工作26小时了吗？所以才会照成这样。抱歉，让你久等了。"

帕特里克发动汽车，车灯亮了，他低头看了看变速杆。我的目光始终追随着他，在重新陷入黑暗前的那一秒，我凝视着他的手和手腕，观察着他握紧和松开变速杆、将手放回到方向盘时肌腱的变化，以及卷起的衬衫袖子下前臂的摆动。他留意到我的眼神，想说点什么，我伸手在收音机上一通猛按，终于响起了音乐。那是一首乡村歌曲，正进入渐慢渐弱的尾声。

我说："噢天啊，帕特里克。这是什么频道？"

他目视前方说道："是张唱片。"看见我在笑，他想把它关掉。

"不。别关。很好听。"

歌曲播完了，我说我们得再播一遍，因为刚错过了全曲情感的高潮部分。帕特里克说好的，然后倒回到开头。

我喜欢这首歌，虽然之前从未听过，但丝毫不妨碍我跟唱下去。帕特里克声称他不喜欢我即兴创作的歌词，但却笑得不能自已。歌曲再次淡出，我想重播一遍，但找不到重播的按钮。让我一惊的是，帕特里克伸手抓住我的手，把它放回到我的腿上。我问他能不能吃一块水果软糖，我的话音刚落，他便拿起包装撕开了，那种触碰的感觉仍停留在肌肤上。

他不想吃糖，而我把嘴里塞得满满的。我问道："你是对乡村音乐情有独钟，还是也喜欢其他类型的音乐？"

"我不喜欢乡村音乐。我只是喜欢这首歌。"

"为什么？"

他说，他很喜欢曲调的变化。后来我才知道，因为这是他年幼时，机场广播里播放着这首歌时，他爸爸听到后随口说了句："这是你妈妈最喜欢的歌。"他说，在他看来，他不理解像他妈妈这么聪明的女人怎么能忍受歌中令人腻烦的多愁善感和矫揉造作的旋律。歌曲收尾前的某个瞬间，帕特里克若有所思，他听到的这些歌词，她妈妈早已熟稔于心。他已经失去了对母亲声音的记忆，但自那以后，每当他听这首歌时，仿佛都能听到她的声音。这就是为什么，每当他独自驱车时，都会播这首歌。

我突然觉得又累又饿，于是问起帕特里克过去四年里他都干了些什么，还强调了即使我困到闭上眼睛，我还是在听的。他说自己在接受专业培训，他本来打算到产科的，但在最后一刻改为重症监护。现在他正申请一个海外的实习机会，在非洲的某个地方，这样可以修得额外的学分。

我眼睛都没睁开就问道："你还和贾丝明在一起吗？"我明知道他们没在一起了。英格丽德打电话告诉我他俩分手了，就在她告诉我他俩约会的几周后。

他说："什么？没有。那段关系很短暂。我也很遗憾。我俩分开，和贾丝明没有关系，纯粹是因为我俩是完全不同的两类人。"

"发生什么了？"我睁开了眼。

"当时我开始考虑非洲的机会，我告诉了她，她说虽然她很喜欢我，但是她对这种'无国界医生组织'真的不感兴趣。她说我该当一名皮肤科医生。"

"著名专家那种？"

"最好是。我想自此以后她只会和金融圈的男性约会了。"

我说："5个里有3个都叫罗里。"

"所以，你已经知道我们……"

"帕特里克，那都是四年前的事了，我当然知道。"

在电影里，如果一个人笑着咳嗽，下次你再见到这个人时，他可能已经死于癌症。

而现实生活中，如果有人意识到，车停在她家门前，她不愿意下车，也不想解开安全带，这并不只是因为她在走进屋、回到房间时会经过父母紧闭的房门；如果她知道这是因为她不想和送她回家的人道别，她宁愿继续坐着听他说话，哪怕他谈论的大部分都是枯燥的工作内容；如果他总是低头留意着她的手，看她是否把手放到扣环上，他看起来并不想让她下车，那么下次你再见到他们时，她会指向街道尽头那间菜品劣质但仍在营业的咖啡馆，说道："你愿意的话，我们可以吃个早餐。"她还会补充一句，"但是吃完后会浑身油味儿。"这样他拒绝起来会比较简单。

但他说道："没关系，听着不错。"随即松开安全带，还没等安全带完全回弹就着急下车，因为他想给她开门。最初她还没搞清楚状况，她纳闷明明车门内把手并没有坏掉，为什么他要突然出现在副驾驶座的车门旁。因为之前从没有人为她开过门，哪怕是一次玩笑也没有。她一下车，他就问道："你想先换身衣服吗？"她低头看看，丝绸伴娘礼服裙外罩着一件她姨父遛狗时穿的短外套。但她说，"不用了，这样挺好的。"因为她不想把他留在人行道上。她担心当她回来时，他会离开。这段路正是他曾说他不爱她，也从没爱过她的地方，他肯定也立即意识到这一点。如果让他独自一人站在那里，不管她换衣服需要多长时间，他可能都会思考：和一个会问他这样问题的人一起度过余生，这事他不想做。如果他一直等她回来，就只能说："你知道吗，我很累了。我应该让你回去的。"

她不想离开。让她离开似乎成了一个惯常的主题。就这一次，她希望被挽留。这也是为什么到咖啡馆后，他花了很长时间看菜单，而她并没有恼火。未来某一天，她会厌烦这种等待，她会怒气冲冲地说道，"真见鬼，他要牛排"，然后抢过他手上的菜单，交还给服务员。服务员显得很为难，因为他们刚坐下时，他提及过今天是他们的结婚纪念日。但那是很久以后了，现在，他花了很长时间来点菜，这让她满心愉悦。更令她快乐的是，他说"我要一份煎蛋饼"，而服务员双脚则来回换重心站立，不以为然地回应道，"我得告诉您，煎蛋饼需要15分钟。"他说道，"是吗？好的。"然后重新翻看菜单，似乎想点其他菜。但她表示自己不赶时间，他回应道，"真的吗？那好，"转而跟服务员说："那样的话我就要煎蛋饼吧。"虽然她很反感煎蛋饼，但是她也点了一份，不然她点的餐会比他的那份来得更早，这会让场面变得更尴尬。这是他们第一次独处，只有两个人在一张小桌子旁相对而坐，光是坐在这就足够尴尬了。这就是为什么他们刚一坐下，她就说道："这感觉像在约会。"两人都局促地笑了笑，很庆幸女服务员及时出现，问他们需不需要擦桌子。

*

我吃完了所有吐司面包和煎蛋饼的焦边，喝了过量的咖啡，这时帕特里克说他可能需要离开了。我们往回走到我家，他停下来，将双手揣在口袋里，和他上次的动作相仿。

"怎么了？"

"没事，就是，你可能都不记得了……"

"我记得。"

他说，啊，"好吧，我应该道个歉。"

我说是我的错。"不然你该说什么呢？"

"我不知道。主要是那时我说话的方式。我让你难过了，很抱歉。我后来回来找你了，几天之后，但你已经去巴黎了。所以，不管怎样，如果现在还不算太晚的话，我很抱歉把你弄哭了。"

我说："和你无关。我以为你是原因之一，但其实只是因为乔纳森，我觉得太丢脸了，所以才对你那么粗鲁。所以我也得道个歉。也很抱歉把你弄得一身油腥味。"

我们俩都闻了闻袖子。帕特里克发出一声噢，"好了，"他拿出车钥匙，"你可能该去睡觉了。"他打开车门，感谢我带他吃早餐，虽然钱是他付的。那会儿是早上 10 点钟。我说了句"晚安，帕特里克"，然后独自站在路旁，身穿着伴娘裙和我姨父的外套，目送着他驾车离去。

帕特里克给我发来信息。依然是英格丽德婚礼后的同一天，当天下午。

　　"你喜欢伍迪·艾伦的电影吗?"

　　"不，他的电影没人喜欢。"

　　"你今晚想和我看一部吗?"

　　"想。"

　　他说他会在7点10分左右来接我。"你想知道是哪一部吗?"

　　我说："他的电影都一个样。我会在7点9分左右出门。"

　　电影院里有个酒吧。电影开场了，但我们没进去。直到午夜时分，一个男人拿着拖把说，对不起，打烊了。

*

　　那会儿，我刚在一家小出版社应聘上一份工作，那家出版社专门出版由老板撰写的战争历史书籍。老板年纪很大，不相信电脑，也不信任穿着裤子来上班的女员工。办公室里一共四个人，全是女性，年龄和长相都相仿。他对我们唯一的要求是在11点30分时给他端一杯茶，出去时顺手把门关上。

　　我们轮流给老板端茶。有一次轮到我，我问他能不能读一下我父亲写的诗。我说他曾被称为男版西尔维娅·普拉斯。老板说："那听起来太痛苦了，"然后指向门口说道，"请别摔门。"

　　春天来了又去，随即入夏了。我们不再伪装在上班，开始在屋顶打发时光。我们沐浴在日光下，翻阅杂志，将裙摆卷到大腿根部，最后干脆连同上衣一并脱掉。在屋顶上能眺望到帕特里克工作的医院，距离很近，救护车的警笛声响彻屋顶和罗素广场的绿地。

　　我们就是在这相遇的，第一次碰面纯属巧合，当时两人都走在去地铁的路上。之后我们就相约见面，频率从偶尔见一面发展到每天相见。上班前，公园里空旷无人，空气沁凉；到了午饭时间，气温回升，人多嘈杂，垃圾遍地；下班后，我俩坐在公园长凳上，看着最后一缕日光消失，不再有上班族抄近路穿过公园回家，也不再有游客挡在路中，清洁工熄掉了路面清扫车，公园里再次只剩下我们俩人。坐到某个时间点，他会提醒一句："我该送你去地铁站了。时间不早了，你大概会在9点半到家。"

　　有时他迟到了，虽然我不介意等待，但他仍会觉得很抱歉。有时他会穿着医院的工作服和那双实习医生运动鞋。我常拿那双鞋开玩笑，实际上是在掩饰我对那双鞋的喜爱之情，鞋底蓬松，还带着花哨的紫色斑点。

有一次吃午餐时，帕特里克伸手去拿我带给他的三明治，我们同时看到他的前臂内侧似乎沾有血迹。他道了歉，到饮水池旁冲洗干净，回来坐下时又道了歉。

我说，你的工作环境里总有人离世，那种感觉肯定很奇怪。"不像我的工作那么无趣。最糟糕的是什么？孩子吗？"

他说："母亲。"

我拿起咖啡，对比我那份愚蠢的工作，他高强度的工作要求让我自惭形秽。我问道："好吧，你知道我这份工作最糟糕的地方是什么吗？"

帕特里克说他基本上都听说过了，"除非今天又有新事情发生。"

"那问我点别的。"

他正要吃三明治，却又把它放回盒子里，盖上盖子，放回到长凳上。"乔纳森最糟糕的点是什么？"

我刚往嘴里灌了咖啡，但是被这个问题震惊到了，我大笑起来，无法下咽，只能捂住嘴。帕特里克递给我一张餐巾纸，等着我回答。

我先罗列起他的愚蠢行径：看起来湿漉漉的头发；他的穿衣风格；他从不等我下车，便自顾自地往前走；他家的保洁阿姨为他服务了7年，他依然记不清她的名字。我还告诉他，乔纳森的公寓里有一个房间，里面只摆放着一套鼓，面向整面都是镜子的墙。我掀开咖啡杯盖，接着说，最糟糕的是，我觉得他很有趣，因为他把所有事情都说得像个玩笑。"但他说的每一句话都是认真的。之后他会改变主意，完全颠覆他的原意。他说过我美丽聪慧，后来又说我精神错乱，两个评价我认同。"我怔怔地盯着杯子，心想要是在说到镜面墙时就打住多好。

帕特里克揉了揉下巴。"对我来说，最糟糕的可能是他的美黑。"

我被逗乐了，看着他冲我微笑着，但他说接下来的话时，笑容慢慢消失了。"还有，他向你求婚的时候，有种嘶嘶冒着寒气的感觉，侵袭我的脖颈。看着你说'我愿意'，而我却无能为力，无法阻止的时候，寒意蔓延开来，从肩膀到手臂，直至发梢。"

我电话响了，我还没对他说的话做出回应。帕特里克说没事，让我先接电话。

是英格丽德。她说她在哈默史密斯大街的星巴克里，把自己关在残疾人专用卫生间。她怀孕了，刚做的测试。她说话声音太大，帕特里克听到消息后竖起大拇指，然后指了指表盘，站了起来，做手势说他要回去工作了，过会儿给我发信息。我也用手势示意他把垃圾扔进垃圾箱，但是把再见说出了声。

英格丽德问我在和谁说话。

"帕特里克。"

"什么？你怎么和帕特里克在一起？"

我说："发生了一些奇怪的事。但是，你怀孕了。我太高兴了。知道孩子他爸是谁吗？"

我让她畅所欲言，她谈到了孩子和晨吐，畅想着给孩子起什么名字。最后我说："很对不起，我得回办公室了，还有好多工作

137

要做。"

英格丽德说："好的。别被工作困住了。周五了，点根下午5点就熄灭的蜡烛。"

我太为她感到高兴了，不知道该如何面对这一切。

第二天我谁也不想见。本来和帕特里克约好要去参观摄影展的，他连票都买好了。早上他发信息问我，我说我去不了。他说好的，并没有让我感到愧疚。后来我回信息说，其实我可以去。

这是一场在泰特美术馆举办的展览，展出的是一位摄影师的作品，他似乎只在自己的浴室里创作自拍照。我们走到第三个展厅时，帕特里克感到大失所望。我们看向同一幅摄影作品，作品中的艺术家站在浴室里，身上只穿着一件汗衫。

我说："我不太懂艺术，但我宁愿去逛礼品店。"

帕特里克说他真的很抱歉。"同事说这场展览非常惊艳。我以为你会喜欢的。"

我把手一直搭在他的胳膊上，说道："帕特里克，我唯一喜欢做的事就是坐着，喝茶或别的水饮，聊聊天，当然最好是不用说话。这就是我唯一想做的事。"他说很好，他记下了。"我想这儿应该有一家咖啡馆。在顶楼。"

*

在电梯里，他说："你肯定为英格丽德感到高兴。"我说是的，并庆幸电梯门开了。我们坐在靠窗的桌子，偶尔看看泰晤士河，偶尔与对方对视，喝喝茶或其他饮品。我们聊了很长时间，但是没提英格丽德怀孕的事。帕特里克说自己是独生子，过去他很羡慕奥利弗有个哥哥，然后谈起他第一次见到我和英格丽德时的印象，说到即使认识多年，我俩的关系在他看来还是很不可思议。他说，在认识我们之前，他没想到两个独立的个体之间关系可以如此亲密。我俩长相相仿，谈吐方式相似，而且他记忆中我俩从不分离，就像我俩周围存在某种其他人无法穿越的力场。他问我们是不是穿过闺蜜装，衣服前襟印着一些奇怪的文字？

我说穿过，我现在还留着那件衣服，只是衣服上的胶印字已经剥落成"人学"[1]，只留下些许白色的斑斑点点。他说，他记得我住在戈德霍克路的那几个月时，每次到我家都能看见我穿着它。

我说，英格丽德和我也意识到了这个力场，有时仍能感觉它的存在，但我知道，一旦我俩中只有她成了母亲，情况便全然不同了。"这就是为什么我没有太多女性朋友，因为她们现在都有孩子了——"我说了句算了，然后将糖拿开了。

"但事情会发展，不是吗？终有一日你也会成为母亲。"

"我不想要孩子。"我突然想到乔纳森说过他得抢先一步，我也没留意听帕特里克当时的回答；当晚直至深夜，我躺在床上寤而不睡，重演着白天的这段对话。他并没有问我为什么不想要，只是说了句："很有趣，我总是想象自己会有孩子，但应该就是和普通人那样想想而已吧。"

我们从画廊里出来时，已经是周六的晚上，此时此刻我最不想

---

1 衣服原来的字样为"大学"（University）。

去的地方就是家。我爸妈举办了一个沙龙，由我妈负责宾客名单，名气不如我妈的艺术家和成就高于我爸的作家会应邀而来，齐聚在我家的客厅里，把从超市买来的普罗塞克葡萄酒喝得精光，等着轮番谈论自己的故事。帕特里克问我想去哪，我回答不上来，于是我们便过了河，沿着维多利亚堤岸散步。堤岸变得熙熙攘攘起来，我们总是被迎面而来的人群冲散。

我看得出来，汹涌的人潮让帕特里克很恼火——我俩被一次次地分开，几秒后再重新找回彼此。对我来说，这都是许多个微妙的重逢瞬间，不断迸发出"感谢上天"的感觉，所以我很乐意继续走下去。此时，一对情侣手牵手沿着泰晤士河溜旱冰，沉浸在甜蜜幻梦的两人不愿意松开手，帕特里克只得拉住我的手，将我一把拉到一旁。他说："玛莎，我们得有个目标。我担心，我们冒着生命危险去找饭店，结果只能找到一家比萨速食店，如果店里空无一人，你会难过，如果店里人满为患，你又会焦虑。"我不知道他怎么会这么了解我。"我们能回你家吗？"他补充解释道，他能以护航者的身份，陪我坐地铁到戈德霍克路，然后在家门口和我道别吗？

我思考了一下，说道："你留意到一件有趣的事没？我认识你这么久，15年了，可是我从来没去过你家。"

当帕特里克将我拉出那对旱冰情侣的滑行路线时，我的背部紧贴着一座雕像的底座。旱冰情侣掉头滑回来了，但是这回松开了手，脚步显然不受控制。帕特里克不得不迈步向前，我俩因此面对面紧靠彼此，感受着对方的呼吸，身体间几乎没有距离。我不知道帕特里克是否也意识到了这一点，或者有没有像我一样强烈的感觉。随后他说道："走这边，"便引着我朝他公寓的方向走去。

*

　　帕特里克开门时，向我保证说家里平时会比现在更整洁，然后欠身让我先进门。房子位于克拉珀姆一幢维多利亚风格公寓楼的三层，房子位于楼内的一隅，所以可以从卧室里那面高耸直立的窗户俯瞰楼下的公园。他毕业后就买了这套公寓，和一个名为希瑟的医生合住。帕特里克口中所说的凌乱不堪，应该是指沙发扶手上放了个马克杯。因为杯子边缘有口红印，我推测希瑟比较不修边幅。

　　帕特里克正给我做着培根三明治，希瑟这时回来了。她悠闲地踱进厨房，站在他身后，然后从他手里拿着的平底锅里挑起一块烧焦的肉碎。她像品尝美味小糖果那样把肉吃掉，然后游荡到橱柜前拿东西，一副对家里东西的摆放位置了然于心的姿态，一种抢占先机的掌控感。我觉得自己从来没有这么恨过另一个女人。

　　一吃完饭，我就看着他洗碗，并用抹布擦干碗碟。我和他说，如果他把碗碟搁在台面上，物理作用或其他因素下，它们自然会干的，所以不用擦。

　　他说，他不确定这是不是物理作用。"我不介意擦碗碟。我有点完美主义的倾向。不过马上就好。你会玩双陆棋吗？"

　　我说不会，但表示愿意学。我们走进客厅，他整理着行李箱，说道："我想告诉你，我要去乌干达了。"

　　我皱起眉头，问他为什么。

　　"去工作，一个实习机会。我告诉过你我在申请。我记得是前一阵子吧。"

　　"我记得。我只是没想到你还……"我不太确定我想表达什么，

141

我没法说出口。

"我还什么?"

我本想说,我以为你会因为我的存在而不再考虑离开。我说:"我只是没想到这事还有后续。没别的了。"帕特里克问我是否介意。他在开玩笑,但我感觉自己暴露了,回答说不会。"为什么要介意呢?真奇怪。"我捡起其中一枚棋盘筹码,将它翻转过来。"你什么时候走?"他说三周后。"10号。圣诞节回来。应该是圣诞节前一天。"

"那就是五个月。"

帕特里克说,"五个半月,"然后摆好了棋盘。我试着集中精力听他讲解玩法,但他要离开这么久,这件事一直萦绕在我脑海里。他不断提醒我该轮到谁了,我对他说:"你帮我掷骰子吧,我看着就行。"

*

那个男人在那儿站了多久,我毫无概念。我只听见有人说了句"你好",于是我抬起头看,那语气仿佛不是他第一次这么问候别人。时值十月,天气寒冷。汉普斯特德荒野里,砾石小路和狭窄溪流之间覆盖着一片长枯草地。我独坐其中,双臂抱着小腿,额头贴在膝盖上。我泣不成声,脸颊的皮肤就像用肥皂清洁后用力擦拭那样疼痛紧绷。

那人穿着防水外套,戴着粗花呢帽子,谨慎地微笑着。他牵着一条大型拉布拉多犬,后者温顺地站在他脚边,摇着尾巴,一下下地扇在他的腿上。我不由自主地回以微笑，就像在聚会时，你被拍了拍肩膀，转过头来，满心期待地看是谁在喊你，想听听他们要过来分享什么有趣的事。

他说，"我很难不想注意到你，"听起来是父辈的语气，"我不想侵犯你的隐私，但我对自己说，如果我返程时她还在原地……"他点点头，暗示我确实还在原地，并继续问起我是否一切都好。

我很抱歉，并想向他道歉，我闯进了他的午后时光，打搅了这次散步，还要求他考虑我的处境。拉布拉多犬把鼻子垂下来，往我这边凑近嗅了嗅，直到被牵引绳拉住了。我伸出手，男人松开一点绳子，让它能把鼻子放在我的掌心。他说道："啊，它喜欢你。它年纪挺大了，喜欢的人不多。"

我眯起眼睛看着他。我想骗他说，我母亲刚刚去世，这能解释我在公众场合痛哭不止的行为。但这并非这位好人能解决的问题，反而会给他徒增负担。我转而想说我手机掉进溪流里了，但我又不想让他觉得我很愚蠢，更不想让他帮我把手机找回来。

我说："我很孤独。"这是实话。我又补充了一些谎言，让他无须担心。"只是今天而已，这不是我的常态。平日我很好。"

"好吧，人们总说，伦敦是一座承载着'八百万孤独灵魂'的城市，不是吗？"男人轻拉绳子，将狗引回自己脚边。"但常言道，一切都会过去的。"

他点点头，和我道别，然后沿着路离开了。

孩童时期，我和我爸看新闻或者用收音机听广播时，新闻里经常提到"一个遛狗的男人发现的尸体"，我总以为那是同一个男人。我仍然会想象着他的形象：他会在门口穿上散步的便鞋，找到牵引绳，将绳子拴在狗的项圈上。熟悉的恐惧感袭来，但他依然心怀希望地出门了，祈求着今天不会发现尸体。但20分钟后，天啊，又一具尸体。

男人离开后，我仍坐在溪边，但我一直昂着头，以免引来更多殷切关心我的人。帕特里克离开后，我的状态一直不好。我坐在原地，回顾自己有过相似感受的几个时期——和乔纳森在一起的那几个月，在巴黎断断续续出现异样，以及最近几周——我成年生活中的低谷时期都与他的缺席有关。一切变得明晰了。还有那年夏季的那一天——我站起来，掸了掸牛仔裤的后腰。就在那刻，我开始觉得帕特里克就是我的解药。直至我们婚姻结束之时，我都将与他关系的疏远视作我发病的原因。

圣诞节前一天，我一大早就到机场去接帕特里克。我们拥抱彼此，但动作像毫无拥抱经验只是在语言浅显的手册里自学了一些理论的新手。

他身上的气味并不好闻，胡子拉碴的让人看着心疼。但是除此以外，我很高兴能见到他。我没有说出口的是，这种高兴难以言表，超乎想象。

帕特里克说他也很高兴，还喊了我的名字。"我也很高兴见到你，玛莎。"

在售票机前，他问我想不想一起回他家。"当然不是那个意思。"他笑着说。这话像往我的心里投了一块石头，让我的希望落空，重重坠地。我说我想，但也不是那个意思。

公寓里很安静，弥漫着房子空置很久的气息。希瑟应该还住在这里，但屋里整齐干净。帕特里克打开窗户，问我想做点什么。我

145

说先把胡子刮掉吧。他刮胡子时，我就坐在马桶盖上看着，每刮一处，幽默程度便增加一分——他把自己从最初的查尔斯·达尔文，剃成《傲慢与偏见》（BBC改编版）里的班纳特先生，最后落得袭击案犯罪嫌疑人的模样。

刮完后，他开始冲澡。我走出浴室，坐在客厅里，从咖啡桌下找到一本书读起来。哗哗流水声从浴室里传出，混杂着水雾和香皂的气味，我努力屏蔽掉这些感知，也不让自己凭空臆想。我好奇他在做什么，这太具象了，我只好离开公寓去买早餐，给他的冰箱补充食材，一直在外面待到他洗完澡。

我们一直聊到深夜。天色太晚，我回不了家，最后帕特里克让我睡床上，他睡沙发。

*

第二天早上，我们途经巴特西公园，跨过切尔西桥，一路走到贝尔格莱维亚。温森一开门，惊讶于我们一起登门。我们在脱外套时，她似乎话到嘴边没说出口，肯定不是说我头发做得不错，因为她说的最后一个词是"一起"。

午饭前，我走进饭厅，看见温森在重新调整座位牌。她说，因为她刚见到英格丽德了，心想最好将她安排在长桌的一端，这样她方便进出。我妹妹那会儿已经怀孕36周了，体重增长惊人。

温森继续说道，现在她考虑的是，如果让英格丽德坐在更结实的椅子上会不会舒服一些，毕竟那些正式的餐椅只有几根单薄的椅腿。

"也许我可以和她提一下，"我姨妈说道："她不会感到冒犯吧?"然后摸了摸佩戴的珍珠。

英格丽德确实感到冒犯了，即使面对额外铺好的软垫的诱惑，她也拒绝换到结实的椅子上。我们一落座，她就说道，她试着将黏液栓挤出来，彻底毁掉这张特意套上软垫、椅腿单薄的餐椅，这还是她逼着哈米什交出来的。哈米什提示我妹，也许假装用力分娩胎儿不是个好主意，说完还瞥了一眼坐在旁边的帕特里克，以寻求肯定。我们都觉得很滑稽。

英格丽德大笑起来。"女人是不能靠假装分娩来逼出黏液栓的。"

他又看了下帕特里克，问是不是真的。

英格丽德说："哈米什，他当医生才多久，十分钟?我都怀疑他知不知道。帕特里克，没有冒犯你的意思。"

"他是住院医师，亲爱的。"

"好吧，我分不清，但是我会让黏液栓留在我身体里的，行吧?"

坐在她旁边的贾丝明说道："什么时候我们不用再讨论黏液栓了，就真是可喜可贺。"说完起身离座。

过了一会儿，罗兰进来了，坐在贾丝明的位置。他刚养了一对同胞惠比特犬来取代瓦格纳。瓦格纳在经历了多轮化疗、透析和技术前沿的手术后，寿命比上天注定的命数长了许多，以罗兰毫无逻辑的标准，他并不觉得自己为此花费了高昂的费用。

现在他希望帕特里克能就他排尿紧张的情况给点建议，他说："发挥你作为医生的专长。"英格丽德说他其实是住院医师，然后站起来，对着全桌人说她得上楼躺下了，因为她感觉不太舒服。我陪着她上楼，一直待到她睡着。我下楼时，大家都外出散步了。我坐在温森的钢琴旁，想弹奏些旋律，这时英格丽德给我发消息："玛莎，麻烦上来一趟，顺便给哈米什打个电话。"

我在贾丝明房间的浴室里找到了她，她正跪在洗漱台前，双手攀着洗脸盆的边缘，似乎要把它从墙上扯下来。她身下的地板湿淋淋的。她抽泣着，看到我进来，说道："请不要生气，我那会儿是在说笑，不是认真的。"

我走到她身边跪下来。她松开了洗漱台，侧身躺下，蜷缩着身子，把头靠在我的腿上。我打电话给哈米什。他只一个劲儿地说好好好，直到我不得不挂电话才停下来。宫缩开始了，我妹身体僵硬，就像触电一般。她咬紧牙关说道："玛莎，让它停下来，我还没准备好。宝宝还太小。"过了一会儿，宫缩过去了，她让我去搜索下怎么把孩子留在肚子里。"孩子的生日会毁掉的，玛莎，"她哭笑不得地说道，"拜托了，这样一来，他的生日礼物和圣诞礼物只能合二为一了。"

维基百科上什么信息都没有。我和她说，不如我大声朗读《每日邮报》的名人花絮来分散你的注意力吧。她一手把我的手机拍掉，让我闭嘴，然后又尖叫着让我把手机捡回来，因为下一次宫缩要开始了，我得做个计时。

不知过了多久，我们还是维持这种状态。我安慰她说，一切都会好起来的。我是真心实意地希望一切会变好，希望我妹妹和她的孩子都安然无恙。两次宫缩之间的间隔逐渐缩短，到最后连让她喘息的间隙都消失了。她痛苦不堪，剧烈抽泣，说她快要死了。哈米什走进来时，她正用双手和膝盖支撑着身体，嘶喊着说有东西要从她身体里出来了。

我没想到帕特里克会和他一起。帕特里克先走了进来，我把路让出来，站在哈米什旁边。哈米什一进来就停在门口，因为英格丽德一见到他，就说不想在这里看到他。

帕特里克说他需要检查一下情况。英格丽德说："滚开，帕特里克。抱歉，我并不想让家里的朋友看我的大腿内侧。"

哈米什说，也许她的确需要做个快速检查，因为他才反应过来，自己在慌乱中忘记要叫救护车。

但帕特里克叫救护车了，他还告诉我妹，如果她已经感觉到异样了，等救护车来到可就来不及了。

"那让玛莎来看，"英格丽德说，"她可以看。你只需要告诉她怎么做。"

我看着他，希望他会拒绝，因为我对检查宫颈这事非常抗拒，但他神色凝重，透着威严的气息，我便不自觉地挪动到他身旁。

帕特里克让哈米什去拿剪刀来，同时打消我妹的顾虑，安慰她说不是她想象的那样，他不会在没有麻醉的情况下、在地板上做剖宫产手术。

肯定有什么东西从她身体里出来了。我开始描述眼前的东西，英格丽德喘着气说，帕特里克不需要我给他描绘得栩栩如生，并命令我走开。

这是英格丽德说的最后一句话，之后她用双手推起身体，如动物般发出一声长长的呻吟。哈米什拿着剪刀回来了，目睹她产下新生儿。她用双手怀抱着宝宝，他皮肤发红，体型小得不可思议。哈米什脸色苍白，朝墙倒去，帕特里克问他要手上的剪刀，他一时间也没反应过来。哈米什道歉说，这是他能找到的唯一一把剪刀，"从温森的缝纫屋里拿的。"

英格丽德跌坐在地，怀抱着宝宝说道："噢，我的天哪，不，哈米什。这可是锯齿剪刀。帕特里克？"

他说这也能派上用场。

她以恳求的目光望向我。我告诉她，这说不定能剪出可爱的效果，说完便转过身去，地板上血量太多了，我有点不知所措。但帕特里克伸过手去，接过婴儿，帮他剪断脐带，重新放回到我妹怀里。这一系列动作行云流水，安静利索，似乎在练习平时的日常操作。我大为惊愕，脑海里只回响着帕特里克的声音，那声音指挥我去多找些毛巾，敦促我走出房间，找得越多越好。

英格丽德试着将婴儿裹在其中一条毛巾中，开始落泪。她问帕特里克："你觉得我伤到他了吗？他还那么小，他不该诞生在这里。"她紧接着自责道："我很抱歉，我很抱歉。"她抬头看向帕特里克，看向我，又转向哈米什，似乎她犯下的过错和我们每个人都有关系。她垂下头向宝宝道歉时，我感觉泪水在我眼眶里打转。

帕特里克说："英格丽德，他终究是要降临人世的，这不是你的过错。"

她点点头，但没有看他。

帕特里克说："英格丽德？"

"嗯。"她抬起头。

"你相信我吗？"

"相信。"

"很好。"帕特里克拿起我手里剩下的毛巾，披在她的肩膀和双腿上。我的妹妹——我对她的爱在那一刻达到巅峰——擦干了一侧脸颊，努力挤出一丝笑容，说道："玛莎，我希望这些是温森家的好毛巾。"她依然泪流不止，但哭的方式改变了，似乎倏忽间，一切都好起来了。

*

哈米什去接救护车了，帕特里克和我留下来陪着她。虽然我连连拒绝，但她还是让我抱着孩子。宝宝轻得几乎没有重量，我任由自己淹没在对他强烈的宠爱中。她当着帕特里克的面问我："你确定你不想要一个吗？"

"我想要这一个。但你已经拥有他了，那我只能放弃了。"

帕特里克看着我怀中的孩子，说道："他很可爱，英格丽德。"

*

哈米什回来了，一同上楼的还有穿着深绿色制服的一男一女，他们合力抬着担架。他描述着楼下的情形：大家都散步回来了，虽然乱糟糟的，但仍在可控范围之内，这根本无法跟楼上的状况相提并论。他说，当你离开现场再回来一看，还是会感到震惊不已。

他走过来，动作轻柔地抚摸着他儿子的前额，和已经躺在担架上的英格丽德说："我想咱可以叫他帕特里克。"

英格丽德枕在枕头上，扭头看向帕特里克，他正用脚来回移动着毛巾，瓷砖上血迹的范围被越擦越广。然后，她转过头对哈米什说，如果她更喜欢帕特里克这个名字，她会考虑的，但很可惜，她不喜欢。救护人员推着她向门口走去。经过帕特里克身边时，英格丽德伸手抓住了他的前臂。她抓了好一会儿，似乎在思考表达的词汇，最后她说："你把这地板涂抹得太别致了。"

*

浴室里只剩下我们两人。我坐在浴缸的边缘，劝他放弃吧——现场看起来还是像发生了机械事故，不管怎样，温森很可能会把瓷砖铲掉重铺。

帕特里克过来坐下。我问他害不害怕，在这样的情景下接生。

他说和情景无关。"只是，我旁观过很多场分娩，但显然，我从没亲自动手接生过孩子。"

就在我们聊天时，温森敲了敲敞开的门，探进头来，说这儿看起来像是某个血腥惨烈的室内战场。她告诉我们，她在另一个浴室里放好了换洗衣物，"还有毛巾之类的"，让我们各自去洗漱一下。她接着说道，她需要去拿双橡胶手套，"再带一个垃圾袋来收拾这堆东西"。她望向地板的眼神满是忧郁，所以那些肯定是她近期购置的最好的毛巾。

*

我花了很长时间洗了个澡，又花了很长时间换上叠在浴室椅子上的衣服，然后花了很长时间给英格丽德发信息（虽然我知道不会得到回复），最后才走下楼。大家都在厨房里。哈米什描述的可控范围内的混乱，现在看来是完全贴切的。我爸和罗兰正在房间的两头隔空交谈，聊着我不理解的话题。显然，我爸面带愠色，而我姨父也被惹恼了。两只狗在罗兰脚踝周围打转，嗷嗷叫着。温森在刷锅，而贾丝明正往洗碗机里放碗碟，但她并没有离得很近，陶瓷餐具相互碰撞，发出不规则的叮当响，逼得他们只能提高嗓门争辩。尼古拉斯和奥利弗在外面的花园里抽烟。贾丝明时不时地喊他们过来帮忙，而当她试着用湿漉漉的手打开洗碗槽上方的窗户，但又打不开时，她便用拳头猛捶窗户。我妈模仿着丽莎·明尼里的姿势坐在厨房的餐椅上，做着某种表演，尽管现场除了我以外没有别的观众。

帕特里克不在厨房。我上楼去找温森，她说我看起来很干净清爽。我问她知不知道帕特里克去哪了。她说他已经走了，至于去哪了，她也说不准。

我乘出租车去了他的公寓，不确定他是否在家。哪怕在家，我对自己要说什么也毫无头绪，但他是唯一一个我想与之共处的人。

我到了他家，身上穿着温森的衣服。帕特里克开了门，仍然穿着罗兰的衣服。他问我要不要喝杯茶，我说好的。在等水烧开的空当，我告诉他我爱他。帕特里克转过身，倚在厨房台面上，双臂松松地交叉在胸前，向我求婚。

我说不，"不是这个意思。我这么说是因为，我想我们不该花那么长的时间和对方共处，就像你离开前的那段时间。这让我感觉像是你的女朋友。总是和你待在一起，这对我来说不公平。因为即使我是你的女朋友，这段恋情也只能无疾而终。虽然我，"我摸摸桌子的边缘，继续说道，"想和你一直在一起。"

帕特里克还是保持着那个姿势。"我想你一直待在我身边。"

听着他说这话的语气，我感觉身体突然浸入温暖的热水中。

他继续说道："听起来有点直接。"

"并不直接，因为我想说，我不能和你结婚。"

他问为什么不能。他看起来并没有很困扰，他摸摸衣角，将衬衫下摆塞进腰间。

"因为你想要孩子，而我不想。"

"你怎么知道我想要孩子？我们从来没有讨论过。"

"在泰特博物馆那天，你亲口说你总是想象自己会有孩子。"

"这跟很想要孩子不是一码事。"

"我刚才看着你接生了一个孩子，帕特里克。你表现得太明显了。你想要孩子，而我在逼你做'苏菲的选择'[1]，你要么和我结婚，要么成为别人的爸爸。"我继续说下去，这样他就不能插话，说那些熟人或陌生人告诫过我的话。"我不会改变主意的。我保证，我不会也不想成为你不能成为一个父亲的原因。"

帕特里克只说了句"有意思，好的"，然后就继续泡茶。他把我的茶杯拿过来放在我面前。茶包已经拿出来了，因为他知道，如果留在茶里，我会感觉像在喝恒河水，只是嘴里不会漂浮着河里的垃圾。

我说了声谢谢，他又回到刚泡茶的地方。他继续靠在橱柜台面旁，双臂交叉。"问题是，我无法改变对你的心意。"他说，虽然他没读过《苏菲的选择》，但他能理解我的引述。"这又不是两难的决定，玛莎。没什么决定而言。不管我想不想要孩子，我更想要你。"

---

1 《苏菲的选择》，作者威廉·斯泰隆，1978年由兰登书屋出版。故事中，波兰女子苏菲在纳粹集中营中被迫做出儿女只留其一的艰难抉择。战后，苏菲被两个男人同时爱上，自己再次面临选择。

我只是说"好吧"，然后摸了摸茶杯边缘。我竟然被人这么强烈地需要着，真是奇怪。我又说了一遍"好吧"。"还有一个问题，我的体质。"

"什么体质？"

"有精神失常的倾向。"

他说："玛莎。"这是他第一次听起来语气不悦。我抬起头。"你没有精神失常。"

"现在没有，但你了解我的过往。"

*

回忆回到那年夏天的那一天。他到戈德霍克路来接我吃午饭。我还躺在床上，因为梦境太离奇怪诞了，即使我已经醒来，那些幻象仍像实体一样在我房间里徘徊，我害怕得不敢动弹。我预感到有事情悄然而至。

帕特里克敲了敲房门，问："我能不能进来。"我正抽泣着，根本喘不上气来说话。

他走过来摸了摸我的额头，然后说他去给我倒杯水。他回来后，问我想不想看电影，我还记得他问我介不介意他坐在床边："我指的是把我的腿放上来。"我稍微往旁边挪了挪。他在我电脑上选电影时，说道："你身体不舒服，我很难过。"我认识帕特里克很久了。大多数时候，我的在场会让他紧张不安，哪怕现在也时不时会这样。而那一刻，他倚在我身边，却是如此平静。

他陪了我一整天，那天晚上他睡在地板上。早上起来，我感觉恢复正常了，情绪过去了。后来，我们去了游泳池。帕特里克在泳池一圈圈地游着，我坐在岸边拿着书，着迷地观察着他的泳姿——手臂连续摆动，仰头换气，在水中来去自如。后来，他开车送我回家，我为自己的诡异行为向他道歉。他说："每个人总有不顺心的时候。"

*

我不知道他是不是有心的，他在厨房里重复说了一遍：每个人总有不顺心的时候。"再说，哪怕你真的是，精神失常，我也能接受，"他说道，"我俩不会因为这个谈崩的。只要是你就好。"我垂着头，又摸了摸桌子的边缘。"我可以吃块饼干吗？"

他说："当然，马上拿过来。玛莎，你能抬起头吗？"我照做了。我们又重复了一遍刚才的对话。我说我们不应该再见面了，而他让我嫁给他。这一次，他还是和往常一样，将双手插在口袋里，我笑了起来，心想这真是他，真的很帕特里克。

我说："如果你是认真的，为什么不单膝下跪呢？"

"因为你不喜欢。"

我的确不喜欢。

"好吧。"

"好吧，然后？"

"好吧，我嫁给你。"

帕特里克说："那，很好。"他一时错愕，没有马上走过来。趁他没动身，我只得站起来，走到他面前。他问我："想不想，你知道的。"他指的是接吻。

我说我会感觉很不舒服。

"很好，我也是，那我们就……"

"适应一下。"我吻了他。这一吻感觉奇怪而微妙，体验很好，而且并没有浅尝辄止。

接吻结束后，帕特里克说："我本来想说，握个手。"

人很难做到直视对方的双眼。即使你爱得深切，也很难坚持对视，因为会有种被看穿的感觉，某种程度上，甚至是被揭穿的感觉。但是，在接吻时，我不为自己答应求婚而深感愧疚，我为自己能从帕特里克这得到我想要的东西而感到幸福。

他问我还想吃饼干吗。我说不用了。

"那就跟我来吧。我有东西要给你。"他说他一直想将它交到我手中，因而经历了漫长的等待。既然我答应了他的求婚，他成了世界上最幸福的人，他觉得是时候拿出来了。

我让他牵着我的手走进他的卧室。我已经猜到是他母亲的结婚戒指。我站在那等待着，看着他在抽屉里翻找，心中涌起不想接受它的念头。

他说："可能保养得不太好。我很多年没拿出来了。也有可能尺寸不合适。"我双手紧握在一起，浪费了最后几秒钟想请他留着它——这太珍贵了，它曾属于一个他深爱的女人，而对于我，我估计她是怀有恨意的——我默默地搓着左手手背，仿佛戒指已经戴进指间，我只要揉搓几下就能把它蹭掉。

他找到了戒指盒，将戒指取了出来。戒指捏在他的两指之间，太漂亮了。帕特里克说："玛莎，事实证明，虽然我在不同场合和时间说过言不由衷的话，但这15年来我一直爱着你。从你把这个喷到我胳膊上那刻起，便是如此。"是那根我牙套上的橡皮筋。

他牵过我的手，试着将戒指戴上，最后，戒指卡进了我的手指上。我看着自己的手，告诉他我永远不会把它取下来，哪怕它现在已经影响供血了。他又吻了我。然后我问道："所以我确认下，那会儿我问你，你是不是爱上了我……"

"我完全，"他说，"完全爱上了你。"

*

我跟帕特里克说，那天晚上我不能和他睡一起，因为希瑟马上就要到家了，而我不想让她待在我们房间的隔壁。他说他也不想，因为他要将自己留给对的人，于是提议将我送回戈德霍克路。

在车里系安全带时，帕特里克说："第一次肯定会不怎么样，这你知道的，对吧？"

"我知道。"

"因为我这十几年来一直在这事上想得太多。"

我说我讨厌这个词，因为身边的人总指责我想得太多。"我认为是他们对所有事情都想得不够。但我没有说出口，因为太不礼貌了。"

帕特里克说没错。"这才是我们在这次谈话里要明确的重点，而不是就我们的性生活达成约定。"他启动了汽车。

"我也不喜欢这个词。"

他说，我也不。"我不知道为什么我会用它。"

*

　　多年后的某天，我妈会告诉我，没有哪段婚姻能为外部世界所理解，因为，一段婚姻本身就是一个世界。而我会对她不予理睬，因为在那会儿，我俩的婚姻已经走到尽头。但在这一刻，当我们在我父母家门前道别时，我对此深信不疑。帕特里克展开双臂将我环抱在怀中，我把脸深埋在他的脖子里。我从未像他那样，认真地说过我爱他，但这份爱意已暗藏在一句"谢谢你，帕特里克"中。随后，我走进屋内。

隔天，我们到医院看望英格丽德。我爸妈、温森和罗兰早就在那陪着哈米什。病房里，摆得过多的椅子让本就逼仄的房间显得越发拥挤。

　　就在我们准备离开时，帕特里克说道："和大家简单说一句，昨晚我向玛莎求婚了，她答应了。"

　　英格丽德说，我的天啊，终于啊。"他俩从来就不是暧昧不清的关系。"我爸则高举双拳做出胜利的姿势，就像刚发现自己赢了比赛的玩家。他推开堆得满满当当的椅子，清出一条路向我们走来。"罗兰让一让，我得挪进来，和我的女婿握握手。"帕特里克朝他走去，只有那么一秒钟，我旁边没人。

　　英格丽德说："哈米什，帮我抱抱玛莎，我起不来。"我妹夫动作僵硬地拥抱了我，我听到我妈说道："我以为他们早就订婚了，为什么我会这么想？"

哈米什松开了我，我爸说道："没关系，他们现在确实订婚了。你怎么想，温森？"

我姨妈说这很美好，因为这样一切都井井有条的。而且她表示，我们愿意的话，很欢迎我们到贝尔格莱维亚办婚礼。站在她旁边的罗兰说道："希望你已经有5万英镑在手，帕特里克。你应该有的吧？婚庆简直是暴利行业。"

我爸终于走到我身旁，他把我搂在怀里，紧紧地抱了我很久，直到英格丽德说："你们现在可以离开了吗？"哈米什便送我们出门。

*

帕特里克和我回到他的公寓。桌上有一张希瑟留下的便条，提醒他说她离开了，要到周末才回来。我越过他的肩膀看了下便条。他说："我保证这不是我安排的。你想先喝杯茶吗？"

我说我们可以等会儿再喝，而现在，作为奖励，我脱掉了我的T恤。

*

帕特里克在想，这是不是自英国有记录以来体验最糟糕的二人性爱。在持续时长不久的几分钟内，他脸上出现了凝滞的神态，仿佛一个在没有麻醉的情况下咬牙忍受一场小型医疗手术的病人，而我则在不停地东拉西扯。结束后，我们立刻下了床，背对着对方，自顾自穿起衣服。

我俩在厨房里喝着茶，我跟帕特里克说，这像一场惨不忍睹的聚会。

他问我是不是对这寄予厚望而又感到失望？

我说不是。"因为只有一个人高潮了。"

第二次后，我们都一致认为，有继续下去的动力了。

至于第三次，我们感觉水乳交融，结合成其他形态。事后，我们躺了很长时间，我俩在黑暗中沉默不语，只是面朝彼此，呼吸同频，胸腹相抵。我们保持着这样的姿势，昏昏睡去又睁眼醒来。这是我曾拥有过的最极致的幸福。

*

早上洗完澡后，帕特里克会先戴上手表，然后在浴室里擦干身体，将毛巾留在浴室。他说，这样效率更高，不用为了挂毛巾而折返一趟。我还躺在他的床上，这是他第一次在我面前完成这一系列惯常动作——他走进房间，从抽屉踱步到衣橱。除了腕上的手臂，他全身赤裸。我观察了他很长时间，他留意到了，问我有什么有趣的点。

我说，"帕特里克，你有时间吗？"

他说有，然后走回抽屉旁。

男人们总将自己描述成恋腿男、恋胸男。而在帕特里克身上，我发现自己彻彻底底地迷恋上男人的肩膀。我喜欢完美的三角肌。

于是，有了第四次、第五次……

英格丽德想知道和帕特里克做爱是什么感觉。我俩正往她家附近的公园走。当时天寒地冻，但她自从出院后就没出过家门，还告诉我，可能因为缺氧而开始神志不清。她推着婴儿车，而我抱着一个从她家沙发上拆卸下的坐垫。因为她在给孩子喂母乳时，唯一能缓解疼痛的方法，就只有将孩子放在这个坐垫上，所以坐垫上难免有乳渍，她需要过一时间就清洗一次。我们找了个地方坐下，她在做喂奶准备时，哀求道："就透露一个细节吧，拜托。"

我拒绝了，但她喋喋不休地问我，我就心软了。"我没想到原来可以这样。"我说我原本不知道做爱有何意义。"意义在于事后你该有的感觉。事后的感觉才是性存在的原因。"

她说，听着很棒，"但我想听具体细节。"

在回家的路上，英格丽德说："你知道是什么让我如此恼火吗？如果我们在过马路时我被车撞死了，报纸就会报道成'一个刚出生不久的新生儿的母亲在一个事故频发的十字路口遭遇车祸身亡'。为什么不能说'一个碰巧生了孩子的人在一个事故频发的十字路口遭遇车祸身亡'？"

"如果说成母亲的话，"我说，"听起来会更伤感。"

"不能更伤感了，"英格丽德说，"我都死了。这是最深的悲伤程度了。但很显然，我现在的身份依赖于与其他人的关系，而哈米什却仍能保留独立人格。感谢上天。真是很棒。"

我帮她把婴儿车搬进去，重新摆好沙发，给她泡了茶。我从厨房回来时，宝宝又在吃奶了。她吻了吻他的头，抬起头来。我看到她犹豫了一下，然后说道："我觉得你和帕特里克应该要孩子。抱歉，我知道你很反感当母亲，但我还是要说。他不是乔纳森。你不觉得，和他在一起……"

"英格丽德。"

"我只是提一下。他会成为一名好……"

"英格丽德。"

"你能做到的，我保证。看看我，并没有那么难。"她将我的注意力转移到她那脏污的衣服、肿胀的乳房和沙发坐垫上潮湿的斑点上，她的表情看起来像在笑，又似乎像在哭，但其实她只是精疲力竭了。

我问她想要什么生日礼物。

英格丽德问："我啥时候生日？"

我说明天。

"那样的话，一包咸甘草糖吧，宜家卖的那种。"

宝宝来回扭动，挣脱了咬着的乳头。英格丽德轻声叫了一下，捂住自己的胸口。我帮她把坐垫翻转过来，把宝宝放回垫子上。我问她能不能买一种不需要专程去一趟宜家的甘草糖。她当即就哭了，噙着眼泪问我能不能理解她的感受。她一晚上被吵醒很多次，每隔两个小时就得喂奶，一喂就得喂上 1 小时 59 分钟，感觉就像400 把刀扎进乳头里。如果我能设身处地想一下，我就会说："你知道吗？我得给我妹妹买那款她特别喜欢的甘草糖。"

第二天，我从她家直接开车去了宜家，在她家的台阶上留下了一个蓝色袋子，里面装着价值 95 英镑的咸甘草糖和一张卡片。我写道："全世界最好的母亲和女儿、中级公务员的妻子、邻居、商店顾客、雇员、市政纳税人、路人、最近刚享受完医保报销服务的住院病人、她姐姐的整个宇宙，生日快乐!"

几天后，英格丽德给我发信息说，吃完第三包后，她彻底崩溃了。然后她发来一张手拿星巴克咖啡杯的图片。为她点单的店员没有问她的名字，而是直接在杯子上写上"推婴儿车的女士"。

我们在 3 月结婚了。婚礼上，当我走到圣坛，站在帕特里克身旁时，牧师说的第一句话是："如果想上卫生间，请穿过法衣室，卫生间在右手边。"他像乘务员指向一侧出口那样做了个手势。帕特里克把头歪向我，轻声说道："我会试着坚持坚持。"

牧师说的第二句是："我相信你们已经走了很漫长的路，才终于走到了这一天。"

*

我穿了一条高领带袖的连衣裙。裙子由蕾丝制成，复古风格，购自英国著名时装品牌Topshop。英格丽德帮我整理衣着，说我看起来像郝薇香小姐，当然指的是在她的大婚之日沦为一场灾难之前。她送给我的卡片上写着"帕特里克爱玛莎"，附在新婚礼物

《1993年金曲合辑》上。

*

我表弟十几岁时，温森会在饭桌上纠正他们的仪态，她会悄无声息地吸引他们的注意，一旦他们看向她，她就抬起手臂，捏住一根连到她头顶的无形的线。他们注视着她时，她会将线往上扯，伸长脖子，同时肩膀往下放，他们不得不模仿。如果他们坐下时嘴巴大张，温森会用手背碰一下自己的下巴尖；如果他们在与人交谈时没有微笑，她会生硬做作地冲他们微笑，就像学校唱诗班的老师在提醒诵唱的孩子们这是一首欢快的曲子。

婚宴上，我爸正向众人说着话，我妈突然打断他，站起来说道："弗格，接下来交给我吧。"她正举着一只白兰地球形矮脚大酒杯，里面倒过无数杯标准分量的酒，每次她想就某句话举起酒杯祝酒时，酒就从杯子边缘溢出。讲到半截，她把酒杯举到额头那么高，好把手腕内侧的白兰地舔掉。我看向别处，目光落在坐在她旁边的温森身上。温森正朝我眨巴着眼睛。就在我注视着的时候，姨妈的手伸向了头顶，然后捏了捏那根看不见的线，我感觉自己跟随着她提线的动作，坐直了身体。她嘴角微微上扬，但不是像唱诗班老师那样假笑，因为她在告诉我，我们要勇敢面对。

但不一会儿，我妈妈就开始聊起性的话题，温森立刻将手放下来，碰翻了自己的杯子。酒如潮水般漫过桌子，顺着桌面边缘滴落到地毯上。温森一跃而起，朝我妈一遍遍地说"西莉亚，餐巾纸"，我妈不得不停下她洋洋洒洒的讲话。等温森结束她这出收拾清理的表演后，我妈早就忘了她原来的思路了。

*

贾丝明是婚宴上另一个喝得酩酊大醉的人。我和帕特里克离场时，她用双臂搂住我的脖子，吻了我，在我耳边大声说道，她非常非常爱我，她非常非常高兴我嫁给了帕特里克。可能——不，绝对是——她还爱着他，但没关系，她说我最终肯定会厌倦和一个如此无聊、善良、性感的人在一起，然后她就可以把他追回来了。她又吻了我一下，然后向我道歉，因为她得赶紧去厕所吐了。帕特里克相信这件事发生过，但不相信她说的话；英格丽德则认为她做得出来这种事，而且酒后吐真言了。

*

他爸没有来参加我们的婚礼，因为他正和辛西娅闹离婚。我告诉帕特里克，我们应该去香港和他住一段时间。他说："我们真的没必要去。"我一直都没见过克里斯托弗·弗里尔，直到很久以后，他得了冠心病，帕特里克终于同意去一趟。在和他相处的五到十分钟里，我就不喜欢这个人了。帕特里克之前讲述过他的故事，但现在看来他还是讲得太委婉了。

在克里斯托弗的公寓里，我找不到任何能证明他儿子存在过的痕迹。我问他有没有帕特里克小时候的东西，我想看看，但他说多年前就被全部处理掉了。他的语气听起来很自豪。但当我们收拾行李准备离开时，他拿出了一小叠帕特里克在他妈妈出国几周时写给她的信。克里斯托弗说，这些信不知为何没被清理掉。他将信放在密封塑料袋里，转交给我，让我代为保管。

我在返程的飞机上读了这些信。机舱里的灯光很暗，帕特里克抱着双臂、挺起肩膀睡着了。他写这些信的时候才六岁，所有信的结尾都写着"很爱很爱你，小帕"。我摸了摸他的手腕，他扭了下身体，没有醒来。我想说，如果你给我写信，可不可以也这样签名——很爱很爱你，小帕。

*

他选择了圣彼得堡作为我们的蜜月旅行地，挑了一家我同意入住的酒店。虽然我同意入住这家酒店，但还没启程，就已经折在第一道关卡上了——旅游平台"猫途鹰"上的旅客点评图片里，出现了无数次毛巾天鹅、海鲜拼盘和难以忍受的头发丝。

飞机上，他问我是否要改姓。他刚在航空杂志上做完一个纵横字谜，那是上一位乘客做剩下的。

我说我不改。

"因为父权文化？"

"因为文书手续。"

乘务员推着手推车从旁边经过。帕特里克要了一张餐巾纸，说要列出一张改姓的利弊清单。十分钟后他给我念起了清单，完全没有提及弊端。我说我能想到一些，然后从他手里拿过笔。他说我应该按呼叫按钮，让乘务员给我一包餐巾纸，因为我是罗列弊端的专家。

*

第一天早上，我们就在艾尔米塔什博物馆和彼此走散了。于是我去了咖啡馆，点了杯茉莉花茶，等着他来找我。还没等到，广播里就传出他的声音："玛莎·弗里尔太太，原姓罗素，您的丈夫在大厅等您。"

在咨询台和摆放旅游手册的立架旁，他整理着自己的衣领——感谢上天。

*

在涅瓦大街上，帕特里克从一个女孩手中给我买了一只小马塑像。女孩身边还带着一个婴儿。在等帕特里克挑选的间隙，我看到宝宝笑盈盈地看着我，用手抓着自己的小脚丫。金属制的婴儿车安装在白色轮子上，轮子脏兮兮的，虽然他每天的生活就是躺在这辆婴儿车里好几个小时，等着他妈妈兜售小马，但他还是很快乐。一阵悲伤涌上心头，我难过得无法呼吸。

帕特里克花了50英镑买了品质最差的一个，虽然女孩只要价50便士。他假装没意识到这个错误。我们走开后，他把小马递给了我，问我要给它取个什么名字。我说托洛茨基[1]，然后突然放声大哭起来。后来，我道歉，说自己不够幽默。帕特里克说，如果我在

---

1 列夫·达维多维奇·托洛茨基,苏联无产阶级革命家、政治家、军事家、理论家,工农红军、第四国际的主要缔造者。

那种情形下仍然觉得很有趣，他反而会很担心。

*

那天晚上漫天风雪，我们无法出门，就在酒店餐厅里用餐。我们没有从大厅进入餐厅，帕特里克领着我走到街上。寒风刺骨，我无法睁开双眼。他挽着我的胳膊，我俩沿着人行道跑了一小段路，到达酒店餐厅对外开放的门口。重新走进室内后，帕特里克说："看，完全独立的一家餐厅。"我不记得我有没有或者什么时候告诉过他，我对酒店餐厅的反应介于厌倦和绝望之间。

我看完了菜单，帕特里克还在读第二页，此时我告诉他，我最终决定要冠以他的姓氏。

他抬起头，问道："为什么？"

"因为，作为各种消极对抗行为的专家，"我说道，这显然多亏我妈，"我可不能不嘉奖这种情绪操纵式的公开声明。"

他越过桌子，探身来吻我，哪怕我刚把一片面包塞进嘴里。他说他很开心，玛莎。"我可是给了那个人100块，他才让我用麦克风的。100美元。"

我把面包咽了下去。"你很可能要在西伯利亚进监狱了。"

他说绝对值得，然后继续看菜单。

因为没有别的事可做，我大声分析起酒店餐厅总令人悲悯感伤的具体原因。我说可能是因为灯光，或是这些餐厅总是铺着地毯，或是独自吃饭的人比例更高，又或者只是因为煎蛋饼的摊位让我怀疑起世间万物的意义。

帕特里克等着我说完，然后问我有没有喝过罗宋汤。

我说："我太爱你了。"这时，侍者领班端着两个绿色瓶子过来了，问道："请问，需要含气泡的矿泉水还是不含气泡的矿泉水？"

*

在希思罗机场等行李时，我问他打算怎么回他的公寓。帕特里克问道："还记得我们举行过婚礼吗？"他用胳膊搂着我，吻了吻我的头。我说："抱歉，我太累了。"我很努力地告诉自己，说服自己蜜月归来是婚姻的开始，而不是结束。

我不知道该如何当好一名妻子。我很害怕。而帕特里克，看起来很幸福。

在出租车上，帕特里克告诉我，在公寓里不用拘束，随性而为，只要让自己感觉像在家里就行。我跟着他上楼梯时他又说了一遍。那天是周五，周六他上班去了。我把厨房壁橱腾空了，又把所有东西重新放回到同一个壁橱里，这样如果希瑟来了，她就不知道东西都放哪儿了。我想不出还能做点什么。

我曾下定决心要保持整洁干净，最初我确实坚持了几天。但帕特里克说他更喜欢公寓现在的样子——衣服随意丢弃在地板上，杂志、扎头发的橡皮筋、很多副眼镜也散落一地，所有东西都触手可及，因为橱柜和抽屉从来没有关过。他说这话时脸上带着笑意，这让我不会深感愧疚，他也没有试图移动任何东西。也许这就是他的公寓不久后就成了我家的样子的原因。

几周后，他唯一要求我做的就是别把药品乱扔，他说："这是我的专业培训要求"。他还帮我制作了用来记录财务收支的电子表单，让我摒弃旧方法——将一堆收据塞进一个破破烂烂的A4大信封里，不知哪天就不见影踪。

他在电脑上打开表单，教我怎么操作。我告诉他，我看到数字这么密密麻麻地聚集，我的眼皮底下会生成一层看不见的薄膜来蒙蔽我的双眼，要等到数字消失后才能恢复。表单上有很多数据分类。其中一项是"玛莎的意外支出"。我说，我没想到他在财务监管方面会这么史塔西[1]做派。他说，他也没有见识过有人会提议用Word文档和手机上的计算器来替代电子表单。我说我会试着用，但是抱着一种自我否定的心态。后来帕特里克说，这么多项意外支出能集中到同一个人身上，真是大开眼界。

*

在帕特里克不上班的晚上，他会从一本高手难度的数独谜题书中选出一个来做，我会问他打算什么时候关灯。我说这是我最能感受到已婚状态的时候。

做完之后，他就把数独谜题放在一边，开始阅读医学期刊文献。如果我背对着他躺在床上，他就会心不在焉地用大拇指按压我脊柱底端的酸痛处。他不知从哪买了按摩油，后来他发现里面的假香水成分会让我慢慢有窒息感，他就换成一大罐从超市买来的椰子油，标签上介绍这种油的烟点高，适合各种煎炸烹调。甚至在他收

1　史塔西为德意志民主共和国的国家安全机构。

起期刊后，他还是一直给我揉背，这个过程有时会持续整档《新闻之夜》的时段，有时关灯后仍会继续。那是我最能感觉到爱意的时候。

一天晚上，我在黑暗中翻了个身，问他的拇指是否还有知觉。我说："你怎么能揉这么久？"

他说："我希望这能唤起性欲。"

我说那很遗憾，"我希望这能催我入眠。"我听到了罐子瓶盖打开的声音。

帕特里克说："看看是谁笑到最后。"

于是，我们的床单闻起来像椰子巧克力棒。

*

后来，帕特里克入职了另一家医院，位于伦敦的另一边。我感觉他从不在家。我还在出版社工作。尽管已经是春天，但仍寒气袭人，天色总是晦暗不明。公司里就剩我和另外一个女生，我俩在工作日里也没法在屋顶上消磨时光了，午饭后的时间变得越发难熬，人也无精打采。编辑说如果我们无所事事的话，不如回家，因为他难以忍受我们吃沙拉当午餐，也不想听到我们喋喋不休的说话声。我感觉我总是待在家里。我约过英格丽德来我家，也提议过去她家。她总是满口答应，但一旦孩子还没睡着、正在睡觉或快要睡着，她就会在临行前的最后一刻给我发消息取消约会。有时候，我会去她那儿，但因为孩子容易分神，她总得在另一个房间喂奶，或者她会没完没了地抱怨，谈起她在宝妈群里认识的女人，而这时我就动身回家。其实我从一开始就想着怎么脱身，对此我问心有愧。

我躺在床上，在那些我整天都没有见过其他人而帕特里克又总是值班的夜晚，我会非常想念他，想念到心生怒气。我熬夜看李查德的小说，那是我在他的Kindle上买的电子书，同时构思着帕特里克回来后要怎么和他争吵。我跟他说，我感觉不到自己已经结婚了。我也感觉不到爱了，既然如此，结婚还有什么意义呢。

从这时起，我开始有摔东西的行为。第一次，是因为帕特里克在我生气时转身走开，我朝他扔了一只叉子。争端的起因都是些鸡毛蒜皮的小事——他当时要准备上班了，提到他那天又收到了两份来自亚马逊的收据；因为我之前告诉过他，我要在夏末之前读完詹姆斯·乔伊斯、李查德的所有作品，包括那些垃圾作品，他就开始担心，我读《尤利西斯》这类作品表明了我迫切需要帮助。

叉子击中他的腿后，掉到地板上，我记得他当时停下脚步，回过头大笑。我也笑了起来，于是闹剧就演变成了一场笑话。我把自己装扮成一个因为孤独而走向疯狂的妻子。他说，哈，好吧。"看来我该走了。"他随手把门关上时，我朝门上又扔了什么东西。这回没有人笑了。

第二天，帕特里克装成一个前一天晚上没有被妻子扔东西的丈夫。我一直在等他提起这件事，但他却缄口不言。吃晚饭时，我说道："我们要聊一下扔叉子的事吗？"他说："别担心，你那会儿感觉很难受吧。"我说好吧，如果你不想提就算了。我听起来气冲冲的，但其实我很感激他没有让我道歉，也没有让我解释我为什么会对一个笑话做出那样的反应，因为我自己也不知道原因。我说："不管怎样，我都很抱歉。"并向他承诺以后不会再这么做了："显然不会了。"

但是，我还是抑制不住扔东西的冲动，我的情绪难以捉摸，即使面对小事我也表现出极不相称的愤怒——除了有一次，我朝他扔了吹风机，它重重地砸在他身上，留下了瘀伤。当时我在抱怨自己很寂寞，而他笑着说，我该生个孩子，让自己有点事情做。

一通乱砸乱扔后，我就会离开房间，任由被我砸碎的物件散落着，遍地狼藉。等我再次回来时，原本七零八落的房间总是会被收拾干净。

*

英格丽德十几岁的时候，每次准备出门时，总会因为穿什么衣服而发脾气，不消多时就变得歇斯底里，像完全变了个人。她会将衣橱里的衣服全搬出来，一件件试穿，而后猛地脱掉，开始抽泣、咒骂、尖叫着说自己胖，然后说自己恨爸妈、诅咒他们去死，最后将抽屉倾翻，直到将所有东西都倒在地板上才消停。这时，她会眼前一亮，发现有能穿的衣服，转瞬间情绪就平复了。

成年后，她告诉我，那一刻的感觉如此真实，但之后，她不敢相信自己会如此暴怒，觉得自己绝对不会再犯了。她事后从不道歉，爸妈也没强迫她反省。但是，她说，这没关系，她知道他们还想着那事，她感到非常羞愧，并因此更加生气，"而不是讨厌她自己。"

朝丈夫扔东西，本质上是一样的。事后我也感觉非常羞愧，但这反而让我更加生气，比他不在身边陪伴我还要严重。

当你是一个年过三十的女人，有了丈夫却没有孩子，聚会上的已婚夫妇都会想一探究竟。他们都认为生孩子是他们一生中做过的最美好的事情。按照丈夫的说法，你做就是了，而妻子们则劝你说，别太晚生孩子。但在私底下，他们更好奇你是不是有什么健康问题。他们巴不得能直接问出口。也许，如果你的沉默敌不过他们的连续追问，你就会主动说出他们想听的答案。但妻子们会不依不饶——她得告诉你，她的一个朋友也被医生这么说了，就当她放弃希望时，丈夫接话说，中了。

一开始，我会告诉陌生人我不能要孩子，因为这样就能阻止他们问过第一轮后继续追问。最好是说你自己不想要。这样他们马上就知道问题在你，至少不会乱猜是医学上的问题。这时丈夫就会说，好吧，这也很好，这样能专注于你的事业，尽管在这一点上，并没有什么证据表明你有一份值得专注的事业。而妻子则会一言不发，这会儿她已经在左顾右盼了。

到了夏天，我已经读了四分之一的《尤利西斯》和李查德的全部作品。为此，帕特里克带我出去吃晚餐庆祝。我跟他说，原来詹姆斯·乔伊斯的所有作品都一样垃圾。吃甜点时，他给了我一张借书证。他说，这张借书证，连带着之前价值144英镑的侠探杰克系列书籍，是送我的礼物。

我借了一本书，一本伊恩·麦克尤恩的著作。起初我以为是小说，结果我发现是短篇故事集，我就把它放回到抽屉里。我和英格丽德聊电话时说，我无意中对两个只活了 16 页的人物投入了大量精力。她认真地说道："谁有这个闲情逸致啊?"

从 16 岁开始，英格丽德高中时每天都在操场底下抽烟。尽管经常被抓住，但她直到毕业时都没有留堂记录。她总能轻而易举地说服老师们。尽管从 17 岁到那年夏天，我经常生病，但从未住过院。我也能很轻松地说服他们。

那是八月，快到九月了。帕特里克去香港参加他父亲的第三次婚礼，他父亲娶了他同事 24 岁的女儿。几个星期以来，报纸的头条都是关于天气的，说伦敦的天气让希腊相形见绌，与太阳海岸相比也毫不逊色。我没有和他一起去，因为我开始感到不舒服。他走后两天，我一觉醒来，眼前一片漆黑。

我试着再睡回去，但感觉闷热难耐，心里一团乱麻，因为没有起床去上班而感到内疚。楼下的公寓里传来狗叫声，外面街道上，修路工人正在某个地方钻路。我听着风钻施工时丁零当啷的乱响，感觉心烦意乱。噪声没完没了，永无休止。

随着噪声越来越大，我感觉——我总是有这种感觉——头颅承受着越发沉重的压力，就像有人不停地往我脑袋里泵入空气，脑壳绷得像轮胎一样硬，但还是不断有空气灌进来，然后头开始剧痛，像烧得滚烫的刀。偏头痛把我折磨得放声大哭，我想象着坚硬的头骨会出现小裂纹，然后裂纹被撑成缺口，这样空气终于往外释放，疼痛得到缓解。我吓坏了，想去呕吐，感觉肺部在收缩，房间在旋转。可怖的事情即将发生，它就潜伏着这个房间里，伺机而动。我后脊发凉，陷入漫长的等待中。但是，它没有发动，离开了房间，留我孑然一身。它没有就此罢休。我无法区分白天和黑夜，丧失了时间的概念。痛苦、压力和恐惧纠缠着我，像扭曲变形的绳索贯穿而下，直达身体深处。

下午晚些时候，我起床去了厨房。我试着吃点东西，但无法下咽，连喝水都觉得恶心。睡觉时，我侧躺着蜷缩成一团，臀部很痛。帕特里克打来电话，我在电话里哭着说对不起，对不起，对不起。他说他要改签航班。他说："你能试试走出门吗？到汉普斯特德荒野那个只对女性开放游泳的水塘去。打车往返。"他说："玛莎，我非常爱你。"我答应他给英格丽德打电话，然后挂了电话，但我太羞愧了，帕特里克一走我就病成这样，我无法想象她来到我们家然后发现我现在这副模样，她会是什么反应。

恍惚之间仿佛自己的灵魂出窍升到空中，看着肉体的自己站起来，绕着公寓里缓缓走动，像一个老态龙钟、行将就木的老妇人。我穿上泳衣，套上外衣，牙膏还弥留在唇齿间，便离开了公寓。光是使劲推开公寓楼沉重的外门就让我喘不过气来。

街上吵闹燥热，汹涌的人潮冲我袭来，公共汽车紧贴路缘，隆隆地从我身边驶过，我又回家了。帕特里克打来电话，我在电话里哭泣着。他说他的航班一个小时后起飞，很快就能到家。

我让他别挂电话，和我说说话，能听他的声音就好。我跟他说我很害怕。

"害怕什么？"

"我自己。"

他说："你不会做傻事的，对吧？"他要我给他承诺，我说我给不了。他说，如果是那样的话，玛莎，请立即去医院。

我知道我不会做什么事。但当天色再度变暗，我又开始害怕这套公寓了，害怕它聒噪的寂静和凝滞的空气。那会儿，帕特里克的航班已经起飞，联系不上他了。我靠着双手和膝盖的支撑，慢慢匍匐到门口，走到户外，背靠着砖墙等出租车。我的大脑在嘲笑我——看看你有多蠢，趴在地上乱爬，看看你有多害怕外出。

*

急诊室的医生都来不及坐下来，就问我："你今天为什么来医院？"

我的头发挡住了眼睛，黏在湿漉漉的脸上，鼻涕流出来了，但我没有力气抬起胳膊把它抹掉。我告诉医生，因为我太累了。他让我说话大点声，并问我有没有伤害自己的想法。我说没有，我只是不想再存在了。我问他能不能给我开点什么药，让我安静离开，既不伤害他人，也不会引起骚乱。他说我看起来可比这聪明多了，语气听起来很不耐烦，然后我就不说话了。

走进这个房间后，我就一直低着头盯着地板上的斑点，没有抬起头，但是我能感觉到他在看我的病历，然后听到门打开了，扫过油毡地板，最后咔嗒一声关上了。他离开了很长时间，长到我以为医院关门了，只有我一个人被锁在里面。我挠了挠手腕，依然盯着地板。大概好几个小时后，他回来了。帕特里克和他一起进来了，我不知道他是怎么知道我在这里的。我内心充斥着羞愧，因为他可怜的妻子瘫坐在医院的塑料椅子上，蠢得连头都抬不起来，为此他不得不回家。

他们两人聊起了我的情况。我听到医生说："是这样，我可以给她安排一张床位，但那属于英国国家医疗服务体系，"他放低了音量，"你也知道公共精神病院不是什么好地方。"我没有打断他。"在我看来，她最好还是回家去。我可以给她开些能平复情绪的药，然后我们明早再联系。"

帕特里克蹲在我的椅子旁边，抓住扶手，拨开我的头发。他问我想不想住院，就住一小阵。他说我可以自己决定。我说不了，谢谢。我一直很害怕和那些人待在一起，怕他们觉得我住进医院并不奇怪，更怕医生不让我出院。我希望帕特里克能抓住我的手腕，把我拖进病房，这样我就不用做决定了。我说我没关系，我希望他别相信我的话。

"你确定吗？"

我说确定，然后站起身来，把头发从脸上轻轻撩开。我说他不用担心，我只需要睡一会儿。

医生说道："这不就好了，她振作起来了。"

开车回家的路上，帕特里克一路没说话，面无表情。到了家门口，他的钥匙插不进锁里，就这一次，他踢了下门板。这是我见他做过的最暴力的行为。

在浴室里，我把医生给我的药都吃了，连剂量都没看。我脱下衣服和泳衣，身体已经被勒出一道道红印。随后，我睡了23小时。在短暂的清醒时刻里，我睁开眼睛，看到帕特里克坐在我们房间角落的椅子上。我看见他在床边桌上放了一盘吐司，然后又原封不动地拿走了。我说了声对不起，但不确定声音够不够大。

我终于睡醒了，走出房间找他，他正坐在客厅里。外面天全黑了。他说："我买点比萨。"

"好的。"

我坐在沙发上，帕特里克拿开他的胳膊，这样我就可以靠着他的身体，脸埋在他怀里，膝盖缩起来，把自己抱成一团。这是我在世界上唯一想待着的地方。帕特里克环抱着我，打电话叫了外卖。

吃过饭后，我感觉好多了。我们看了一部电影。我对他说，我为所发生的一切感到抱歉。他说没关系，每个人总有不顺心的时候。

*

我和英格丽德在樱草花山约了午餐。这是她第一次离开孩子，尽管他已经8个月大了。我问她想不想孩子。她说她觉得自己好像刚从戒备森严的监狱里出来。

我们做了美甲，看了场电影，边看边聊，直到邻座的男士让我们闭嘴。我们一路走到汉普斯特德荒野，看了看那个只对女性开放

185

的水塘，于是穿着短裤就下水游泳了。我们笑得前仰后合。

当我们穿过公园往回走的时候，一个十几岁的男孩走过来问我们："你们是那个乐队的姐妹吗？"英格丽德说是的。他说："来吧，给我们唱点什么。"她告诉他，我们在护嗓期。

我感觉很好。我没有告诉英格丽德，就在一周前的同一天，我去过医院，因为我已经把这事抛诸脑后了。

帕特里克再也没有提过这件事，但过了不久，他说也许我们应该离开伦敦，万一伦敦是问题所在呢。初冬时，房客们租我们的公寓，我们搬离了那幢高级住宅。

当我们跟着搬家货车，驱车离开伦敦时，帕特里克问我考不考虑在牛津交点朋友。哪怕我不想，但就当是为了他而去认识一些人，他也不介意。他说，他只是不希望我这么快就讨厌伦敦，至少等到我们把行李卸下货车。

我坐在副驾驶座位上，用手机搜索着凯特·摩丝醉酒的照片，想发给英格丽德，那时我们主要靠发消息联系对方。她当时怀孕四周，意外怀孕。她说，只有看到报刊抓拍到凯特·摩丝双眼微睁地从安娜贝尔俱乐部走出来的照片，她才能熬过这段日子。

我和帕特里克说我会尝试，但我不知道该怎么交朋友。

"显然不是在读书会里，但或者，类似于读书会那样的圈子，"他说，"你也不必立马去找工作，如果——"

我说反正也没什么工作机会，我找过了。

"那样的话，你就更应该把注意力放在广交朋友上。如果你想的话，也许你可以考虑做点别的事情。又或者，打个比方，读个硕士。"

"什么专业？"

"总有适合你的。"

我截屏了一张凯特·摩丝穿着皮草外套、对着酒店修剪过的灌木抖烟灰的照片，然后说道："我在考虑重新接受培训，成为一名妓女。"

我们超过一辆面包车，帕特里克瞥了我一眼。"好吧。首先，这个词已经过时了。其次，你知道新房子在一条死胡同里，不会有人经过的。"

我继续埋头看手机。

快到牛津时，他问我要不要顺便开到他承租的小块菜地看一眼。我说，很不幸的是，我不想去，因为当时是冬天，那儿估计还是一片黑泥地。他让我静候一段时间——等到夏天，我们就能完全实现生菜自给自足了。

那天晚上，我们睡在客厅的床垫上，四周全是搬家的纸箱，我一个个地打开，发现怎么也找不到毛巾，搞得有点不知所措。暖气开得太高，我躺在床上没有睡意，细数着我一连串糟糕的言行，以及那些曾存在于脑海中的更糟糕的想法。

我把帕特里克叫醒，给他举了一两个例子。有时我真希望我的父母从未和彼此相遇，希望英格丽德不要那么容易怀孕，希望我们认识的每个人都没那么有钱。他闭眼听着，然后说道："玛莎，你不会真的以为只有你一个人这么想吧？每个人都有些可怕的想法。"

"你就没有。"

"我当然有。"

他翻了个身，背朝着我，又睡着了。我爬起来，将天花板的顶灯打开，又躺回他身边，说道："和我说说你想过的最可怕的事情。我敢说肯定一点都不可怕。"

帕特里克仰面躺着，弯起胳膊挡住眼睛。"好吧。前段时间上班时，他们送进来一位90多岁的老人。他因中风而脑死亡了，当他的家属赶到时，我向他们解释，他不可能康复了，问题就看他们想用呼吸机维持多久。他妻子和儿子说，算了，往前看吧，但他女儿不同意，说他们应该等待，万一奇迹发生呢。她心神不定，焦躁不安，但那会儿已经是深夜，而我自前一天凌晨5点一直工作到那时，我脑子里想的全是赶紧的吧，签个名，我就能回家了，皆大欢喜。"

"天啊，那确实挺糟的。"

他说："是吧。"

"你真的当着他们的面说了皆大欢喜吗？"

他说好了，到此为止，然后在地板上摸到他的手机。他播放起第四频道的广播，那会儿正播着航运新闻。"我保证，还没播到锡利群岛，你就已经睡着了。可以请你关下灯吗？"

我关掉灯，平躺着，盯着还不熟悉的天花板，听着播音员说道："多格、克罗默蒂，晴朗，天气逐渐转差。"

他继续说，费尔岛、法罗群岛、赫布里底群岛，有气旋，造成渐强或非常强的风浪，间或天晴。

我把枕头翻过来，问帕特里克觉不觉得赫布里底群岛的天气预报是对我内心状态的隐喻，但他已经睡着了。我闭上眼睛听着，直到电台播放起《天佑女王》，广播结束。

隔天早上，当他在厨房里找烧水壶时，我问道："最后你怎么处置那个病人的？"

"我又待了六个小时，直到他女儿改变主意，我执行相应操作后，他就离世了。玛莎，你为什么给每个箱子都贴的是'杂项'标签？"

*

"高层管理人员住宅区"外有一扇门，可以通到纤道去。下午，我们沿着纤道散步。港口绿地位于运河的另一边，那是一片平坦开阔泛着银光的草地，绿地延伸至远处的一片树林，树影连成低矮的黑线，映衬着尖塔的轮廓。马匹正低头吃草，在迷雾中若隐若现。我不知道它们归谁所有。

纤道的尽头与一条通往城镇的街道相连，我们继续前行。走到牛津大学莫德林学院时，帕特里克向门房里的男人出示了一张名片，将我带了进去。他答应带我去近距离看看鹿，但鹿群都站在庭院某个遥远的角落里，在草地上自由漫步的只有朝气蓬勃的年轻学生。他们互相呼唤，突然无缘无故地奔跑起来，似乎厄运从未也不会降临到他们身上。

*

我物色到了一个读书小组，去某个成员的家里参加了一次聚会。在场的女性都有博士学位，当我告诉她们我没有博士学位时，她们面面相觑，不知道该说什么，就好像我刚刚坦白自己没有在世的亲人，或罹患过某种见不得人的疾病一样。

我又找了另一个读书小组，他们在图书馆里举办读书会。参加的女性也都有博士学位。我说我的博士论文研究的是1861年兰开夏棉荒，因为我在来的路上正好听了一期《在我们的时代》。读书会后，一位女士来找我聊天，说她很期待下周能听到更多细节，但我已经把我能记得的内容都讲完了。离开时，我知道我不能再回去了，不然的话我就得把这一期重听一遍。另外，专家小组里有三名男性，其中一位男性有清嗓强迫症，还打断过唯一一位女性专家。

*

白天时，我偶尔会坐在房子的前窗旁，凝视着对面的楼房遐想联翩。我想象着自己在对面的屋里，过着自己真实生活的镜像版。

实际上，住在对门的女人有一对龙凤胎子女。而她的丈夫，每天早上都会在车门上贴上磁性标识，每晚回家后又揭下来，标识上写的是"服务到家的脊椎推拿师"。

一天，她敲响了我的家门，说很不好意思，她应该早点来拜访的。我们碰巧穿了同款的上衣，她留意到后大笑起来，我发现她戴着成人牙套。正当她说话时，我想象着成为她朋友后的生活——我们是否无须发信息就能随时去对方家做客，是否会在厨房或花园外面喝酒，我是否会分享我的生活，而她是否坦承自己在童年时绝对不可能戴牙套。

她说她没看到我家里有孩子，问我是做什么工作的。我告诉她我是个作家。她回应说，她其实开了一个博客，提到博客名字时她面颊绯红。博客主要是记录一些对生活有趣的观察，还有些食谱，她说我显然不需要去读。

回到重点，她问我觉得这房子怎么样？我说，"我的天啊"，那感觉就像我们是无话不谈的朋友，聊了一个小时后终于聊到了最精彩的部分。"自从我们的车开进小区大门，我就感觉自己一直处于虚无缥缈的神游状态。"我告诉她我只在伦敦和巴黎住过，不知道像这样的地方是否真实存在。"尽管有卫星天线，但是我能说这简直像是摄政时期的巴斯吗？"我语速太快了，因为这段时间里我只和帕特里克说过话，但从她微笑的神态和频繁地点头来看，我似乎显得很风趣幽默。"我经常走到家门口，但却开不了门，后来才发现自己走错家门了。也就发生过十来次吧。"我还开了个玩笑，说那张褐灰色地毯黯淡得令人萎靡不振。最后说道，往好的方面看，如果她刚好有15 000台配有特殊型号插头的电器，还想同时都用起来的话，欢迎将电源延长线铺过那条假装铺着鹅卵石的街道，接到我家的各色插头上。她脸上的笑容逐渐凝固，而后消失。她干咳了一声，说还好我们只是租的房子，然后就转身回家了。

我不明白为什么在那之后，她都尽量避免和我有眼神接触。后来我向帕特里克复述了我俩的对话，他说，如果这是她买的房子，她又很爱惜它，然后你说自己被这栋和她家相似的房子折腾得心力交瘁，她听了可能会有点恼怒。

我找到了她的博客，名字叫"生活在路上"，网站首页放有一张我家或她家屋子的照片。她是一位出色的作家，那些对生活的观察也确实很有趣，但鉴于我俩不是朋友关系，看完博文后我悻悻而去。我开始每天都读她的博文。一开始，我会寻找提及我自己的部分，到后来，因为她写的是我生活的镜像版本，我转而寻找这种平行生活的痕迹——我的吸尘器橱柜在屋子左边，我有一对龙凤胎，我的丈夫大多数时候在晚上八点左右回家，所以我通常在五点和孩子们吃饭。而以下内容，则是我和丈夫每个夜晚都必然会发生的对话。日复一日，毫无例外。

他看着放在微波炉上的餐盘

便利贴上写着"你的晚饭"

他：这是我的晚饭？

我：对

他：我要加热吗？

我：要

漫长的沉默

他：要热多久？

他什么时候成了丧失生活技能的成年人了?!

*

　　我收到了一封图书馆寄来的信，是我们公寓的租户转寄来的。他们要求我归还伊恩·麦克尤恩的书，外加支付92.90英镑的罚款。因为当时"玛莎的意外支出"一项里已经没有余额了，于是我打电话告诉他们："很不幸，玛莎·弗里尔是登记在册的失踪人口，但如果找到她，我会问及这本书的相关事宜。"

我开始在周末和帕特里克一起去菜地，前提是我不需要下地帮忙。我说："也就是，她不会因为做他喜欢的事而离世。"他买了折叠椅和遮阳棚，这样我就可以将脚搭在枯死的树桩上，坐在棚子里读书或看着他劳作。那个树桩是条分界线，将我们田里奄奄一息的胡萝卜和邻居生机勃勃的胡萝卜区分开来。有一次，他正扛着锄头干活，锄头柄上还吊着纸牌标签。我放下书，说道，我知道刻墓碑的人是按字收费的，尽管收费很贵，但我想在墓碑上刻这么一段话："来自《难以宽慰的农庄》。有人问女主角喜欢什么，她说道：'我不太确定，但总的来说，我想我喜欢周遭一切是整洁平静的；我喜欢不受干扰地做事；哪怕是别人觉得一点都没趣的笑话，我也能开怀大笑；喜欢在村落里闲逛散步；喜欢没有人问我怎么看待爱情或某个怪人。'"

他说："玛莎，对怪人发表自己的看法，正是你所感兴趣的。而且你从不等别人问起就自顾自地说了。"

12月，我在牛津大学博德利图书馆的礼品店找到了一份兼职工作，向游客出售马克杯、钥匙扣和大学联名手提袋。接受这份工作，是因为我能在凳子坐上8小时，几乎不用说话。

一个穿着套头文化衫的女人走了进来，我看着她把一盒铅笔礼盒塞进自己的袖子里。当她走到柜台付款时，我问她是否也要把铅笔礼盒包装成礼物，还说包装是免费赠送的。她满脸通红，说她不知道我在说什么。她说放在结账柜台上的东西全都不要了。正当她打算转身走开时，我说道："圣诞节快到了，能顺手牵羊的日子只剩5天了。"说这话时，我依然坐在凳子上。

我把这事告诉了帕特里克，他说零售业可能不太适合我。圣诞节过后，他们找了一位年长的女士来顶替我，她能遵守规定，从凳子上站起来。

不久之后，我收到了一封电子邮件，寄信人是一个我不认识的陌生人。他说我俩在《家居世界》有过交集。"你真的非常有趣。我想你是刚刚结婚，还是将要结婚？那会儿我在积累工作经验。"而现在，他说道，他是《维特罗斯》杂志的编辑，有个不错的工作前景。

*

我开始看心理医生，因为伦敦不是问题的源头。陷入悲伤，就像写一篇有趣的美食专栏文章，随时随地都能发生在我身上。我是在"寻找心理医生"的网站上物色到这位女医生的。网站首页赫然显示着一个按钮，写着"你在担心什么"，白字衬在天蓝色的背景上。点击按钮就会弹出下拉菜单。我选了"其他"。

她个人详情页的标题写着"朱莉"。我选择她，是因为她的办公地点离市中心不到5英里，而且头像照片上的她戴着一顶帽子，很吸引人。我用手机对着屏幕拍了照片，发给了英格丽德。她说："选择戴帽子的照片当头像，这绝对是个警报。"

朱莉和我工作了好几个月，她说我们进展良好。一直以来，她都小心翼翼，从不透露自己的生活细节，似乎担心，如果我发现她喜欢游泳，并且有一个成年儿子在参军，我肯定就会在没约定治疗的日子驱车到她家附近，然后坐在车里待上很久。

然后，有一天，在治疗过程中，她提及她前夫怎么怎么样。我的目光落在她的左手上。那时，我已经完全了解朱莉穿戴的首饰、用的马克杯，以及各式短裙和尖头靴。原本安稳佩戴在她无名指上的戒指消失了，相比于其他手指，这根手指显得尤为单薄。

朱莉的婚姻破碎了，就在我俩坐在她改建的空房间里取得顺利进展时发生的。最后，我告诉她，我刚想起来，下周我不能来见她了。

我回去后，帕特里克在家。他在厨房里用洗碗海绵擦拭着肘上的污渍。我把事情告诉了他。

他说，"你不能突然说，下周我不能来见她了"，他建议我给她打个电话，告诉她"如果我改变主意了，会再约她面谈。"

"我不会的，"我说，"这就像你给自己找了个身材肥胖的健身私教。"他皱了皱眉。我接着说："抱歉，但真是这样。我也不是想刻薄待人。只是，她显然不理解我想实现什么目标。"

帕特里克放下海绵，走到冰箱前拿出一瓶啤酒。开啤酒盖时，他说道："那你写封信？"

"可能不会。"

现在我倒希望朱莉劝告过我，每周往储蓄账户里存两笔95英镑，然后出去散散步。

英格丽德从未患过产后抑郁症，但在第二个孩子出生后，她却莫名其妙地开始注射肉毒杆菌素。她那张 32 岁的完美脸蛋价值数千英镑。

在她把自己的前额中部弄僵了后，哈米什问她为什么要打针。她说，其一，她讨厌自己看起来像一副刚出土的皮囊，其二，面部肌肉瘫痪后，哪怕面对指望不上的丈夫，她也无法表现出强烈的愤怒。

这样一来，哈米什开始思考他们是否应该做婚姻咨询。英格丽德说，她最多只能考虑做一次咨询，不会接受每周约谈。她深知他俩问题的根源在于两年之内连生两胎，所以她不需要心理治疗师来深挖他们的问题，更别提约谈时间每过去一点，付给保姆的薪水就以五磅的增量往上涨。

哈米什只能找到一个为期一天的小组工作坊。在解决冲突的模块中，导师分享说，有时在争吵中，你的伴侣可能会说一些"嘿，不如我们休战一会儿，去吃个汉堡吧"这样的话。他说，这个方法几乎百试百灵，如果在用"我"开头表达感受时搭配使用，效果更佳。随后他问大家有没有疑问。

英格丽德举起手，没等导师回应就问道，有种情况是，一个丈夫总让妻子怀孕，怀的都是男孩，而他提供的帮助微乎其微，少到让人怀疑他是不是私下组建了另一个家庭。且在过去14个月里，妻子只有在做核磁共振时才能享受到独处时光，而她的丈夫却在算计她打的肉毒杆菌素花了多少钱，而不是担心他的妻子疲惫不堪、郁郁寡欢，她绝望到总是在期待下次做核磁共振，他俩还总是争吵。您说，这时候提出去吃汉堡还有用吗？

在此之后，哈米什只好转向自助音频寻求出路。

*

英格丽德在二儿子半岁大时离开了哈米什。在一个周五的晚上，她带着宝宝离家出走，孩子在背带里号啕大哭，她敲响了我们在牛津的房门。当时帕特里克和我已经上床睡觉了。她一进屋就把包扔到地上，说她撑不下去了。

我们坐在沙发上，她让我倒一杯酒，端在我手上，这样哪怕她喝掉了大半杯，也能辩称，严格说来，她并没有在哺乳期喝酒。她告诉我她已经不再把哈米什当人看了。现在，她只把他看作熨烫衣服的工具人，一只性爱害虫，因为他仍然想和她做爱。她不想再做爱了，哪怕不得不做，对象也不会是他。我听着她说，过了好一会儿，她还在念叨，帕特里克从卧室走出来，说了句"当我不在"，然后上班去了。我对英格丽德说她和孩子可以睡我们的床。

她看了看手机上的时间，说道："没关系，我得走了。"

"去哪？"

"回家。"她叹了口气，想着站起来。

"但你才从家里出来。"

她把剩下的酒全灌进嘴里，说道："玛莎，你说得好像我真的会离开哈米什似的，"她用手环抱着孩子背带，"说得好像我能自己独自抚养他似的。"

"但你说你都不把他当人看了。"

"我知道，但也没理由毁了这个周末嘛。"

我知道她在开玩笑，但我笑不出来。

她说，其实这只是怎么硬着头皮撑过未来40年的问题。

我说你认真点，"你到底要不要离开哈米什？"

英格丽德收敛起笑容，说道："我不会离开他的。玛莎，你不能就这么抛下丈夫，一走了之。除非出于一个恰如其分的理由，或者像咱妈那样，啥都甩手不管，只关心她自己。"

"哪怕你不开心？"

"开不开心，根本无关紧要。这不是一个正当的理由。如果你只是觉得无聊，觉得有点困难，觉得自己不再爱他们了，谁管你呢。你立下了你的承诺。"

她站了起来，调整了一下背带。我把她送到门口，她等着我开门时，说道："我知道你完全不能理解，因为你没有孩子，但一个母亲能为孩子做的最好的事就是爱他们的父亲。"

这听起来不像是我妹会想到的话，我问她是谁说的。

"我说的。"

"不，谁告诉你的？"

"温森。"

我说："你什么时候和温森聊天了？"

我们面面相觑，对彼此半信半疑。大概算来，我只在4月份和姨妈聊过一通电话，当时她打电话来讨论圣诞节的流程，另一次就是圣诞节前两周，她打来重述她的安排。

英格丽德眯起眼睛，说道："我每周大概和她聊个50次吧，这还是她没在我家的时候。在我家时，她会帮忙洗衣服、叠衣服、做肉馅土豆泥饼，还会包揽所有咱妈该做但没做的事，因为咱妈正忙着摆弄那堆废弃的叉子。"她听起来身心俱疲。我看着她将手掌外沿按压在一只眼睛上，来回揉搓。

"可你受不了她，"我说，"你在她家地板上生孩子就是在报复她，因为她给你准备了一把带坐垫的椅子。你一直都恨她。"

"我恨她是因为我们从小被教育要恨她。我自己从来没有恨过她，即使我恨她，我也无法讨厌一个不请自来、给我提供帮助的人。"

"她真的在帮忙吗？让她一直在你跟前？"

"什么？当然，她帮了大忙。"

我想象不出温森在我妹家里忙前忙后的模样。一想到温森在那里，想到她俩建立了无关旁人的亲密关系，想到英格丽德依赖的是她而不是我，我就感觉自己被隔绝在外围，还因为自己身处牛津，而她们距离更近而心生嫉妒。她说："别这样，玛莎。你让我感到快乐，但你也知道，你不太能给我实际的帮助。"

有那么一秒钟，她沉溺在自己的回忆里，说道："我不知道以后的日子会变成什么样，但我真得走了。"

我把着门，英格丽德经过我，走出屋外。她拥抱了我，然后停顿了一下，说道："这是我不会离开我丈夫的另一个原因，玛莎。因为我得先说服自己，这只是我们之间的事，我对身边人没有任何亏欠。"她看我的眼神让我很不自在。"但我永远做不到。"

我目送着她走到车旁，她把孩子放在安全座椅上，微弱的光束笼罩着他俩。一分钟后，她驾车离开。在她和哈米什分别了三个半小时后，他俩和好了。

*

不久之后，他们离开了伦敦，因为英格丽德说她厌倦了满是猫屎和避孕套包装袋的沙坑。他们搬到了村里，那儿的居民都不约而同地假装自己并非住在斯温顿小镇。

当她看着他们的家具从卡车上卸下来时，她给我打了个电话，说她已经厌恶这儿的大多数事物，尤其是这里的人和他们的主张。但她决定忍耐下去，因为这里离我只有40分钟的车程。

第二天我开车去看她，坐在她家厨房的中岛台旁。房屋经纪说这个中岛是很多人"梦寐以求的设计"，但英格丽德说，这只是个收纳每个人废品和钱包的未来垃圾场。我陪着她儿子给图画着色，而她一边收拾杂物，一边给孩子喂奶，尽管他现在已经很大了。

她把一大包卫生纸踢到洗衣房的门口，说如果让她必须描述她现在的人生状态，那就是每周花200英镑在纸品上——大量的厨房用纸、厕纸、卫生巾、尿布，你还没把其他东西放进去，购物车就已经满了。我放下画笔，看着她从地板上拎起一瓶沉甸甸的牛奶，用胳膊肘打开冰箱，把牛奶扔进冰箱，却丝毫不惊扰到孩子。"如果森宝利有专门放晚餐食材和纸尿片的货架过道，我一进一出，只需两分钟。"

她儿子正试图把一支蜡笔塞到我手里，想让我别停下来，继续涂画。英格丽德还在说话。我拿起蜡笔，低头盯着画纸，掩藏起我的脸。"我真的很嫉妒，你买东西只需要考虑两人份，"她继续说道，"哦，我的天哪。你可能只提个篮子。你可能都不知道超市会卖48卷的厕纸量贩装。"

随后，她在门口问我，她能不能在这幢房子、这个村子里安定下来。"你很喜欢牛津，对吧？"她儿子坐在她的髋部，把手里拿着的一辆塑料汽车举到她面前，试图吸引她的注意。她不停地把他的手挪开。"你看，你已经做到了。你这么做是对的，因为你过得很好，你和帕特里克都过得很好。"她在句尾上扬了语调，这些都是对我的提问，她需要一个肯定的回应。

她儿子又举起了小车，英格丽德直接把车拿走了。他哭了起来，想用他的小手打她的脸。她抓住他的手腕，握在手里。于是，他开始扭动身体，不断蹬腿，用另一只手抓着她后脑勺的头发。英格丽德继续若无其事地说道："所以毫无疑问，牛津更好。有变化，但是变得更好了——本质上说，你喜欢牛津。"

我说是的。"你会没事的。这是个好主意。"

"那你没事吗？"

我说当然。

"所以，也没聊到过浴室地板的问题。"依然是一个问句。或者是一个指示、一个提醒，抑或只是我妹妹的期待。

我说没有，这样我就能离开，英格丽德也可以将还在闹腾的孩子放在那张难看的椅子上。

*

本质上说，变得更好了吗？在回家的路上，我回想着我们在牛津的生活，那些我们散过的步、度过的周末、享用过的晚餐、听过的作家讲座、短暂的休整和参观过的展览，还有帕特里克重要的工作和我那无足轻重的工作。我对牛津的喜爱程度和对伦敦的相差无几。我们搬到这快两年了。从最需要关注的角度看，牛津没有给我带来任何变化或改善。还是会出现浴室地板的问题——英格丽德指的是，有几次我惊恐不安、沉闷阴郁时，或者说在我被抑郁情绪吞噬时，我会被逼到某个角落，无法动弹，直到帕特里克回到家，伸手将我拉起来。然后，一如既往地，在过了一天、一周或一段时间后，我能泰然自若地走进浴室，将此前蜷缩在浴室角落里颤抖、哭泣、乞求、紧咬嘴唇的我忘得一干二净，唯一能想起来的是需要用拖把清洁一下地板。

收音机底下的隔层里探出一张处方单。这是我之前放进去的，这样我在回家路上就能想起去找医生填处方单。我打开灯，将处方单拿了出来。出于某种原因，制药公司将他们旗下最强效的抗抑郁药制成了可咀嚼片——成年患者服用后，这种药在接触舌头的瞬间就开始分解，药物先是散发出一股持久的菠萝味，然后在口腔中聚集成沙子状的颗粒，引发牙龈溃疡，最后凝结成团，咽下肚时会泛起剧烈的灼烧感。这药我已经吃了很长时间。在和帕特里克结婚前我在吃，在砸东西和去医院的那段时期也在吃，哪怕我现在还在吃。我并没有感觉出自己有什么变化，也没有好转。

那晚，我跟帕特里克说我要停药，因为这药没有起任何作用。我看着他准备晚饭，说道："我不明白这有什么意义。我完全没有变化。"

他说："你想不想我帮你预约医生，听听她的建议，看该怎么停掉？"

"不用。不吃就是停药了。"

帕特里克正用刀切洋葱，他切到一半，停了下来，把刀放在了砧板旁边。

我说没关系的，"我停过无数次了。我也不想再看医生了。我就是不想。帕特里克，我太累了。那会儿我才17岁，"我捂住眼睛，强行憋住泪水，"而现在我已经34岁了。"

他说他明白了，沉默了好一会儿，然后走到我身旁，让我靠在他怀里站了很久。我把脸埋进他的肩膀，说道："我甚至再也不想吃药了。我连一片都吞不下了。"我不知道为什么我说了句"拜托了"。

帕特里克用手抚摸着我的后脑勺。他说，当然，完全没问题。虽然他希望我能在医生的监督下停用抗抑郁药，但他也理解，如果我觉得这没有帮助，我肯定很想立即停药。他说，谁知道呢，"说不定这就是你。"

*

　　我问英格丽德，不吃避孕药的话，还有什么替代方案。她说可以做皮下埋植。做完手术后，如果我触碰到手臂内侧，就能隔着皮肤感觉到它的存在。

*

　　接下来的一年与之前的每一年无甚区别。临近年末时，英格丽德打来电话说："说真的，为什么我总是在星巴克的厕所里验孕？"她告诉我，这一次还要更糟糕些，因为她是在斯温顿的星巴克。

　　"你怀上了？"

　　"显然是的。"

　　"你不是做了皮下埋植吗？"

　　"我抽不出时间去做。"她突然哭了起来，哭声如同静电噪声般刺耳，我听着她说："玛莎，五年内第三个孩子，该死。"

　　哈米什的家人在威尔士有一所房子。在英格丽德发现自己五年内怀上第三个孩子后，只要哈米什出差了，她就让我陪她到那所房子里住一阵，尽管那房子总让我俩心情抑郁。我俩在那边无所事事，离房子最近的小镇上只有一家莫里森超市、一家洗浴中心和一个矿渣堆。

　　我们第一次去的时候，最小的孩子才一个月大。我们开车进城时，三个小孩都在后座睡着了，所以我们一路都没停下来。英格丽德说我们可以一直绕着矿渣堆转悠，直到这个可爱的小长假结束。

"你觉不觉得，"她打了转向灯，"除了叫它荡妇，就很难想出别的和它相关的笑话了？"

我告诉她，这是我听过的最客观的描述了。

她的视线从方向盘上转过来，一脸愠色地看着我："你能不能别说些你能理解但我听不懂的话？因为现在我脑袋发蒙，像塞满了一团团的湿巾。"

"当你把这两样东西放在一首诗里，读者就会感受到你想传达的任何情感，这样就免于直白地描述出来。比如，如果你写的是'矿渣堆'，你就不用写'病态的存在性焦虑'。"

"我没让你解释，不过没关系。"她用手扯了下她的马尾辫。"咱爸知道这个窍门吗？说不准这能帮他打开钱路。"其中一个孩子哼唧了一声，她降低音量说道："如果你能把'矿渣堆'写进《维特罗斯》杂志，我就给你一千英镑。"

"'矿渣'和'堆'得连在一起吗？"

"如果你能做到合在一起，除了一千英镑，我还能让你挑走一个孩子。但最小的那个不算，因为他还不会说话，不会管我要这要那。"

当我们再次经过洗浴中心时，大儿子醒了，开始哭闹起来，声音越来越大，因为他想去游泳。英格丽德也开始哭丧着脸，因为她厌烦透了，没法再说"不"字。她把车开进停车场，说道："超级细菌耐甲氧西林金黄色葡萄球菌就是在这发现的。"

我们一进去，我就开始用嘴呼吸。

在更衣室里，三个小女孩蹲在积水的地板中央，想换回校服。她们没法自己穿好连裤袜，轮番抱怨起来——如果不加快速度，那麻烦就大了。那会儿我正帮英格丽德提着东西，看到那个最小的女生放弃了，把头埋在双手里。

我想过去帮帮她，但英格丽德说，在泳池的更衣室里和小孩子聊天，基本上等同于将自己列入性侵者名单。"还有，你能帮帮我吗？拿着。"她递给我某种特殊的尿不湿，让我给小宝宝穿上。

不一会儿，老师出现了，双手叉腰站在门口。她的穿搭很不协调——身穿一条紧身裹身裙，蹬着一双高跟鞋，双脚都套上了超市购物袋，并在脚踝处打了结，以免被泳池水溅湿。她开始冲孩子们大声嚷嚷，吓得我和英格丽德都停下了手。小女孩们都僵住了，直到老师走了以后，她们更加着急忙慌地穿衣服，嘴里念念有词道"我们要被落下了，我们要被落下了"。最小的女孩放声大哭起来。

我把婴儿放回婴儿车里，走了过去。英格丽德说道："说真的，别过去。"我走到女孩跟前，蹲下来，问她需不需要我帮她系鞋带。她抬起头，慢慢地点了点头。她的鞋带都打湿了，呈灰黑色。我告诉她，这么匆匆忙忙地穿好衣服，很难的，她回答说，特别是泳池水把她的腿弄得湿漉漉的。她的脚踝瘦得不可思议，她显得那么瘦小脆弱，似乎无法活在这个世界上。我帮她系好鞋带后，她就跑了起来，追上她的朋友。

我回到英格丽德身边，她正把东西堆到婴儿车下面。她说："我想你再也不能跟我一起来洗浴中心了，因为你已经被列入名单了。"但她说这话时面带微笑。她踢开婴儿车的刹车，说道："可是，天啊，她们太可爱了。"

开车回家的路上，我们再次经过矿渣堆时，夕阳正衔着矿渣堆的山巅，徐徐下沉。英格丽德望着窗外说："孩子们，不管我们一家人发生什么事，我永远不会让你们的爸爸把家搬到梅瑟蒂德菲尔。"

*

晚些时候，孩子们都上床睡觉了，我和妹妹坐在沙发上，喝着罐装金汤力水，看着那团自从点燃后就将熄未熄的炉火。

我说："当你有了孩子之后，是不是就会自动成为另一个人，能淡定地看着一个脚上套着塑料袋的女人冲着一群不是她亲生的孩子发火？是不是突然之间就变得异常强大，能生活在这样的世界中？"

英格丽德咽了一口，说道："与此相反，情况会变得更糟。因为一旦你成了母亲，你会发现，5秒钟前，每个孩子都还是婴儿，谁能对婴儿大喊大叫呢？但5秒过后，你就开始冲着自己的孩子叫嚷，一旦你做到这个份上，那你肯定就成了很差劲的人。在你有孩子之前，你认为自己很和善，而在你有孩子之后，你会偷偷地怨恨这些没有孩子的人，因为是他们让你意识到自己实际上是个怪物。"

"我已经知道自己是个怪物。"我希望她能告诉我，我并不是。

她打开电视，说道："那就省事了，你不用经历这种转变了。"

电视里播放的电影我们都看过，在眼前的这一幕里，女演员正努力把她所有的购物袋都塞进一辆黄色出租车的后座。而现实生活中，这名女演员从楼顶一跃而下了。插播广告时，英格丽德说了句很多人都说过的话。她不理解，一个人为什么会绝望到做出这种事情。那时我正在牛仔裤上抠掉什么东西，没有认真听她说话，不假思索地说了句"我显然就会这样"。

"没有，你没有难过到真的寻死。"

我笑了，然后抬起眼来，看她为什么突然关掉了电视。英格丽德盯着我看。

"怎么了？"

"你郁闷时，你没有真的想自杀吧。你什么时候想过了？"

我说你不是认真的吧。"每次我都有这样的感觉。"

英格丽德说："玛莎！你不能！"

我说好吧。

"你别光说好吧。好吧什么？好吧你不会这么想？"

"好吧，你也不一定相信我。"

她把我俩之间所有的靠垫都推到地板上，让我挪一下腿，这样她就能坐在我旁边。她说如果这是真的，我们得谈谈。我说大可不必。"但我想了解你的感受。那种感受。"

我尝试过。生平第一次，我把那个夜晚站在戈德霍克路阳台上的事告诉了她。我描述着当时站在露台上的所思所想，提到我凝视着楼下漆黑的花园，但她看起来非常难过，我没继续往下说。她睁大双眼，目光呆滞。

我说对于没有相似经历的人，这种事情很难解释清楚。

她哭泣着，发出痛苦的呜咽声，然后道了歉，努力挤出笑容。"我想你是迫不得已才那么想的。"

我们就这样坐了一会儿，我妹握着我的手腕，直到我说她需要睡觉休息了。

我听到她半夜起床，走回她的房间。她坐在床上给孩子喂奶。灯罩上覆盖了那条在洗浴中心地板上打湿的毛巾，半明半暗的灯光映衬着她幸福安详的模样。

她说："来，别让我睡着了。"我坐到床上，依偎在她身旁。她又说："给我讲点有趣的事。"

我说起我们十几岁的时候，不知出于什么原因，仿佛受到某种不受我们四人控制的外部力量影响了，我们在戈德霍克路的屋子摆满了非洲部落的艺术品、面具和羽毛帽，数量多到就像走进了内罗毕国际机场的礼品店。唯一让我记忆犹新的是一件青铜制的生殖崇拜雕塑，它在走廊里放了一段时间，然后摆在前门的入口处。她当时说过，它的阳具太明显了，如果它不经意间转个90度，简直就是一道抬杆闸门。

英格丽德说她也记得。"那会儿我用它来挂书包。"

我们都不知道它是什么时候消失了。突然有一天，它就不见踪影了。此时，孩子打了个奶嗝，我妹笑了笑。

我问道："最美好的事情是什么？"

英格丽德依然凝视着她儿子，说道："现在。所有事情。我是说，这一切糟透了，但都很美好。尤其是，"她打了个哈欠，"从发现自己怀孕，到将这个消息告诉其他人，告诉你丈夫之前。尽管可能只有一周，或者对我来说只有一分钟。很少有人提到这个时段。"

她继续说道，这是专属于你自己的隐私，一种独一无二、满心欢喜的感觉，你极其渴望将这个消息公之于世，但要放弃这种独享的感觉却很痛苦。她说："你能感觉到一股由内生发的强烈优越感，因为旁人丝毫没有察觉出你的宝藏。你在人群里来去自如，享受着自己优于别人的满足感。"她又打了个哈欠，把孩子放在我怀里，穿回上衣。"你知道为什么蒙娜丽莎拥有那样的微笑吗？看起来那么自鸣得意。因为她刚在画室的卫生间里做了个验孕测试，看到验孕棒上的两道杠，然后她回到座位上，任由画家每天观察她10个小时，整个过程她就在想，他甚至都不知道我怀孕了。"

我问她他们是怎么知道的，她说她不记得了，和画家在她脖子上描画的阴影有关，好像是某个只有怀孕时才会突出的腺体，她让我之后在网上搜索下。

然后，英格丽德盘腿坐好，在她面前铺开一块棉布方巾，抱回孩子，将他放下并紧紧包裹成襁褓。她没有把他抱起来，而是低头凝视着他，抚平织物上的一条皱褶，然后说道："有时候，我真希望你要个孩子。我只是觉得，我俩同时有孩子会很有趣。"

我说也许我会，但我很讨厌洗浴中心，而这又似乎是养孩子的必选任务。

英格丽德抱起孩子，将他递给我。"你能把他放回到婴儿床上吗？"

我站起来，让他伏在我的肩膀上。我感觉她一直目视着我。我把他放到小床垫上，将手臂从他身下轻轻抽回来。

她说："玛莎，我希望你不是因为真的觉得自己是个怪物而不要孩子。"

我给他盖好毯子，掖好四角，对我妹说，以后别再提起这件事了。

*

　　早上，我起床给两个大男孩做好早餐，这样她能多睡一会儿。她的大儿子让我给他做水煮蛋。

　　而她的二儿子说，他不想吃水煮蛋，然后哭了起来。他说他想吃薄煎饼。

　　我说他们可以想吃不同的食物。

　　"不，我们不可以。"

　　我问为什么不行。

　　他说因为这不是餐厅。

　　在他等着吃薄煎饼时，他说起了之前做过的一个梦，梦里他还很小，一个坏人想要把他喝掉。他说他现在不觉得害怕了，只是有些时候还是会想起来。

在圣马可大教堂的台阶附近，我朝着一个烟灰缸吐了。那时，帕特里克和我正在威尼斯度假，庆祝五周年结婚纪念日。在出行前的两周，他一直在问我要不要取消行程，因为我明显身体不适。"旅行能让我的身体恢复活力，虽然还没到神清气爽的程度，但也挺好。"

我非常想取消行程。但是他已经买好了《孤独星球》，每晚睡前都在看。尽管我感觉难受和恐惧，但看到他满心期待，那种渴望又像只敢用铅笔在书中圈点那样内敛低调，我就不忍心让他失望。

帕特里克找了个座儿，让我俩坐下。他说，我们一回到牛津，我应该再去见见医生，以防这不只是病毒感染引起的。我说就是病毒而已，而且我之前都没有吐过，这显然说明只是一次单纯的心理反应，因为他的背包让我们看起来太像游客了。

我怀孕了。我两个星期前就知道了，却没有告诉他。医生确认过避孕药依然埋植在我的皮肤里，但他无法解释我是怎么怀孕的。"没有什么事情是万无一失的。总之，按我估算，孕期五周。"

帕特里克站起来说道："我们回酒店吧。你可以躺在床上，我来改签机票。"

我让他把我拉起来。"但你想看那座桥，叫什么桥来着。"

他说："那不重要。我们回家吧。"

回酒店的路上经过了那座桥。帕特里克拿出旅行指南，从折角的一页上读起书中的内容。"为什么这座桥命名为'叹息桥'？"他说这问题有点意思，我应该想知道的。"在17世纪……"

听着他朗读的内容，我感觉自己被悲伤禁锢住了。不是因为他念出的故事——据传说，罪犯被带往另一侧的监狱时，能透过桥上经典的巴洛克风格窗户，最后看一眼威尼斯，然后发出一声叹息——而是因为他皱着眉头翻看书页，间或抬头看看我是否在听，阅读时他发出了"哇哦"的感叹，一读完后就说道："果真叫人唉声叹气。"第二天我们就飞回家了。

*

我在菜地里和他说了。自从我得知消息后的每一天，无论是在威尼斯旅程的筹备和出游期间，还是返程一周后，我都决心要告诉他，但每次总能找到一个拖延的借口——比如，他很疲惫，他拿着手机，他穿了一件我不喜欢的套头衫，他正陶醉于手头上的事情——各种各样的托词。那天是个周日，我一觉醒来，读了他留给我的便条，便穿好衣服出门找他。

214

他坐在那根倒下的枯树干上，手里拿着什么东西。等我走近后，看清了他手上的东西，我觉得我做不到。我不能在他拿着保温瓶时打破他惯常的生活方式，袒露我的秘密，还因此导致他的未来出现重大分岔。

要坦承的原因只有一个。一旦他知道了，这就是事实，一个我需要面对和解决的事实。时间所剩不多了，于是，我说了。

在我故意拖延时，我想象过帕特里克可能表现出的任何反应，但实际情况比我设想的糟糕得多——我丈夫问我怀孕多久了。这是一个过于具象的短语，我们都未曾有过这样的经历，或者说这短语就不该出现在我们的关系中。

我说："八周。"

他没有问我知道多久了，答案显而易见。"我怎么没想到这一层呢？"他说得好像是他的错误，然后身体前倾，两肘支在膝盖上，目视地面，继续说："不过我们还没决定要怎么做。"

"没有，我只是告诉你这个消息。"

"所以也不用仓促行动。"

"不用，但我也不打算无缘无故地耗着。"

他说也是，"有道理"。

我把茶倒掉，将保温杯递回给他。"我要走了，在家等你。"

"玛莎？"

"嗯？"

"我可以有几天考虑时间吗？"

我跟他说我还没预约医生。反正还有很长时间。

*

　　帕特里克那天回家后，还有接下来的好些天都没有再提起这件事，但他在家的行为和以往不同了。他回家的时间提前了。他什么事情都不让我操劳。早上他总是在我身边，但每当我夜里醒来时，他都在别处。我知道这件事一直萦绕在他的心头。

　　又是一个周日，他在我洗澡时走进浴室，坐在浴缸的一端。他说："抱歉，我拖了很长时间。我只是在想，你肯定不打算留下孩子？"

　　我说不想。

　　"你有没有想过，如果我们想……因为我真的觉得你会……"

　　"帕特里克，请你别说了。"

　　"好。只是，我不希望我们将来因为这件事而后悔。"

　　我用脚踢了下水。"帕特里克！"

　　"好吧，对不起。"他站起来，往潮湿的地板上扔了一条毛巾。"我会帮你开一张转诊单。"他的衬衫和牛仔裤裤腿都湿透了。

　　他走出浴室时，我说道："这种事本不该发生的。"我跟他说，这从来都不是我俩要解决的事。但他没有回头，只是说了句，好的。

　　他一关上浴室门，我就将自己浸没到水面以下。

*

　　不过，我最后流产了。

216

事情发生在我约见医生的那个早晨，当时我正沿着一条陡峭的纤道推着自行车。我知道发生了什么，并没有停下来，而是继续往前走。到家后，我给还在上班的帕特里克打了电话，然后在浴室里等待着一切结束。外面很冷，他回来时我还穿着外套。

他开车送我去医院，几个小时后我们从医院返家，一路上他向我道歉，因为他想不出来说什么话合适。我说没关系，反正我也不想谈这个。

我没有告诉其他人发生了什么事，后来，只有在帕特里克外出时，我才会哭——他前脚刚走，我就无法抑制大哭的冲动。简而言之，回想起我曾想对胎儿采取的措施，体内强烈的情绪瞬间爆发。我会绕着屋子徘徊，为她先离我而去而感激落泪。

*

这件事过了很久以后，当帕特里克和我再次提起，我说："是个女孩。"他问我怎么知道是个女孩。

我说我就是知道。

"你本打算给她起什么名字？"

弗洛拉。

我说："我不知道。"

*

在婚姻中，某些大错一旦铸成，则根本无法表示自责和愧疚。相反，我从医院里回来后洗澡更衣，一边坐在沙发看电视，一边吃着他做的晚饭，然后说道："帕特里克？"

"嗯。"

"我喜欢这酱汁。"

*

我们聊起去科茨沃尔德，散散步或者去酒吧什么的，就为了离开牛津。我们说，这将会是很棒的旅程，半小时后就能到，说走就走吧。

我们从牛津的家出发，开了16公里到了岔路口。帕特里克没有转向。那会儿，我俩之间似乎达成某种无声的共识，我们都不想停下来，只想一直往前开，在我们身后抛下一段漫长的距离。我望向窗外，看到零星背对着马路的房子。它们起初聚集成村落，越往后，则变得稀稀落落的。田野在我们的右手边。我们一直行驶在A级公路上。道路逐渐变窄，两旁树林耸立。随后，车辆减速缓行，穿过其他村落，拐过急转弯后，在逐渐开阔的路面上加速前行，绕小镇而过。工业郊区消失，大片的乡村进入视野，还有一个个服务站。去往M6高速公路的指示牌上写着"下一个出口，伯明翰"。这一边的风景不再美好，而另一边则重新变得景色宜人。帕特里克问，你还好吗？很好。我不饿，你呢？也不怎么饿。你想听音乐吗？你想吗？我还好。

我们经过一个标识着"曼彻斯特40"的指示牌，我俩相视一笑，默不作声地交换了眼神，就像身处人潮中的两个人对某个无言的秘密心照不宣。公路变成了六车道，车流不息，双向车道上的司

218

机对减速、停车、启动的一系列操作非常熟悉。他们抽着烟，敲着方向盘。车上的乘客埋头盯着手机，吃吃喝喝，将脚搭在仪表盘上。

后来，我们驶过了曼彻斯特。一番村落的景致，但平庸单调，工厂星罗棋布，筒仓矗立于其中。每驶过一小段路程，就会路过一座附近并无郊区的郊外房屋。

我说："我们在路上走了多久？"

帕特里克看了下时间。"我们9点出发的，所以，6个小时。5个半小时吧？"

很长一段时间里，没什么景色可言，只隐约感觉到路蜿蜒向前，开始往上爬升。他降下车窗，空气中飘着咸咸的气息，但是看不见大海。随后，路变得逶迤曲折，陡然上升，直至我俩看到"您已进入优美自然景致的观景区"这条标语。

那会儿是下午晚些时候了。帕特里克说我可能需要停一段时间。在一公里外的地方竖有一个标识牌，牌上写着"通道"二字，还画了一座桥。下一个弯道后，会有一片未铺设路面的路旁停车区。

空气清新而凛冽。我们同时以相同的姿势伸展腰背、活动筋骨。帕特里克说等一下，然后从车里拿了我们的外套，锁好车门。我牵过他的手，我俩走进林间小径，穿过茂密的树林，来到河边。水流湍急，但在我们面前拐了个弯，积聚成一汪水潭。潭水很深，平静如镜，呈深绿色，从我们脚下的河岸往下看，帕特里克说，垂直落差有"2米，也许3米。"我们俯看着水面。

他说："好，我先来。"

我们把衣服脱下挂到树枝上。帕特里克说："我不明白，胸罩这一小片布能保暖吗?"于是我把胸罩也脱了,两人在岸边犹疑了一分钟,冻得瑟瑟发抖。

他说:"看准中间跳。"然后跳进水中,落水时发出一声巨响。还没等他冒出水面,我便紧随其后。河水冰冷刺骨,坠入潭里的一瞬间,我只感觉到惊愕和重压,随后心肌开始剧痛,肺部像坠着千斤重的石头,皮肤灼热疼痛。我睁开双眼,眼前是一片模糊的绿色和快速旋流的淤泥。我告诉自己要摆动双臂,但我四肢僵硬,只能任由两臂高举于头顶。我悬浮在水中。后来我只感觉到帕特里克拽住我的前臂,将我向上猛拉,空气重新灌进体内。我俩面朝彼此,沉默不语,呼吸急促。他还搀着我的胳膊,把我推往岸边。

我在水面之下只停留了一秒钟,但我感觉濒临溺亡。虽然我离岸边只有几米的距离,但我觉得自己游不回去。在水里太痛了。后来,帕特里克拉着我回到岸边。我裹着外套站着,水顺着我裸露的双腿往下滴淌。这才过去一分钟。

我们拎着衣服鞋袜跑回车里。我们花了很长时间才在前排穿好衣服,沐浴着从空调口里呼哧呼哧吹出的暖风,语速飞快地聊起我们刚才的所作所为。

我说:"我们是最棒的。"

帕特里克说:"你是不是很想吃薯条?"

我们开出林区,找到了一家酒吧。酒吧里空空荡荡的,只有一对老夫妇坐在酒吧另一头的餐桌上,吧台后有一个女人在擦拭酒杯。我们坐在火炉旁的沙发上,边烤着火,边吃着薯条、喝着啤酒,我感到无比的温暖和干净。

"你有没有想过我们是最棒的,帕特里克?"

他说没有，"但我们很可能是最棒的。没人会像我们那么做。"

我说，我知道，"换了别人，肯定会吓坏了。只有咱俩。"

帕特里克说："你能非常非常强烈地感觉到自己没穿内衣吗？"

"这儿又没人，"我说道，"这世界只有咱俩。"

我在一份周日刊物上读到一篇文章，文章介绍了一种新近界定的疾病——寄宿学校综合征。这位记者本身也是患者，他将寄宿学校综合征描述为一种创伤后应激障碍和依恋障碍的综合体，许多英国男性自6岁起便顺从父母的意愿，被幽禁于寄宿学校中，默默承受着这种病症。症状包括过于独立、无法寻求帮助、以忍耐为荣、高道德价值观和压抑情绪（主要是负面情绪）。

　　帕特里克坐在我旁边，看电视里播放的球赛。流产已经过去一段日子了，但我感觉并没有过去多久，我仍在按周数着时间。

　　我把脚踩在他的大腿上说："我能给你做个测试吗？"

　　"球赛就剩10分钟了。"

　　"我想看看你是不是得了寄宿学校综合征。"

　　"10分钟。"

　　我提高声音、盖过解说的音量，说道："好，第一个问题。你很难向别人寻求帮助吗?"

　　我每读完一条,他都说"不是",尤其在我问到他是否存在情感依恋障碍时,语气最为坚决,否定的依据是他从14岁起就对我产生了情感依恋。我已经读到问题清单的最后一条,但我假装测试还没有结束。

　　"还有一些。"

　　"我能把点球看完吗?"

　　"录下来就行。"

　　帕特里克叹了口气,关掉电视。

　　"你是否会对某些食物产生强烈的情绪反应,主要指兑了很多水的炒鸡蛋,卷心菜、西蓝花和芥菜等这类蔬菜,或任何加热后会出现奶皮的液体,比如牛奶或蛋奶液?"

　　帕特里克看着我,给了肯定的答案,但不确定我是不是在瞎编。

　　"除了在家,你是否因为用餐盘盛食物而觉得在工作单位的食堂吃饭最为舒服?还有,你是否同意,可能是因为你在18岁之前没有选择食物的权利,所以成年之后,你在点菜时是全世界最磨蹭的人,服务员问你想要什么时,你会让她经历漫长的等待后才说话,有时这段时间长到你的妻子哈欠连连,长到甚至让人觉得就此过完了一生?"

　　帕特里克重新打开了电视。

　　"直到你妻子指出来之前,你知道你结婚后,吃饭时总是低着头,用一只胳膊护着盘子吗?"他调高了电视音量。我冲着他叫喊:"如果你的回答大多数都是'是',那么在你的婚姻关系里,你才是发疯的那个人。所有人都觉得你妻子有问题，而事实并非如此。"

我以为他是在假装被我这愚蠢的测试激怒了，但当他突然站起来，连电视都不关就离开了房间，我才意识到他真的生气了。我连忙起身，跟着他走进厨房，向他道歉，却不知道自己为什么而道歉。他从橱柜走到洗碗槽，又走到冰箱，把我当成了空气，不予理睬。这太让人难堪了。我上楼把自己关在贮藏室里。

有一段时间，我坐在椅子上，用书桌上的剪刀修掉我的发梢分叉。随后，我打开电脑，打算在奥特莱斯网站列出我的购物清单。但我没有。我又打开那本杂志的网站，重读了那篇文章，感到内疚、难过，而后恐惧。我关掉网站，听到他上楼的脚步声。

帕特里克走了进来，但一言不发。我转过身来。他一直沉默不语，我便说道："我想我们应该去做婚姻咨询。"我并非真的想去。我会这么说是因为这是我一贯的处事方式——做些伤害他人的事，来报复我眼中的罪行。但听到他说他也是这么想的，我惊诧不已。

"为什么？"

"玛莎，因为……"

"为什么？"

"因为那次河上事故。"

我无法与他直视，便又拿起了剪刀。他说："玛莎，你能不能别剪头发了？告诉我，你为什么认为我们需要做心理咨询？"

"因为你有寄宿学校综合征。"

他离开了家，我走进浴室找安定剂，那是河上事故过后，帕特里克带我去看夜间门诊，当时医生给我开的。我想知道，到底是哪一天发生的——当晚，我半夜起床，走出家门，开始是沿着纤道行走，后来则以最快的速度跑着，直到帕特里克在第一座桥上追上我。

我翻过桥上的护栏。他展开双臂搂住我的腰，想将我拉下来。我挣扎着反抗，一不小心刮伤了他的脸。他的力气比我大，也比我坚持得更久，最后他护送着我回家，然后开车送我去看医生，一路上我反复跟他道歉。

我拿起药瓶，看了看标签上的日期，日期似乎不对。我打算上床去睡觉，尽管还有几个小时天就亮了，但我太羞愧了，我没有脸面继续醒着。

那晚，我做了个关于孩子的梦——我从梦中惊醒过来，有声音告诉我要沿着河一路跑下去，因为，万一我的孩子就在河边呢？这场意外，就发生在两天前。

我们和心理治疗师聊过一次。她是个白人，但穿着打扮得好像刚参加完宽扎节[1]庆典。看到我俩都说不清楚为什么要来咨询时，她说道："别担心！"

帕特里克说不出口的是，"因为最近发生的事，我妻子的行为很像精神病患者，像年纪稍长的安妮，来自《绿山墙的安妮》里'夏洛特姑娘'那一集。"

而我没法说出口的是，"因为我最近发现了，我丈夫的核心人格特质，他那些广受赞赏的品质——拥有不同常人的忍耐力，对痛苦泰然处之，总是沉着镇静，毫无怨言——实际上是一种新近界定的疾病症状。"

"重要的是，你们来了。"心理治疗师说这是很好的迹象，她让我们站起来，把我们带到房间中央的两把椅子前。椅子相对摆放着，挨得很近，我们坐下后，膝盖都碰到一起了。她和我们说，相处一段时间后的伴侣不再直视对方的双眼，这很常见，所以她总是先让伴侣们这么做——全神贯注地凝视着对方，三分钟不说话。她则只在一旁观察。

练习开始几秒钟后，她脚边的手提包里发出了一连串急促的电子提示音。帕特里克和我同时转向她，看着她伸进包里摸索着手机。她说："我得处理一下，怕是我女儿让我去接她。"摸到手机后，她划动屏幕，视线始终没离开手机，就对我们说："忽略我，你们继续。我回一下，马上就好。"

---

1 宽扎节，非裔美国人的节日，源自非洲传统的收获节，庆祝活动从12月26日持续至1月1日，共七天。

帕特里克没什么讨厌的东西，除了剑鱼（包括食材和自然界里的生物）、恶作剧礼物和苹果手机的按键声音。当治疗师在手机上敲下回复时，每一个字母发出的声音就像摩尔斯电码一样滴答作响。他一副难以置信的表情，用口型默念道"行不通"。治疗师向前倾了倾，正要把手机收起来，但手机在她手中又响了两声，她又抬起手来。"真是很不好意思。我女儿16岁，正是自以为全世界都围着她转的年纪。"

帕特里克起身道歉，说他突然想起自己忘了做某件事，得立即去处理一下。说完他就领着我走出咨询室，她看起来一脸困惑。

刹那间，我俩来到户外，手拉手跑过马路，奔向一家酒吧。我们喝起香槟，又点了一杯龙舌兰酒。我和帕特里克说，我俩就像本来打算投案自首的人，但在即将投降时，我们突然意识到，继续逃亡、苟且偷生、还不能随便放弃，这固然很累，但另一种选择反而更糟。我说："因为另一种选择是留给其他人的。"

帕特里克说："对我而言，我只想做我自己。"

在路边，他再次牵起我的手。我们正要拦出租车，但他指向不远处的一家商店，说要买点东西。我们从未像现在这样醉过。我们进了一家小药店，店员是一个面容瘦削的女人，她并不觉得我们有趣。帕特里克拿了水果软糖和一只牙刷，放在收银台上，问道："亲爱的，你想要点什么吗？"我拿起一顶浴帽，说我想戴回家，劳烦这位好心的女士扫一下价码再还给我。他将所有东西都放到台面，说道："所有这些，再拿一盒避孕套，谢谢。"

我们在出租车上接吻，一到家就上床了。这是流产后的第一次。或者，我当时已经喝得酩酊大醉了，没有意识到这是我怀孕之

227

后的第一次。

就在我们快要结束的时候，帕特里克停了下来，说道："抱歉，你继续。我只是想查查手机，怕是我女儿让我去接她。"

"玛莎，"事后，他躺在我身边说道，"一切支离破碎、纷乱如麻，而后重归于好、冰释前嫌。这就是生活。不同的，只是各部分的比重而已，或多或少，多是看事情本身。一旦你觉得，就这样吧，以后都只能这样下去时，一切又会颠覆重构。"

这就是生活，是在那以后三年的生活。各部分的比重动态变化着——分崩离析，破镜重圆，假期，漏水的水管，新床单，生日快乐，9点至3点上门的技术人员，飞进窗户的小鸟，我想死，求你了，我无法呼吸，我想就是一个午餐的事，我爱你，我不能再这样做了——我们都认为会永远这样下去。

去年5月，帕特里克所在的医院来了一位新的领导。她喜欢牛津的生活氛围，于是搬了过来，但她的丈夫，一位精神科医生，需要往返伦敦通勤，因为他在哈里街有间咨询室。据她的说法，众所周知，能在那开咨询室是可遇而不可求的。

我是在一个慈善晚宴上认识她的，晚宴所倡议的慈善事业我记不清了，虽然举办晚宴的目的就是提高我们对这项事业的认识。她问起我的工作，我说我主要创造供大众消遣的内容。我说的是给趣味食物专栏供稿的兼职工作，我没明确说是哪家杂志社，免得她翻看《维特罗斯》杂志时，发现我属于她讨厌的那类作者。

我说："我也以私人名义消费内容，但显然看的不是我自己创作的内容。但无论是创造还是消费内容，产生问题和解决问题我总占一头。"

她笑了起来，我继续说道，我每次外出，如果看到一位母亲在打电话，我都担心她在看的是我创作的内容而不是她孩子的双眼。

她说："显然，我们似乎已经丧失了不打电话的能力了，是吧？"听语气有点黯然神伤。

"但我敢肯定，在我们生命的最后一刻，我们都会想，如果我能消费更多内容就好了。"

她又笑了，碰了碰我的胳膊。在我们接下来的谈话中，每当她在介绍自己的情况，试图强调某一点或发表看法时，她总会触碰我的手臂，如果我说了一些她觉得很幽默的事，她会轻柔地抓紧一下。因为这一点，我对她很有好感。也因为，尽管她会问到工作以外的问题，但是她从来没有问过我有没有孩子。

回家的路上，我让帕特里克帮忙找一下她那位精神科医生丈夫的联系方式。

我已经四年没有看过医生了，我也没有打算重新找一位。但我预约了他的档期，因为我想看看他是什么样的人——能和像她那样的女人结婚，是不是意味着他也是个好人。如果是，那他就与我以往见过的医生截然不同。

*

一位女接待员告诉我，通常情况下，我要等上12个星期才能预约到医生，但罕见的是，有位病人的预约取消了，医生可以在今天下午5点和我面谈，如果我能及时赶到的话。我听着话筒那端她咔哒咔哒地摁着笔的按头，我连忙抬起肩膀，一边将电话夹在耳旁，一边查看着火车时刻表，然后告诉她我能赶到。

候诊室里光线昏暗，我感觉很闷热，因为时值5月，我穿着外套从帕丁顿一路小跑过来。接待我的是同一个接待员，她说正常情况下，我可能得在这等很久，但是过一会儿后医生就能见我。她再次强调，这非常罕见。我一直站着，玩起一个我爸在我小时候跟我玩过的游戏：如果我只能移走一件物体，我会移走什么来改善这个房间的环境？我选择了那株仙客来绿植上引人注目的价签。这时，有人推开厚重的门，门底在厚地毯上划过，我循着声音转身望去。眼前的男人身穿厚磅斜纹棉布长裤、白衬衫，打着针织领带，他从门后走出来，说道："玛莎你好，我是罗伯特。"他跟我握了握手，强而有力，似乎并没有预料到我的手如此软弱无力。

走进他的办公室后，他让我随便坐，而自己则坐在一张人体工学椅上。椅子一侧的扶手更宽，刚好能放下他的笔记本，本子翻到全新的一页，空白页上只写了我的名字。我坐下等候着，看着他在我的名字下加了道下划线。随后，他用另一只手捋了捋领带，我看到他的食指上裹着专业的白绷带。受绷带的束缚，食指伸直着，与其他手指区隔开，无法使用。

他抬起头来，让我从头讲起。我为什么来见他？我讲得索然无味，但他对我的回答继续追问，我还记不记得是什么时候第一次有这种感觉？

我的感觉像气旋，形成渐强或非常强的风浪，间或天晴。

我从最后一次参加A-level考试的那天开始讲起，一直聊到今早9点半发生的事。当时，我拎着一袋垃圾走到屋外，一个女人牵着两个初学走路的孩子从旁边走过，她微笑着对我说，我看起来很疲惫，她与我感同身受。我僵直地站在原地，直到她走远后，我拎着垃圾袋返回屋里，把垃圾扔在门厅。袋子撞到墙上，摔破了。我告诉医生，因为我在这，所以帕特里克会发现这个破掉的垃圾袋，将现场收拾干净，清扫散落一地的意大利面、蛋壳之类的东西，并且一如既往地，仍然假装这是其他妻子也会做出的正常行为。

罗伯特问我是否经常扔东西，或者做出其他我认为"不正常"的事情。

我告诉他，有一次我举起一个陶罐，往花园的墙上砸去，把它摔了个粉碎。我还告诉他——我把手机往厨房墙面的瓷砖砸了很多次，砸到玻璃碎片扎进手里；我用吹风机砸过帕特里克，并在他身上留下瘀伤；我故意把车撞向停车场里的金属栏杆；我背靠着墙壁，反反复复地将头往墙上撞，因为这样会感觉舒服些；我夜不能寐，白昼难醒；我把书页撕成碎片，把衣物顺着线缝撕裂。除了吹风机，上述的事都是最近发生的。

我向他道歉，说如果他想不出任何帮助我的办法，我完全可以理解。我还告诉他一些事后的想法："有趣的是——当然不是那种让人捧腹大笑的有趣，而是这一系列糟心事里让我哭笑不得的有趣——一旦情绪平息，我恢复正常之后，看到遍地狼藉，看到垃圾桶里被摔得粉身碎骨的碗碟，我会想，谁干的事？我真的不敢相信是我自己干的。"我和他说，我妹妹英格丽德曾经因出门穿搭焦虑而引起情绪失控。他一直记着笔记，这一点特别打动我。他记录的动作如此优雅自然，似乎我说的话都值得他写下来。

他翻到下一页，问之前的医生给我下过哪些诊断。我说："腺热病，临床抑郁症，然后是——我是按时间顺序说的——"我继续列举着，一个紧接着一个，最后我都说累了，苦笑了一声。"《精神障碍诊断与统计手册》里的绝大多数疾病类目吧，真的。"

我环顾四周，搜寻着关于精神疾病的诊断手册，根据我见过这么多医生的经验，这是他们办公室里总会陈列的典籍。这已经演变成可悲的"威利在哪里"游戏——书架上全是精神病学教材，书名似乎都带着有意无意的威胁性，我需要在这堆教科书里找到那本血红色书脊的诊断手册。但在这里，我却没发现它的踪影。我回过头，发现他在等我，又一阵感激之情油然而生。

"我最想知道的是，你给自己的诊断是什么，玛莎。"

我停顿了一下，表现得好像我必须思量一下。"我不擅长成为一个人。活着，对我而言，似乎更有难度。"

他说，这很有趣。"但基于你今天来到这里的事实，你肯定也觉得，你的问题能从医学的角度解释原因。"我点了点头。

"这样说来，你觉得医学上的解释是什么？"

我说："可能是抑郁症，只是不是持续性的。它总是会无缘无故地发作，或者是因为一件微不足道的小事而爆发。"我已经做好准备，等着他从抽屉里拿出那张塑封的问题列表，递到我面前，让我给出"总是、有时、很少、从不"的答案。

然而，他却缓缓合上笔盖，将笔放在笔记本上，然后说道："也许你可以和我谈谈，当你突然发现自己身处杂乱不堪的'战壕'时，你有什么感觉。"

我像和帕特里克聊天那样，和他描述了一遍。帕特里克首次目睹我发作，是在那个夏日，那时我们还没在一起，后来他就经历了很多次。我说："这就像进电影院时天还亮着，影片散场后你会很震惊，因为你没想到天已经黑了，但的确已经是晚上了。

"就像在公交上，坐在你两边的陌生人突然冲着对方大声喊叫，越过你的头顶打架，但你身陷其中，无法脱身。

"就像你站着一动不动，然后突然摔下楼梯，而你却不知道是谁推倒你。你身后根本没人。

"就像你进地铁时，天空一片蔚蓝，而当你出地铁时，却下起了瓢泼大雨。"

他等了一会儿，似乎在等我给出更多比喻，然后说这些描述很有趣，很有帮助。

我咬了咬自己的拇指指甲，低头看了一秒钟，将还没有完全脱落的那部分撕扯下来。"大概就像天气。即使你能预见到天气变幻，但你也无能为力。该来的，总会来。"

"某种程度上说，头脑里的天气？"

"我想是吧。是的。"

罗伯特说："我很为你难过。听起来你经历了一段相当漫长的煎熬日子。"我点点头，又咬了咬指甲。"我在想，有没有人和你提过——————[1]呢，玛莎？"

我挪了挪手，说没有，谢天谢地。"这是唯一一个我没得过，或者说没人说我得过的病症。虽然，事实上，"我陷入回忆，继续说，"在我大概18岁时，的确有一位苏格兰医生说过，他不能排除这种可能性，但我妈帮他排除了。她说，这个病只会让我成天到晚

---

1 原文里，作者故意使用——————来隐去病症名称。

地哭，但我不是彻头彻尾的疯子，也没觉得自己是布狄卡，或者能通过蛀齿来和上帝对话。"

"当然不是。但我得说，"罗伯特停顿了一下，"你妈妈用如此生动形象的语言所描述的那些症状，只存在于大众的想象中。真实的症状会包括……"他列举了十来种病征。

我开始感觉浑身发热，很不舒服，喉咙像是被人硬塞了块破布。我咽了一下口水，说道："我不太想被诊断为-----"说完就察觉到自己的无知冒昧。

他说："我完全理解。人们对-----这种疾病的误解颇深，不可否认，普罗大众对它的看法总有点……"

"你为什么会做出这个诊断？"

"因为它发病时通常会……，"你17岁的脑子里一颗小型炸弹引爆了，"然后医生给你开一系列处方药……"他列举出我吃过的每一种药物，那些熟稔于心和早已遗忘的药名，然后和我解释了这些药不起作用、疗效不佳或使我病情恶化的临床原因。

我又咽了一下口水，因为自从他说了那句"听起来你经历了一段相当漫长的煎熬日子"，泪水就开始在我眼眶里打转，让双眼一阵酸痛，现在眼泪夺眶而出，顺着我的脸颊流淌下来。罗伯特拿起一个纸巾盒，但盒里空了，于是他拿出自己的手帕，隔着一张地毯的距离给我递过来。我擦了擦脸，好奇是谁给他熨烫的手帕。

我问他，为什么除了那位不敢肯定的苏格兰医生，其他人都没有想到这一点。

"我想，这是因为这些年来，你一直控制得很好。"

我的泪珠止不住地往下淌，因为我一直觉得，自己唯一控制得很好的事，就是成为一个难以相处、过分敏感的人。罗伯特起身给我倒了一杯水。我强迫自己坐直身子，说了声谢谢。我喝了半杯，然后大声说出-----想看看将这个词用在自己身上，是什么感觉。

他回到椅子上，抚平领带，说："是的，这是我的判断。"

"好的。"我深吸一口气后慢慢吐气。"还好这病也就最多连续发作24小时。"

罗伯特笑了。"我看是有这么种说法。你有兴趣试试我常开的药方吗，玛莎？一般情况下，疗效不错。"

我说好的，于是他给我开处方。我安静地看着窗外，凝望着哈里街另一边的维多利亚式建筑。它们是如此美丽，不知道是不是专为病人而建造的。如果真是为病人而造的，我没想到会这么复杂。我转过身，听到罗伯特说道："你得原谅我打字的速度。切西红柿时发生了一点小意外。"我问他缝针了吗。他装好打印机，说缝了六七针。

最后，我俩在诊疗室门口停留了一下，罗伯特说，他期待六周后再见到我。除了表示感谢，我还想多说点话，但脱口而出的只有一句："你是个好人。"这一度让我俩陷入尴尬。再次握手后，我便转身，迅速返回到候诊室。

接待员收了款，说道："按常规安排的话，本来是需要重新预约的，但看来医生安排妥当了，已经给你预留了档期。"

我问她这罕见吗。她说非常罕见。

*

　　出门后，我穿上外套抵御潮湿的雾气，往威格莫尔街上的药店慢慢走去。走到半路，我停在人行道中间，拿出手机。一个骑着电动滑板车的男人正冲我驶来，他不得不猛地急转弯来避让我，还骂了句"发什么愣，看路"。我往后退到一家关门的餐馆门前，用谷歌搜索起-----这个病名，然后点进了一个美国医学网站。网站内要么是测试，要么文章的标题读起来像是超市里售卖的女性杂志（只要在标题上添个感叹号）。英格丽德用过这个网站，后来哈米什将这个网站从她的浏览器上屏蔽了，因为她告诉过我，不管你输入什么症状，网站都会判断你患有癌症。

　　我坐在台阶上，继续往下划动。

　　-----病：症状、治疗方案及更多详情！

　　-----病：谬见与事实！

　　与-----共存？这九种食物千万不能吃！

　　我真希望我妹在我身边，她会拿过我的手机假装继续读下去。-----患者轻松搞定工作日晚餐！只需5周，-----患者拥有平坦小腹！以为自己得了-----？很可能是癌症作怪！

　　我划过了"-----与怀孕"，因为我已经知道里面的内容了。我点进"-----症状：你能列出多少项？"我能列出全部症状。如果把这做成知识竞赛，我很有把握赢回来一辆车。

*

我走出药店，到了车站，发现自己并不想回家。我决定步行去诺丁山。我没有去那的理由，只是这能消磨掉很长一段时间。我走到公园附近时，天色已经暗下来了。我沿着自行车道走着，酝酿着泪水。我每走一步，药片就在包里发出窸窸窣窣的碰撞声。我没有哭。我只是抬头看着树丛，雨水顺着黑色的树枝滴落下来，我把罗伯特的干手帕揣在口袋里。

走到公园主干道的尽头，我回忆起我们年少时，帕特里克不小心碰到了英格丽德的胸部，而现在，他正守候在房子里，收拾着我留下的烂摊子，等着我不知何时回家。

我继续走着，掏出手机。通信录，个人收藏，备注为"丈夫"的帕特里克。我不知道他会说什么，也不知道我希望他说什么。我继续往前走，想象着他环抱着我，问我有没有事。他会表现得很震惊，质疑罗伯特的诊断，说显然我们需要听听其他专家的意见。或者他会说："现在我想起来，确实不无道理。"我放下手机，从最近的出口离开了公园。

夜色已深，我沿着彭布里奇路走到拉德布罗克路，然后转到韦斯特伯恩路。我和尼古拉斯之前工作的那家有机超市变成了一间提供激光脱毛和注射整形服务的诊所。原来超市两旁的商店和酒吧都还开着，但我浑身湿透了，就没进去。我在那里站了一分钟，耳边回想起我表弟的话："理想的情况是，你总想弄清楚为什么你要烧掉自己的房子。"我转身沿着彭布里奇路走回车站，心甘情愿地被一群走得很慢的游客挡住去路，因为我仍然不想回家。

　　*

　　在回牛津的火车上，我打电话到戈德霍克路的家里，期待听到我爸的声音。我试过给在帕丁顿的英格丽德打电话，和她说我与医生面谈的情况。她的自动回复说"我现在不方便说话"。我现在精疲力竭，只想听听我爸聊些无趣的事情，我知道只要我隔一段时间回复一句"真的"，他就能讲上好一阵子。

　　我妈接的电话，她立马说道："他去图书馆了，待会儿再打吧。"

　　在所有能给予我安慰的人里，我妈根本排不上我最后能投靠的人选。有趣的是，这会儿我心里自言自语道："哦，好吧，风暴中的港口。"

　　我说："我俩也能聊聊。"

　　我妈把她的震惊表达得很夸张："我俩能聊？好吧。你最近在忙什么？一般这些闲聊都是这么开头的，对吧？"

　　我说："我正从伦敦回家。我刚见了一位精神科医生。"

　　"为什么？"

　　我和她说我不知道。

　　更有趣的是，现在她成了那场风暴，正要冲我席卷而来。

　　"好吧，无论他说了什么，我希望你一个字都不要相信。我还没见过哪个精神科医生不是满嘴屁话的。他们就是想让我们都发疯。这非常符合他们的利益。"

　　她知道这病。我握着手机的手一下子就僵硬起来，连我的手臂都感觉到些许震颤。

　　我妈问："你在听吗？"

"你还记得我18岁的时候，"唾液涌进我的嘴里，感觉快要吐出来了，"你带我去看医生，医生说我得了-----"我的右大腿开始发抖，我努力用手克制着。

"不记得。"

"苏格兰人。你在出门时故意撞倒了他的衣帽架，还赖账不给钱。他的接待员一直追到我们上了车。"

我妈说："就算我记得又如何？"

"当时你为什么这么气愤？"

一阵沉默。我看了看屏幕，看她是不是挂了电话。但通话计时还在走着，我把电话放回耳边。

最后她说："因为他想给你贴上某些可怕的标签。"

"但他是对的，是吧？"

"你怎么知道。"这不是问句，她的语气听起来像兄弟姐妹间拌嘴。你怎么知道。

我跟她说没关系。"你知道他是对的。你一直都知道，却什么都没说。你为什么要这样对我？"

现在我双腿都颤抖起来了。

"我没对你做什么。我说了我不想让你一辈子都背负着那个可怕的标签。我这么做是为了你好。"

"但关于这些标签，如果标签本身就是对的，那会起很大作用，因为，"她试图打断我，但我继续说，"因为这样你就不会一直给自己贴错误的标签，比如难以相处、精神失常、神经错乱或不称职的妻子。"就在那时，我哭了起来，这是我从罗伯特的办公室出来后第一次哭。我低下头，让头发垂落下来，遮掩住我的脸，但我的抽泣声越来越大。"成年后，我想方设法地弄清楚自身的问题。你为什么不告诉我？我不相信你这套标签的说辞。我不相信你。"坐在过道对面的男人站了起来，引着他的儿子女儿坐到离我更远的座位。"对于其他原因，你反而能心悦诚服地接受。是你让我误以为这是抑郁，或者是医生们给我下过的其他诊断。为什么偏偏不能是这个病？为什么你就不能……"

这时她插嘴了。"我不希望这是真的。-----是一种遭人痛恨的病。我们家一直被这个病蹂躏着。我自己的家庭，你爸的家庭。我目睹过它造成的创伤，相信我，我不能眼睁睁看着你也难逃毒手。我不能。如果我这么做，让你觉得我是个卑鄙的母亲……"

"是谁？"

"你说什么？"

"我们家谁得过这病？"

我妈长舒一口气，换成一种疲顿的语气，就像某人要开始读一份他深知非常冗长的清单。"你爸的母亲，你爸的姐姐，你没见过。我的一个姨妈，也可能是两个。还有我妈，现在你也该明白她不是死于癌症。她在二月中旬自己走入了大海。"

她停下了，声音听着很憔悴，说道："可能还有……"

"你。"

她说："是的，我。"

"把可能去掉。"

"嗯，就是我。"

窗外，伦敦市郊已被村落取而代之。火车减速刹车，停在一段有泛光灯照明的铁轨上。密密麻麻的鸟群从一棵光秃秃的树上腾空飞起。我目视着它们，直到我妈说道："你想让我怎么做？"

鸟散作两群，向上盘旋，然后又聚集到一起。"你可以戒酒。"我挂掉电话，装作我妈也做了同样的动作。

我感到身心俱疲。剩余的返程中，我在脑子里历数我发病的阶段，回忆被依次唤醒。我试图在其中寻找我妈的身影，但无迹可寻。走进车站时，我给她发了信息，让她对英格丽德和我爸保密。她没有回复我。

*

我回到"高级住宅"，走进厨房。帕特里克和他的同事们围坐在餐桌旁，面前摆着几瓶啤酒。有人打开了一包薯片，包装袋被撕得敞着大口。现在薯片袋油腻腻的银色内层里，只剩下一些碎屑。

帕特里克说了声"嗨，玛莎"，然后站起身走过来，做了个其他人看不见的手势，表示他肯定告诉过我家里有客人要来，只是显然我忘记了。他想吻我，但我侧头躲开了，他带着迟疑的表情坐了回去。

其中一个医生给自己又开了一瓶啤酒，跟我说可以坐下来加入他们。另一个人说这主意不错，反正他们只是在放松休息。其他所有的医生都表示赞成。那些没用的、该死的医生们，以一种医生自带的自信口吻，掌控着整个房间的气场，告诉我可以做什么，并为我决定什么是好主意。我说不，谢谢，然后跑上楼，让他们继续胸有成竹地和彼此谈论他们所知道的事情，尽管我所见过的医生全都一派胡言，除了今天见的这位。连帕特里克，我朝夕相处的丈夫，也没有弄清楚我到底出了什么问题。

我洗了个澡。洗完后我站在浴室中间，没用毛巾擦拭，任由身上滴着水。我看着浴室里的植物、价值60英镑的蜡烛和那些瓶瓶罐罐。没有一件属于我。所有这些都是一个以为自己没得-----这种病、以为自己只是不擅于做人的女人选择的。

帕特里克后来上楼了，我假装睡着了。第二天早上，他出门后，我就从包里的瓶子里拿出一片新药片。药片很小，透着浅粉色。在厨房里，我用手接着自来水，在心里默念着"我要饼干"，吞咽后就出门散步了。

一路上，我一直在思考我的诊断结果。事实上，当我接纳这个病症后，我存在的疑团就被解开了，-----决定了我的人生轨迹。我一直在苦苦寻觅，却从未寻得答案，也从未依着正确的方向揣测过，我有过怀疑，但将它否定了。它就一直存在于我的体内，它在我每次做决定时都影响了我的判断，塑造了我的行为举止，成了我哭泣的原因。在我对帕特里克大喊大叫时，脱口而出的全是它想让我说的话；我乱扔乱砸时，也是它举起了我的手臂。我别无选择。在过去的20年里，每次我观察自己，看到的是另一个陌生人，我一直以来都是对的。那从来就不是我。

我现在不明白的是，我是怎么错过它的。我继续往前走，迈开的步伐越来越小。这并非什么罕见病症，症状也一览无遗。在病痛中饱受折磨的人根本无法掩饰这些病症。对于帕特里克这个旁观者来说，这应该是显而易见的。

那天晚上他回到家，因为我不记得昨晚的安排而向我道歉。我站在洗碗槽旁，正用杯子盛水。我侧过脸回头一看，他在门厅徘徊着，手里拿着一个塑料袋，里面装着什么东西。他问我今天过得怎么样。我说挺好，然后把水龙头关了。他，连同他手里的塑料袋，在我看来愚蠢至极，犹疑不决，他从来不敢质问我。我叫他让一下，他欠身走到一边。我俩擦身而过时，我的胳膊肘撞到了他，他向我道了歉。对一个如此善良、如此温顺、如此健忘的人，我竟充满了鄙视。

我爸后来打电话过来了，问我能不能进趟城，和他吃个午饭。我猜他是想和我聊我妈跟他说的事，还有我俩在返程火车上的争执。因为他直接说我妈不在家，好像早就预料到如果她在家，我会拒绝。

自从我与医生约见后，一周过去了，我一直在想着她，在我的脑海里重演着与她的对话、打过的电话、写过的信，罗列出她的每一项罪行，盘点着她伤害我、我妹和我爸的各种手段，尽我所能地去搜刮记忆。她身为母亲而并没有尽到母亲的职责——她宁愿忙着回收垃圾做丑陋的雕像，也不愿意关心我们；她喝得烂醉如泥，踉跄倒地；她对温森刻薄残忍，显得愚蠢可笑；她身材臃肿，碌碌无为，只能让我频频陷入尴尬。现在我再也不想见到她。

帕特里克一直问我有没有事。他说我看起来好像心事重重的样子，有点焦虑不安。他想知道是不是发生了什么事。但是我妈的存在，让帕特里克相形见绌——他没有察觉到我的病症，而她，则几十年如一日，假装一切相安无事，一直不去正视我的问题——相比之下，我顾不上理会帕特里克。

我让他别再追问了，他照做了，这让我能排除一切杂念，无论在清醒时还是在睡梦中，我都能心无旁骛地想我妈的事。帕特里克本身、需不需要告诉帕特里克、帕特里克听到我得-----这个病后会有什么反应……这些已经无关紧要了。我只想恨我的母亲，惩罚她，揭露她的所作所为。于是，我答应了和我爸吃午饭。

*

我到家时，我爸正在厨房里给三明治涂黄油。我们将食物拿到他的书房，坐在窗台下的沙发上，将餐盘放在腿上。他问我最近读了些什么。我什么也没读，就说了《简·爱》。他说，他也该重读一遍的。然后，在短暂的犹豫后，他说道："你知道吗，你妈这个星期滴酒未沾，快六天了。"

我紧张起来，说道："真的？好吧，你知道我妈得了-----"然后我沉默了。他一脸坦率笃定的神情，似乎非常肯定我会因为这个消息感到由衷的高兴。他甚至认为这件事值得向我报告一番。"你知道她得了-----"

他等待着，过了一会儿，我还是欲言又止，他便拿起了三明治。一小片黄瓜掉落下来。他说："哎呀。"我无法忍受下去，我的本意只是伤害她，用某种直接的方式，但并不是通过他。我只说道："六天甚至不是她的个人最佳纪录。"

我爸掀起面包的一角，将黄瓜放了回去。"我也觉得不是。"

"你想聊聊-----吗？"

"什么？"

"对我的诊断。新医生说的。"

他道歉，说他大脑一片空白，有点想不起来了。

我妈没有告诉他。有那么一瞬间，我想依着我那条短信的意思，继续保密。但当然，我并没有这么做，我太累了。

我爸说："你得给我点提示。"

我开始说起罗伯特和我的对话。

随着我往下说，我爸由最初感兴趣的神情转变为担忧，然后陷入悲痛。他一遍遍地念叨道："我的天啊。"快结束时，我说这是件好事，毕竟这意味着我并不是精神失常，看得出来，他很想相信我。

他说，是的，好的。"我看得出来，据说，这病青睐于才华横溢的人。事实上——"他把餐盘放到一边，站起来走向他那台老旧笨重的电脑，这电脑还是用乔纳森的订婚戒指变卖后的钱买的。"——我们不妨来查查看。"

他用食指戳着键盘，缓慢大声地说道："得过-----的名人"。他按了回车键，抬头盯着屏幕，眯着眼睛看着电脑上播放的幻灯片。我看着他努力将鼠标移到目标上。我感到幸福，难以名状的幸福，我只知道我正和他待在一起，就在这个房间里，我和他曾在这度过了漫长的时光。只要和他在一起，我就觉得自在心安。

他点击了一下，说道："好，我们来看看。开始了啊。"然后他念出了第一个出现的知名艺术家的名字。我看着他的黑白照，说你选的人蛮独特的——那位艺术家坐在床边，举着一把步枪。"他是朝自己的脑袋崩了一枪吗?"

我爸拿过鼠标，接连点击了一位已故艺术家、一位已故作曲家和两位已故作家。他连续点击着，频率越来越快，想物色一个好点的例子。接着出现了一位过世的政客和一位过世的电视节目主持人。我看着这些名单，意识到我本应该因为网页上这一连串自杀的人的名单而感到忧心，但我没有。这个病曾经对我施加那么多伤害，我却侥幸逃脱了。眼前这些才能出众的人，或闻名于世或默默无闻，尽管他们为了拯救自己做了那么多努力，却依然未能幸免于难，而我不费什么力气却仍能存活于世上。我不配，活着的应该是他们而不是我。他们受尽煎熬，却以失败告终。医生说我控制得很好，但其实我不该拥有这份运气。

浏览了一长串已故演员后，我爸扭头看着我，不抱希望地问道:"这是谁?"

"他是一个喜剧演员，曾经对止痛药上瘾。但他还活着，算是个不错的例子。"

"是吧。"他有气无力地笑了笑，然后转身面对屏幕，跳过一张他不认识的流行歌手的照片，一脸失望，最后坐回到椅子上。他读出一位美国诗人的名字，已故，不过是自然死亡。他筋疲力尽，但心满意足。他说道:"嗯，我都不知道这事儿。"

我笑着说:"真不错。"

"很不错。我女儿和后现代主义的奠基人!"

我问道我们该不该去煮点咖啡，他从椅子上跳了起来，赶在我前面走进厨房。

下午晚些时候，我准备离开。我站在前门拥抱了我爸，脸颊紧贴在他的胸膛上，他的开襟毛衣散发着熟悉的羊毛气息，给我亲切温暖的感觉。我说道："请不要和任何人提到-----的事，包括英格丽德。我还没有告诉帕特里克。"

他后退一步，问道："为什么？"

我低头颔首，用脚抚平了长条地毯上的一个小结。

"玛莎？"

"因为-----我最近很忙。"

"即便如此，即使你——"我爸停顿了一下，想换种委婉的说法表达出"别说谎，你哪有事情可忙"。他接着说道："无论如何，这比其他事情都重要。这是最重要的事。坦白地说，我很惊讶。"

身为他的女儿，我罪行累累，但我爸从来没有生过我的气。可是现在，他却因为别人犯的错而怪罪于我。

"嗯，"我说，"坦白地说……"听到我的语气，我爸退让了。"我一直没时间和帕特里克谈，因为我在努力接受一个事实——虽然你的妻子一直知道我的病情，但却决定隐瞒实情，一字不提。的确，你的女儿在她整个人生里都反反复复地状态不好，甚至有自杀倾向，但为什么还要将原因告诉她，给她造成负担呢？我相信，车到山前必有路，顺其自然吧。"我不确定，听到我说的这番话，我爸感受到的是震惊、怀疑，还是因为他知道我说的都是事实而惴惴不安。他只念叨着"玛莎，玛莎"，我推开他走了出去，使劲把门砰地关上。在那之前，我没有告诉帕特里克，我并不觉得自己有错，我也没有因此愧疚。但当我走去车站时，因罪行得到判决而脚步沉重，也因此对我妈怀恨在心。

*

地铁驶出隧道，进入一段地面轨道，这时我包里的手机响了。我接了电话，是罗伯特的接待员。她说医生想和我谈谈，如果我能稍等一会儿的话。

我听着亨德尔《弥赛亚》中令人心神不宁的一段，在电话里等待着，直到听到咔嗒一声，电话那端的罗伯特说"你好，玛莎。"他说希望没有打扰我，但今天早上，他回顾了和我的谈话纪要，发现他在开处方之前忘了问我一个常规问题，虽然不算是很危险的疏忽，这的确是他考虑不周全，并为此道歉。

地铁即将驶入下一站，我只能在播报站点的广播声中勉强听到他的声音。我说不好意思，能不能请他再说一遍。

他说当然可以。"你没有怀孕，也没有在备孕吧？上次面谈时我忘记问了。"

我说没有。

罗伯特说那太好了，然后告诉我不需要做什么改变。至于用药方案，他只需要查一下他的记录即可，他就不打扰我了。

在地铁关门的哔哔声中，我说了声对不起。"有个简短的问题，如果我在怀孕或备孕，会有很大影响吗？"

他说："麻烦能再说一遍吗？"

一群十几岁的男孩在地铁快关上门时想跳进车厢，其中一个男孩强行把门扒开，挡住了门，其他人则在他的手臂下弯身跑进来。我意识到我得起身下车了，于是将挡门的男孩推下车厢，这样我才能下车，男孩骂了我一句。

我站在站台上，又问了一遍罗伯特，如果我怀孕了，吃这种药有没有影响？

"一点影响都没有。"

地铁疾驰而去，车站重归寂静。我听到他说："这类药物，尤其是你之前处方上开的版本，都是完全安全的。"

我问他是否介意等我一会儿，让我找个座位坐下来。我没有找地方坐，而是将手机举得很远，并靠在一个垃圾桶上吐了口唾沫。我并没有吐出什么，只是感觉口腔深处泛起一股强烈的恶心感。

罗伯特问我是不是出什么事了。垃圾箱旁边有一排座位。我走到座位旁想坐下，但坐空了，摔到了尾骨。站台上空旷无人，我顺势坐在脏污的地面上。"没事，抱歉，我很好。"

他说很好。"但如果日后你担忧起来，我能向你保证，无论在产前还是产后阶段，这种药物对妈妈和孩子来说都是完全安全的。所以，如果这种药物疗效不错，而你将来决定怀孕的话，无须因此停药。"

就像在梦境中，你想站起来，却无能为力，你想要奔跑逃离，腿却不听使唤。我想回答他，但一个字都说不出口。隔了一段时间，罗伯特问我还在吗。

我说我不想生孩子。"我当不好母亲的。"

我不记得他的回答是怎么开始的，只记得他快结束时说道："如果这种想法是源于你觉得自己状态不稳定，或者会给孩子带来潜在的风险，我想说-----并不会剥夺你生育孩子的权利。我有很多病人都成了母亲，而且都是很出色的母亲。只要你想做到，你一定会成为一名好母亲的，对此我毫不怀疑。真的，-----不是放弃成为母亲的理由。"

我告诉他，我想不出还有比这更糟糕的事了。我一面开怀大笑着，一面攥紧了拳头。我挥拳打向自己的头。一点痛感都没有。我又打了一拳，左眼后冒出零星白晃晃的火花。

罗伯特说的确，的确。"如果你改变想法了，你随时可以来找我。"

另一辆列车即将驶入站台。我眼看着它朝我开过来。一分钟后，我站在拥挤不堪的车厢里，眼神空洞。地铁在铁轨上颠簸着，穿过漆黑的隧道，我任由自己在车厢里被甩得前仰后合。

*

有一辆机场接送专车停在"高级住宅"前。帕特里克站在敞开的后备箱旁边，帮着司机把他的行李箱塞进去。

他看见我回来了，就让司机接住行李箱，然后小跑着向我走来，看上去异常恼怒。"我还以为我走之前都不会再见到你了。你看见我给你打的那些电话了吗？"

我说没看到，编了一些理由。但帕特里克的注意力转移开来，他刚刚留意到我头上鼓起的包。

"你的脸怎么了？"

"我不知道。"

他伸出手想摸摸我的头。我甩开他的手，笑了起来。

"玛莎，到底发生了什么?"他哭丧着脸，说了句天哪。我笑得更厉害了。

"别笑了，玛莎。我是认真的，别笑了。我受够了。"

"受够了什么? 我吗?"

"不是你。该死!"

这也很好笑。

他彻底恼怒了，说道："我要走了，接下来两周你都看不到我。你为什么就不能正常点?"

这时，我笑得前仰后合。我说："不知道，帕特里克。我不知道! 你知道吗? 我不知道。这是一个谜。完全是个谜!"然后我走进屋内，这次短暂的争吵让我大为振奋，这样一来，我就可以同时恨我的母亲和丈夫了。他们都有意无意地毁掉了我的生活。

那天晚上，我吃了粉色药丸，尽管我的病情是否好转已经无关紧要了。

帕特里克离开了10天。他给我发过信息。我没回复他，只是说我要去英格丽德那住一周。他回复我说："真好，玩得开心。"

　　我跟我妹说，我过来住几天，来帮帮你。尽管听起来难以置信，但她太渴望得到帮助了，所以没有细问。她总是很疲惫，经常因为孩子而流泪，不然就是冲着哈米什叫嚷。房子里乱糟糟的，充斥着家用电器和电视的噪声。她的朋友们整天带着自己的孩子进进出出，晚上还会爆发出哭泣声和摔门声，我身处其中，就像一个透明人。即使我难以抑制悲伤的情绪，回到房间，也没有人留意到我的异样。住了几天后，我仍没有回家。帕特里克回来后我也没有回去。他发信息问我，我说英格丽德想让我多待一周。

　　在我住了两三周的时候，我妹只关心过我一次，问我最近怎么样。我回答说我感觉很好，她既没有继续往下询问，也没有问起别的情况。我对罗伯特或帕特里克的事只字未提。我告诉她我最近也没有和妈妈说过话，她对个中原因也不感兴趣，因为在她生命的很多时间节点里，由于林林总总的原因她对妈妈不理不睬。

等到帕特里克开车到英格丽德家时，我和他已经有一个月没见面了。他走进敞开的前门，来到厨房。英格丽德和我正在桌旁照顾孩子们吃下午茶。

他说："是时候回家了，玛莎。"

我本不想和他一起回去，但英格丽德跳了起来，说是的是的，肯定该回去了，然后开始绕着厨房转，收拾起属于我的所有东西。我放下手中的叉子，叉子末端有一小圈香肠，我一直想哄着她的二儿子塞进嘴里。我以为我是个得力助手，但我妹明显松了口气，她坚持我现在就离开，说哈米什等会儿再把我的东西送过去。于是我站起来，跟着帕特里克走到我们的车上，我俩满手拎着她塞到我们怀里的各种东西。

*

在那之后的几个星期里，我对他的怒气没有半点减弱。当我与他共处时，我积压着满腔的怒火——他用杯子喝水的样子，刷牙的样子，他的工作包，他的手机铃声，他放在脏衣篮底部的衣服，他脖子后的头发，他努力维持正常生活的模样，他买来的电池和漱口水，他说你看起来不开心，玛莎。病症让我变得刻薄，我会在对话中故意说些激怒他的话，表现出轻蔑和鄙视的神色。事后我很羞愧，但我无法抑制当时的愤怒。即使我下定决心要改善我的态度，主动去找他聊天，但往往一句出于善意的话最终却带着恨意结束。

这也是为什么，在大多数时候，我会回避和他共处一室，甚至他在家的时候我会逃离出门。

独自一人时，我感觉悲伤难过。痛苦的感觉很强烈，但不会持续不断地侵袭我。在发作的间隙，我感受到一种以前从未体验过的、一反常态的平静。我认为，这是一种癌症患者与病魔进行了旷日持久的斗争后才会体验到的平静。病人发现癌症已经恶化到晚期时，反而会如释重负，因为他们终于可以停止抗争，只做自己喜欢的事，迎接生命的尽头。

对于我表现出的新状态，帕特里克唯一提及过的是，有一天他突然想到，他已经很久没有看到我哭了。他说："我想你那套哭泣机制已经过度磨损了。哈哈。"他只是说的"哈哈"二字而不是发出笑声。

这就是他问我发生了什么事的方式。我说："从现在起，你能去别的房间睡吗？"

*

我的编辑给我发了一封电子邮件，和我商讨我写的专栏稿件。那是周一下午，我在日记本里算了算日子，距离我与罗伯特面谈已经过去了六周。

邮件主题只写着"反馈"。我读邮件读到他在段落的首句中就出现错别字时，我的胃部并没有下坠的感觉。"嘿，抱歉，我拖了这么久才给你回复。"他说最近的事情太疯狂了。"不管怎么样，"他继续写到，"这篇文章有些棘手的问题，感觉你偏离了目标，整体而言太苛刻或愤青了。"他想让我重写一篇。"写得有趣点，多从第一人称视角着手。别着急，慢慢来。"

我望向窗外，在阳光的照射下，悬铃木枝繁叶茂，闪烁着耀眼的光芒。我把注意力重新回到屏幕上，目光停留在电脑上方的墙面上，那儿留有深深的三角形凹痕。上次我读编辑发来的反馈邮件时，我感到莫大的耻辱和恐惧，体内泛起灼热感和恶心感。当时，我从现在坐着的椅子上站起来，走到橱柜，拿着熨斗回到墙面前，将它高举过头顶，一遍又一遍地把熨斗头朝下撞在墙上。但这一次，我感觉很平静。我只说了句，哦。那时，我就知道我好多了，罗伯特给我的药起效了。

我又转身面向窗户，定睛看了一会儿那棵树，然后重写了专栏文章。文章讲的是，有一次我把环保杯丢了，不得不用鸡尾酒调酒器去咖啡店里外带咖啡，因为我曾在咖啡师面前对人们仍然使用一次性杯子的行为横加指责，而调酒器是我唯一能找到的环保杯替代品。

我能回复邮件，能将他的邮件抛在脑后，能一直埋头写作，直到完成文章，这对我来说是异于寻常的体验。我没有立马将文章发出去，因为这样一来，编辑就会发现我只花了40分钟就写出来一篇"更有趣，多从第一人称视角着手"的600字文章。我保存了草稿，然后开始给罗伯特写邮件。

我想告诉他刚才发生的事。我想说，这是我第一次在面对不顺时（虽然只是琐事），知道如何抉择和做出回应，而不是在采取行动后突然清醒过来，恢复理智。我说，我之前不知道，原来我可以选择自己的感受，而不是被外界的情绪彻底操控。我说我可能解释得不够清楚。我是说，我不再觉得自己是另一个人，我终于感觉到我自己的存在，就像，我终于找回了自我。

我把写下的这些字全删掉了，最后只给他发了一行字，说我感觉好多了，非常感谢，很抱歉给他发邮件打扰到他。然后我在谷歌中搜起了他的姓名。

在我和朱莉相处的无数个小时里，无论她无意中透露了什么私人信息，我都不会把车停在她房子外面，想着窥探她生活中的细节。我不在乎她在那个咨询室外是什么样的人。但是，自从我和罗伯特面谈后，我会频繁地想起他。我会用谷歌搜索他的图片，点开他参加会议的照片。我会读他发表的期刊文章，在网上观看他给精神科医生做的长篇演讲。

我想象着回到伦敦，回到哈里街，那时他可能刚从咨询室走出来。如果我看到他停在路边，边整理雨衣边思考着晚上的安排，我会后退一步观察着他，好奇他要去哪里，谁在等他，他会不会在火车上回顾整天的经历。他面前是否会摊开报纸，却没有在阅读，而是在重温今天与他会面的每个病人。

我迫切想知道罗伯特对我的看法。我与他面谈后，在我认识并很喜欢的妻子面前，他会不会聊起我这个被他诊断为……的新病人。我开始在乎我给罗伯特留下的印象。罗伯特会发现我聪明、有趣、有独创性，他回想起来时，我也是以这种形象出现的。尽管我与他相处的那一个小时里，并没有表现出这些特质。

周五早上，我正准备交专栏文章的稿件时，他回复了。看到他的名字时，我的心扑通跳了一下。我这一周都徜徉在对他的想象中，能准确了解他几秒前的动作，这让我感到莫大的快乐。我给收件箱截了图，读完回复后又给邮件正文截了一张。他在回复里说道："太好了，很高兴听到这个消息。来自我的智能手机。"然后，我把两张截图都删掉了，清除了所有历史记录，下楼去了。罗伯特这个名字，还有他回复的那一行字，对我来说不应该珍贵到需要保存痕迹的程度。在这么多天里，我所做的都是疯子才会做的事情，但我没有发疯；我知道罗伯特只是个普通人。

但如果我这些心思被发现了，我会说是因为他拯救了我，而我对他唯一的了解只是他曾经切西红柿时割伤了手。

我取消了复诊，因为我没什么可说的了。

据反馈，我的专栏文章完全符合要求。

*

从那以后，一切都恢复正常了。我状态正常，也对此了然于心。我会不小心打碎什么东西，并以正常人的方式做出了回应，等清理完了，沮丧的感觉就会随即消失。我烫伤了手，感觉到了正常程度的疼痛，当我找不到烫伤膏时，我只是觉得有点麻烦，但不会暴怒。这所房子和房子里的物件，都只是物品而已，并不会对我构成威胁或带有意图。外出时，我觉得自己很正常，我想知道其他人能不能明显看得出来。我能在商店里与人交流了。我问过一位男士，能不能拍拍他的狗。我还和一位孕妇说过话："很快就要生了吗？"而她笑着回答说："我才怀五个月。"

我感到了正常的悲伤，悲伤程度和我困境以及这些解决不了困境所导致的后果相匹配。在此基础上，我面对帕特里克的行为也是正常的。我俩都不得不承认，在某种情形下，一个妻子表现得好像恨她的丈夫，这是非常正常的。

*

11月的一天，帕特里克走进贮藏室，我当时正在把编辑给我下一篇专栏稿件定的截稿期限在日历上做了标记。我坐在书桌前，背对着他。我感觉到他走了过来，站在我身后看着我。

我说："你可以别这样吗？"

他指出截稿期限是我生日的前一天。他奇怪我为什么不把生日那天也做个标记。

"成年人真的会把'我的生日'标在日历上吗？你为什么进来了？"

他说没什么理由，我以为他会离开，但他却往后退，坐到角落里的一把藤椅上。他一坐下，椅子就发出咿呀的响声。我仍旧背对着他，说那椅子不是用来坐的。

"你想办个聚会吗？"

我说不。

"为什么不想？"

"我不在状态。我指的对于庆祝这种事。"

"但这是你40岁生日，"他说，"我们得偷袭这一天。"

"是吗？"

"好吧，那算了。"他站起来，椅子又咿呀作响。"但我得组织点活动，不然真到了那一天，我俩一点计划都没安排，你肯定会怪罪于我。"

"好。所以，"我转过身，自从他进屋之后第一次正面看他，"这场聚会更多是一种预防措施，免得我烦躁不安，而不是你想为你深爱的妻子庆祝生日。"

帕特里克把双手放在头上，胳膊肘向外。"你赢了，我认输。我爱你，这就是我努力做这件事的原因。为了让你幸福。"

"我不会感到幸福的。但你按你自己意思准备吧。"

我再次转身背对着他，他离开时，边走边说道："有时候，我都怀疑你是不是真的喜欢现在这种状态。"

他通过电子邮件给我发了封邀请信，和发给其他人的一模一样。

*

帕特里克和我的第二次长谈是在聚会结束后开车回家的路上。我说起他给别人递酒时，总是会做出那个伸食指的手势，我每每看到都想给他一枪。

他说："我知道，玛莎。不如我们在到家前都别说话吧。"

我回应道："不如我们到家后也别说话吧。"然后将暖气调至最高档。

*

英格丽德的大儿子每次见到我，都会问我："可以和我说说我是怎么在地板上出生的吗？"他告诉我，他妈妈累得不想说话，而他爸只看到了结束那部分。他说，他的弟弟们不相信婴儿能在地板上出生，也就是说，他们也需要再听一遍这个故事，但他想先单独听我讲一遍。他坐在我大腿上，用双手捂住我两边的脸颊，让我得讲得有趣点。

讲到结尾时，最后一句是他说的："但我妈不喜欢这个名字，这就是为什么有时候大家都叫我'不是帕特里克'。"

在他从我大腿上滑下去前，他要我再解释一遍，为什么当时帕特里克还不是他姨父，但不久后他就成为姨父了。他觉得这件事很难以置信。这似乎印证了他的看法——事物的本质都以他的存在为中心。我向他保证，发生了的事情是不可逆的，这样他才安心接受。我跟他承诺，帕特里克永远是他的姨父。

聚会结束后的隔天早上，英格丽德打电话来做事后分析，她说："那是我的习惯。"我还坐在沙发上，帕特里克出门去买报纸了，我还以为他买完就会很快回来。她说她正藏在浴室里，躲开她的孩子们，如果她被发现就得挂电话了。在给浴缸放水的背景音里，她把当天可以穿搭的衣服从最糟的到还可以的都排了个序，然后对奥利弗的新女朋友评论了一番。那女孩喝得酩酊大醉，还和罗兰调情。当晚接近尾声时，英格丽德看到她掀开地毯搜索起整个房间，要找她遗失的眼镜。再后来，奥利弗和她在停车场里闹分手。她说，真是奇怪，做出这些举动的竟然不是咱妈，那女生喝得腿都站不稳，还坚称有人给她的酒杯里兑了十来种酒。在聚会上，我妹没问起我为什么妈妈没来现场，在电话里也没提起。我妈不参加这种给别人庆祝的聚会，这并不是什么出人意料的事。

　　"你玩得开心吗？"

我以为她是真的在问我，我便说不开心。

"是啊，显而易见。"

我察觉出她谴责的意思，我说我尽力了。

"尽力？认真的吗？你指的是把自己锁在厕所里，还是在我当众说那些蠢话时你一直在看手机？"

"麻烦你搞清楚，我根本不想办这个聚会，"我说道，"整件事都是帕特里克的主意。无所谓了，我很抱歉。"我听见水流从排水孔快速排出的声响，我妹妹从浴缸里出来了。她让我等一会儿，然后对着电话深深地叹了口气，接着说道："我知道你和帕特里克一直在闹别扭，具体原因我不清楚。我也希望我能理解你，为什么你就不能先搁置一晚上，想着去他的，今天我生日，我丈夫忙前忙后准备了这么多，所有人都来了，我就喝杯香槟，再就一口橄榄，把婚姻问题留到明天再去考虑吧。"

我无法向英格丽德解释，为什么我表现得憎恨帕特里克却什么原因也不说，那时我的确这么做了。那一刻，我感觉身心疲惫，我厌倦了一次次当那个糟践一切的坏人，让所有人败兴而归。我几乎嘶吼着回答她："因为这一切都是假的，英格丽德。什么当众讲话、欢声笑语，什么'哦，玛莎，你看起来太可爱了，生日快乐'，什么'四十不惑'，通通都是假的。那些人都不是我的朋友。他们一点都不了解我，不明白为什么我成了现在这副模样。这都是我的错，因为我是个浑蛋，是个骗子。连你，你也压根儿不了解我。"

"说实在的，你在说什么？"

我换了另一只手拿电话，说道："我得了-----。"

"谁说的？"

"一位新医生。"

英格丽德说："这也太扯了，他肯定弄错了。"说得就像我跟她抱怨自己长得胖似的。

"不，他没弄错。"

"什么？真的吗？"

我说真的。

"你真的得了-----？"她沉默了一会儿，接着说，"我很抱歉。"

"没事，我很好。他给我开了些药，起作用了。我成了全新的自己，有半年了。"

"你为什么不告诉我？"

我说道："除爸妈以外，我对谁也没说。"

"为什么不呢？如果你很好，为什么不能告诉所有人呢？"

"因为这会尴尬得要命。"

"我不会对你评头论足，没有人会。他们也不该评论你。"然后她换了一种完全不像她的语气，我都担心自己要笑出声了。她说道："身处同一个社会，我们需要破除与心理疾病相关的污名。"

"噢，天啊，英格丽德。我宁愿这个社会继续巩固这种病耻感，这样我们就能换个话题了。"

"这不是什么开玩笑的事。"

"好吧。"

"帕特里克怎么看？"

"英格丽德，我刚说完。"

"什么？"

"他不知道。"

"什么？我的天啊，玛莎。你为什么可以告诉自己的父母却不告诉自己的丈夫？"

"我没打算告诉他们的。我不小心告诉了父亲。而事实证明，我们母亲根本就不需要知道。"

"什么？为什么？"

"我们能不能晚点再提她？"

"好吧。但是……"孩子在门外尖叫着喊妈妈，敲起浴室的门。英格丽德忽略了。"我还是不明白你为什么不想让他知道。这段时期你会很煎熬，让他知道些基本信息说不定会有帮助。更别提，对已婚人士来说，隐藏秘密是很可耻的行为。"

"他早该知道的。"

"为什么？你原来不知道啊。"

"我又不是医生。"

"帕特里克也不是精神科医生。现在你知道了，那还重要吗？"

"重要。"

"为什么？"

她那边的背景音中又传来巨大的声响，门突然被推开了，撞到墙上，紧接着传来孩子们的声音。英格丽德让我等等。我听到她说："出去，出去，先出去。"但他们不愿意离开，于是来回拉扯了好几分钟。等她再回到电话上时，她已经忘了刚问的问题了。

"玛莎，你得告诉他。你不能无限期地拖延下去，以为只要你不告诉他这件天大的事，就能幸福下去。"

"我认为我们无论如何都不可能幸福的。"这是我第一次听到自己这么直白、大声地说出来。

"玛莎，你认真的吗？"英格丽德听着很疲惫，"他现在在哪？"

我告诉她，他去买报纸了。从我坐的地方，我可以看到厨房里位于烤箱上方的钟。我们已经聊了两个小时。我不知道帕特里克到底去哪儿了。

"答应我，他一回来你就告诉他。甚至，哪怕是给他写封信。你在这方面很在行。"

我跟她说我会的，我必须得挂了，因为手机只剩4%的电量了。我不确定这两句话哪句是真的。

*

我在那里坐了一会儿，直到我的情绪在内疚和恼怒间来回摇摆。无论陷入哪种情绪，都强烈到足以迫使我离开沙发、走上楼去。我冲了个澡，用前一天留在浴室里的裙子擦干了地板。我下楼到厨房去，把帕特里克杯子里的咖啡倒掉，剥了一根香蕉但没有吃，等我把这些鸡毛蒜皮的蠢事都做完时，我变得什么都不在乎了。我从抽屉里拿出一支笔，将纸贴在墙上，站着写了那封信，一直写到墨水用光。我决定去一趟伦敦。

*

我启动汽车，机油报警灯亮了，于是我只好步行到火车站。在站台上，我收到了英格丽德的信息。我读了信息，并没有本能地将我的手机砸向某处或将它丢在地面、用鞋跟踩碎。我上了火车，不

266

知道该去往伦敦的哪个地方。

在座位上，我将包靠在窗户上，头枕在包上。有人在车窗玻璃上刻了"毁灭"一词。我闭上眼入睡，思索着刻字的人为什么要选择这个词，为什么要写在这里，他现在又身处何方。

我睁开眼时，火车正驶进帕丁顿站。我妹妹在信息中说："我本来想在电话里告诉你的。我又怀孕了。对不起，对不起，对不起……"

*

我坐地铁到了霍克斯顿，去一个我一年前去过的地方。当时，英格丽德在这里把她儿子的名字文在手腕内侧，文身师是她在照片墙网站上找到的一个男博主。她说他有 10 万粉丝。

文身店柜台后的女孩说，工作室不接待没有预约的客人，边说边摆弄着她的鼻环。"但他 5 分钟后有个空当，可以文点小号的，比方说这些，"她指了指自己裸露的锁骨，上面文着树叶和藤蔓的图案。我说文身看着很不错。"是啊，我知道。如果你想文的话，可以在那边等会儿。"

我假装在研究墙上那些可怕的人体艺术图案款式，直到那个男人带着他的粉丝们出来，将我领进店面后。他让我躺在一张躺椅上，自己则坐在一张升降凳上，滑动到我旁边。我给他展示了一张手机里的图片。

我说："不用上色。文个轮廓就行。越小越好。"

他拿过手机，将图片放大。"这是什么？"

我告诉他这是赫布里底群岛的气压图。我想文在手上，但具体在哪儿无所谓。

他说很酷，然后拿起我的手，用大拇指摩挲着我那年满四十、皱纹纵横交错的皮肤。"好，要不文在拇指吧。"他松开手，将一辆推车拉到身旁，从小抽屉里挑起工具。

"这是你的故乡？还是哪？"

我说不是，然后沉默了一秒钟，不确定要不要告诉他原因。我想解释，但是担心他无法理解，然后很快就觉得我单调乏味，就像给别人解释梦境，讲述自己在心理咨询时吐露的心声，或者描述自己心目中所期待的婚纱设计。

但我转念一想，反正我什么都不在乎了。

他拿起我的手，用棉球在我的手掌上抹酒精。我说："那边的天气通常只有气旋、暴雨和飓风，变幻莫测，极具毁灭性。我想，这种条件下，很难过上正常的生活。这就是我的感受。我得了─────。"

他将棉球在我手上划了几圈，然后扔到垃圾桶里，说道："谁不是呢，亲爱的？"

毫无缘由地，我似乎感受到最真挚的善意。这个男人的脖子上文着耶稣受难像、蛇、枯萎的玫瑰和滴血的刀刃，还有洛娜这个名字。根据名字下方的出生日期，估计是他母亲。听完我吐露的实情，他神态自若，甚至没有抬起头来，也没有追问其他事情，直到他用笔在我的拇指上勾勒完图案。

"但你现在没事了，对吧？你看起来不像是疯子。"

"对，我现在好了。"

"那你为什么还想文下这种天气？"

"我想，"我说道，"大概是一个纪念。我失去了一些东西。"

他准备开始了。文身笔的针尖抵着我的皮肤，但他又把针尖拿开了，盯我的双眼，问道："比如说？朋友？"

我张开嘴，说道："不是，而是在……"

在我十几岁的时候，医生给我开了一些药，告诫我不要怀孕。下一位医生给我开了另一种药，但说了同样的话。医生们接二连三地给我下诊断、开处方，总是坚称之前的医生判断是错的，但都给了我相同的提醒。

他们给我开的药，我全都服用了。我想象着药片溶解在胃里，药片里的成分像黑色染料或毒药一样在我体内扩散，毒害着不存在的婴儿，那个我被反复告知不能怀上的婴儿。

那时我才17岁、19岁、22岁，尚在一个认为医生不可能会出错的年纪，或者说，我不抱有任何疑虑。我没想过，他们警告我不要怀孕，并非因为药物有毒害性，而是因为在他们眼里，我是一个危险源。对我自身、对孩子、对我父母、对他们完美无瑕的专业诊疗记录都是隐患。他们不能容许一个患有精神疾病的女孩在自己的监测下意外诞下孩子。

于是，我遵照医嘱，确保自己不会怀孕，一直处于惶恐不安的状态，直到我遇见了乔纳森。与他相处的短暂日子里，我可以看到不一样的自己。如果我停止服药，那我就能怀孕。

但我根本无法停药。没有黑色染料的弥散，我的身体根本无法存活。后来，乔纳森看到了真实的我，暴露出不良倾向的我，他说感谢苍天。我也说是啊，感谢苍天，还好我没让自己怀孕。

因为，即使一个宝宝在我的体内成功存活和诞生，即使我能照顾好他，但将来某一天，他脑子里的小型炸弹终会爆炸。自那时起，他在生命中感受到的所有痛苦和悲伤都是来自我，我会因为给他带来的痛苦而悔恨不已，从而对他心生恨意，就像我妈恨我一样。我接受了。一个圣经式的家谱。

阴郁的海边母亲生西莉亚。

西莉亚生玛莎。

玛莎不应成为任何人之母。

后来，一个医生说我错了。罗伯特说："-----不是放弃成为母亲的理由。"他说他的很多病人都当了母亲，而且都是很出色的母亲。只要我想做到，我一定会成为一名好母亲的，对此他毫不怀疑。

我坐在肮脏的站台上听他这么说，我才意识到，我一直相信的事实只是一个病童的错误理解。即使在我成年后，我也从未想过质疑它。相反，我给它找来诸多证据，愈加强化这种理解，就像是在同一根长绳上不断串联珠子。我所臆想的甚至比他们告知我的更为严重，每当我想到那个受伤害的孩子，那个被我这样的母亲伤害的孩子，我就感到无比的恐惧和耻辱，这就是我一直在撒谎的原因。

一直以来的谎言。对任何人都说过——陌生人、聚会上遇见的人、我父母。在温柔如水的夜色中，我和妹妹低头看着襁褓中的孩子时，我说过。在94路公交车上，当我凝视窗外，我对自己说过。我骗了罗伯特。他说："如果你决定怀孕……"我告诉他，我想不出比这更糟糕的事了。我还骗了帕特里克，在婚前和婚后的每一天。

　　我丈夫不知道孩子是我唯一热切渴望的东西。他不知道，看着我妹妹成为一个母亲，一个可爱的、尽职的好母亲，我心如刀割。她那么轻而易举就怀孕了，孩子的数量还超出她的预期，我俩的境况如此悬殊，我望尘莫及。她曾说孩子们是她的太阳、月亮、星辰和一生挚爱，我恨她是因为她向我抱怨的一切——她身体累垮了，新生儿的哭闹让她精疲力竭，仍在学步的孩子需要不断地抚摸和关注，养育孩子很费钱，没完没了地洗衣服，鞋子总是泥泞肮脏，没有性生活，孩子在所有窗户摸来摸去，家里又有虱子，孩子得了夜惊症或者突然发热和打架，噪声总是不绝于耳……面对这群天真无邪的男孩子们，她感觉束手无策。"但你很幸运啊，你逛超市可能只提个篮子，你可能都不知道超市会卖48卷的厕纸量贩装！"她如是说。

　　我的心里，除了孩子，什么都不想要。这个念头占据我的一呼一吸。那个我在河堤旁失去的孩子，我太想拥有她了，我甚至想过和她一起离开人世。从那以后，我每天都因她而流泪。

　　我还在撒谎，因为我今早给你留了字条，帕特里克，但我并没有交到你手上。字条还在我的包里。我低头看着折叠起来的信。我前倾身子把它捡起来，那个脖子文有文身的男人说没问题，就把它揉成团，帮我扔到了垃圾箱里。

　　我没交给你，是因为你没有资格知道我的这些事，你无须理解我对孩子的渴望，或得知医生对我的诊断。这些秘密专属于我。我一直随身珍藏着它们，就像我的宝藏。我在你面前来去自如，享受着自己优于你的满足感。这就是为什么我像蒙娜丽莎一样对你微笑，帕特里克，而你，即使再仔细地研究我，却依然懵然不知。你浑然不觉。你并没有在用心寻找。无论我是否告诉你，反正这些都不重要了。太迟了。

我说："不是，而是在……嗯，只是错失了形形色色的机会而已。一些我想做而没有做成的事。"

那男人说道："是啊，生活嘛，总是一团糟。我们马上就好。"

我以为文身会疼，但我并没有感到疼痛。我将另一只没有被他握住的手伸进包中，拿出了手机。在针头工作的声音下，他说还从没看过哪个客户能在文身时刷网上的图片。

几分钟后，他结束了，用保鲜膜把我的拇指包裹起来。我问他记不记得我妹妹——当时，他还没文完她大儿子名字的第一个字母，她就快晕过去了，他不得不停下手来，所以她只文上了一条短线，而不是她三个男孩的名字。

"如果你指的是——她当时说，因为我没有给客人做硬膜外麻醉术，所以该锒铛入狱，然后把东西扔得满地都是——那么是的，我记得可清楚了。"我俩同时站起来，当我要离开时，他说，通常他会建议客人吃几片布洛芬之类的，但显然，我非常能忍耐痛楚。

*

我回到"高级住宅"时，已经10点多了。我是冒雨回来的，头发打湿了，水珠顺着发梢滴落到背部。我抹了抹眼周，融掉的睫毛膏将指尖染黑了。帕特里克在客厅里。他点了一人份的外卖，正在看新闻。

他没问我去哪儿了，我也不打算告诉他，或者甚至都没打算回家后和他说话。但当我走进家门，发现帕特里克的活动一切如常，这立即让我火冒三丈，怒火强烈到让我感觉眼前燃起了灼热的火光。自那一刻起，他就没有资格享受他为自己创造的普通夜晚，以及那些任何家庭生活的内容，比如惯常的仪式和大大小小的平凡乐趣。因为他的所作所为，我也失去了这些乐趣，不管这段婚姻还剩多少时间，我也永远不会重新得到。

我走过去，挡在他和电视之间。我举起还裹着保鲜膜的大拇指，告诉他我去伦敦文身了。他一言不发，在塑料盒里捣鼓着叉子，在米饭里翻找着，想叉到某块肉或菜。我问他想不想知道文的是什么，他说随你，然后继续埋头吃饭。

"是赫布里底群岛的气压图。想知道我为什么要文这个吗？"我说，那好吧，我来告诉你。"来自《航运新闻》，帕特里克。有气旋，间或天晴之类的。我开过一个玩笑，记得吗？我说天气预报是对我内心状态的隐喻。你可能在想，为什么现在文？因为我看了一个新医生，他对我的状态给出了解释。"我说，五月中旬，省得你问了。"所以是的，7个月了。"

"我知道。"

"知道什么？"

"你去见了精神科医生。"

我说："什么？怎么知道的？"

"你用我的卡付的钱。账单上有罗伯特的名字。"

有太多的因素激起了我第二波的愤怒，我只能抓住其中一个——我很讨厌帕特里克对罗伯特直呼其名。

"如果你不想让我知道，你当时应该用现金给罗伯特付钱。"

"别叫他的名字，他又不是你朋友，你连见都没见过他。"

"好吧。但你得了-----，这就是你想说的吗？"

我说我的天啊。"你怎么知道的？你给他打电话了？"我嘶喊着说，他不能这么做，尽管在我尚存理智的内心深处，我知道他没有打电话，即使他打了，罗伯特也不可能告诉他诊断结果。

而之前从不会挖苦人的帕特里克，此时说道："真的吗？我都没有想到。不是该有什么医患保密协议吗？"

我像孩子一样急得跺脚，让他闭嘴。"告诉我你是怎么知道的。"

"我知道那种药。"

"什么药？"

"你最近在吃的药。"他将叉子丢到塑料盒里，放到咖啡桌上。

"我没跟你说我吃药了。你是不是翻我东西了？"

帕特里克问我是在开玩笑吗。"玛莎，你把药到处乱放。你甚至连空盒都不丢掉。你就这么随意往抽屉里一塞，或者就扔在地板上，等我去捡。我是说，我以为是该我捡起来的，因为这不就是我们一直以来的相处模式吗？你把家里弄得乱七八糟，而我就跟在你屁股后面收拾残局，就像是我的本职工作。"

我双手攥紧了拳头，紧到似乎传来阵阵痛感。"既然你什么都知道，为什么不告诉我？"

"我一直在等你告诉我，但你没有。过了一段时间，你好像并不打算说了，我也不知道为什么。这个诊断明显是正确的，"他说，"你显然是得了-----。"

274

我想反驳时，感觉到嘴巴周围的肌肉在剧烈抽动，让我面目狰狞。"很明显是吗，帕特里克？如果这个病真的很明显，你之前怎么没看出来？能力问题吗？一个人需要在你面前血流不止你才能判断出来他身体不好吗？还是说，作为丈夫，你根本不关心你妻子的健康？还是你一直处于被动状态，你对现实照单全收，全盘接受？"

他说好了，"这样谈下去不会有结果。"

"别！别往外走。"我挪动脚步，似乎要挡住他的去路。

帕特里克没有站起来，而是后仰在沙发上。"你这样，我没法跟你聊。"

我说："我现在这个样子，全都是因为你。我已经好了，有好几个月了。但你让我觉得自己疯了。还不明显吗？你难道就没有想过，为什么我对你的态度越来越差，没有一点改善吗？"

"说得对，不，我不知道。你的行为总是，"他停顿了下，"随处可见。"

"去你的，帕特里克。你知道为什么吗？你不知道。因为我一直想要个孩子。一直以来，在我整个人生里，我都想要个孩子，但所有人都跟我说这很危险。"

帕特里克不紧不慢地说："你真的以为我没留意到吗？我不傻，玛莎。尽管你总说孩子有多烦人，你有多不能忍受他们，做母亲有多乏味，但孩子是你张嘴闭嘴都在聊的话题。在餐厅里，你不愿意坐在带孩子的人旁边，因为那样你会整晚盯着他们。或者，如果我们路过一个孕妇或带着孩子的人，你会一声不吭。又或者，如果我们去参加某个聚会或宴席，你都会对任何胆敢提及自己孩子的人表现得非常无礼。很多次我们不得不提前离开，就因为有人问你有没有孩子。"帕特里克这时站了起来。"还有，你对英格丽德的男孩们宠爱有加。不仅偏爱，你还假装自己毫不羡慕，但你的嫉妒溢于言表，尤其是在英格丽德怀孕的时候。玛莎，你不擅长撒谎。习惯性撒谎，但并不在行。"

我绕过咖啡桌，用双手猛拽着他衬衫前襟，拧成一团，说，你猜怎么着帕特里克，你猜怎么着。"罗伯特说没有问题，"我试着推搡他，"他说没有问题。"我想扇他耳光。"这不会有危险，但你也知道，你早就知道。"帕特里克抓住了我的手腕，直到我不再挣扎才放开我。然后，他命令我坐下，但我绕回到咖啡桌前，用鞋跟踩着边缘，掀翻了整个桌面。外卖盒被打翻了，里面的汁液泼洒到地毯上。帕特里克说了句"天啊，玛莎"，然后往厨房走去。

我没跟着他去。我体内的每一个细胞仿佛都瘫痪了，只有心脏在剧烈跳动，心动过速。过了一会儿，他捧着一把厨房用纸回来了，把纸覆盖在已经浸润了地毯的汁液上，踩了几脚。我什么也没做，木然地站在一旁看着，直到感受不到心脏的狂跳。我让他住手，"放那别管了。听我说。"

"我听着呢。"

"那你别清理啊。"

他说好吧。

"你为什么不早说？你为什么眼看着我撒谎？如果你在我和医生约谈后说些什么，我可能现在就怀孕了。帕特里克，你一直都想要孩子……不然，我现在可能都怀上了。你为什么要这么做？"

"因为——你刚才说过——你本应恢复得更好。你终于拿到诊断结果和对症的药方，但在我看来，你的病并没有好转。我想不

276

通，但后来我就想明白了。"他用脚踩着厨房用纸，在地毯上蹭了蹭。汁液已经渗透了地毯，留下一片再也洗不掉的黑色污渍。"这就是你。这和-----没有关系。还有，"他接着说，"我觉得你不应该当母亲。"

我嘴巴大张着，从嘴里发出的既不是言语，也不是尖叫，而是一种出于本能的原始声音，从胃里、喉咙深处穿透而出。帕特里克走出客厅，把我一个人留在那里。我跪在地上，脸贴在地板上，手紧攥着头发。

在那之后，我的脑海里出现了一大段空白。回忆跳转到几个小时后，我站在床的一角，把床单从床上拉扯下来，而帕特里克则将东西收拾到地板上敞开的行李箱中。阳光透过窗户投射进来。恶心感涌了上来，我不得不跑到浴室呕吐。

我从浴室出来后，帕特里克已经关上箱子，正把它拉出房间。我在他身后喊了声什么，但他没有听见。过了一会儿，我听到汽车发动的声音，便走到窗前。他沿着车道倒车，我试着把百叶窗拉下来，但动作太猛，把拉绳拉坏了。我在窗前站了很长时间，手里还拿着松松垮垮的拉绳，心不在焉地盯着对面的房子。那幢房子里，另一个女人正过着我的镜像生活。

后来，帕特里克掉头回到车库前的空地上。我不知道他为什么回来了。我看着车停稳后，他从车上走下来，手里拿着一个瓶子。他掀起引擎盖，把瓶子里的液体倒进发动机里，然后又盖上引擎盖，朝车站的方向走去。

帕特里克是那种在离开妻子前给车加机油的男人。我把手放在胸口，但什么也感觉不到。

没有他的陪伴，我躺在没铺床单的床上度过了一天一夜；他离开后，似乎也没有理由需要铺床了。生活，那种需要整理床单、换洗衣物和收取银行信函的生活，不复存在了。

在睡睡醒醒、辗转反侧的间隙，我在谷歌上搜索了罗伯特。然后又搜索了乔纳森。他老婆是社交媒体上的网红，她在网上发布了度假照片、某胶原蛋白饮料品牌的广告帖子，还有在电梯里拍摄的穿搭照片，就是那台我过去从楼上坐下来、到街道上呼吸新鲜空气的电梯。她获得点赞最多的帖子是她女儿的照片，孩子们全都留着金发，名字也很寻常，帖子附有"超级女生"的标签。她还分享过其他东西和水果的图片。我一直往下翻到她与乔纳森在伊维萨岛的屋顶上举办的婚礼。我好奇，他跟她说了多少关于我的事情，这位名为"@超级女生的妈妈"的博主对她丈夫那段只维持了43天的首次婚姻有多少了解。

*

英格丽德早上给我发了信息。她说她和帕特里克聊过了，问我："你还好吗？"

我给她回了浴缸、三脚插头和棺材的表情符号。

她问我需不需要过来接我。我说我不知道。

我躺在床上，衣衫不整，还穿着去伦敦时穿的内衣和连裤袜，周围摆着的马克杯不是空的就是被充当成纸巾和干瘪橙皮的垃圾篓。这时，我听见英格丽德走进"高级住宅"。她径直走进客厅，身后跟着一串更轻快、更短促的脚步声。她打开电视，调到某个卡通片频道，然后上楼。

我以为她会过来和我一起躺在床上，像往常一样抚摸我的头发或手臂。我以为她会劝慰我说，一切都会好起来的，你能试着站起来吗？能径直走到浴室吗？相反，她直接将门推开，环顾四周，说道："真是一场视觉和嗅觉的盛宴。好样的，玛莎。"

*

在生日聚会时，我没有留意到她的腹部，现在腹部已经明显鼓起来了。英格丽德进来时，把羊毛衫的两边开襟交叉叠在一起，走到窗前。她猛地打开窗户，转过身来指着床单问道："这堆东西在地上多久了？"

我说我想收拾来着，但是当结束婚姻和自己一个人换一床合适的床单同时发生时，我就应付不来了。她站在床尾，神情冷漠，将一只手的指尖抵住肋骨紧挨着胃部上方的位置，似乎很痛苦。"如果你要跟我走，那就起来。孩子们在楼下，我是不会在4点之后载着他们走A420公路的。"

我花了很长时间起床，又磨磨蹭蹭地找衣服穿，找包收拾东西。我妹妹越发焦躁，她不耐烦的情绪更加拖慢了我的速度。最后我放弃了，重新躺回床上，背对着她。

英格丽德说："你知道吗？行，我受不了了。这太无聊了，玛莎。"她离开房间，在楼梯上喊道："给你丈夫打电话。"

我听见她在前门喊上三个孩子，过了一会儿，门砰地关上了。电视还开着。

这是她第一次拒绝做她分内的事。我想得到她的同情，但她没有施与我。我希望她能让我觉得自己做得没错，让我觉得逼迫帕特里克离家出走是对的。我很生气，但听到汽车引擎发动的声音后，我感觉比她来之前更孤独了。

我没有给我丈夫打电话。我也不能给我爸打电话，他会悲痛欲绝，难以掩饰。我拿起电话，打给了我妈。

自从和医生面聊之后，我就再也没有和她说过话，拿起电话时，我也并非想和她说话。我只想她接起电话讽刺我："哟，这真是太阳从西边出来了！"这样我就能名正言顺和她吵一架，等她挂我电话，我会觉得委屈，这样就能跟英格丽德发牢骚，她会附和说这就是她的典型行为。真的，太典型了。

我没有原谅母亲的所作所为。我甚至没有试着去宽恕她，哪怕试了也只有满腔怒火。她眼睁睁看着自己女儿饱受痛苦的折磨，却缄口不言，反而借着酒精麻痹自己，任由问题恶化。要憎恨这样的人，简直毫不费力。

电话铃响了一声就被她接起来了："玛莎，噢，我一直期待着你能打过来。"

这不是她惯常的声音。这声音是很久远的回忆——在我成长为少女前，她泼妇的潜质尚未被我激发出来，她还没有把我称为"常驻评论家"，而是叫我"哼哼"——那时，我曾听过这种声音。她问我感觉怎么样，我吭了一声，她说"可能很糟糕吧"。

她就这样说了10分钟，自问自答，且都答对了，就像说出我心底的答案。

挂掉电话后，我下楼找到了两瓶开盖的葡萄酒，拿回卧室里。我本来没打算给她再打电话，但是她最后一个问题是："你晚点会给我回电话吗？随时都可以，哪怕是凌晨时分。"她对此的回答是："很好，那我晚点再跟你聊。"

*

我第二次打电话时，天还没亮，我当时喝醉了。我告诉她我不知道该怎么办，我乞求她告诉我。她先是说了些笼统的套话。我说："不，现在，我该做什么？我不知道该做什么。" 她问我在哪里，然后说道："你要站起来，然后下楼，穿上鞋子和外套。"她等着我做完每一件事。"现在，你要出门散步，我会在电话里陪着你。"

我缓慢地走着，走到纤道的尽头时，酒便醒了。她说："好的，转过身来，快步走，让自己感觉到心脏的跳动。"我不知道她为什么这么说，但我确实照做了。

当我再次走到港口绿地时，天色已亮。远处的雾变得稀薄，尖塔的轮廓依稀可见。我到家后，她说道："洗个澡。20分钟后给我打电话。我等着你。"

*

我开始每天都给我妈打电话。

人们常说"每天支撑他们起床的动力"，但通常是比喻义，而不是真的把他们叫醒起床。但对我而言，这是个具体的动作——我早上一醒来就给她打电话。除非她跟我说话，指示我该怎么做，否则我无法自主挪动身体、吃饭、在房子里走动、开窗或洗头。

下午，我坐在"高级住宅"的窗前，望着窗外的街道。对面的房子在等待出租。我们会一直聊，聊到我的一侧脸颊被电话烫得发热，或者因为一直用肩膀托着手机而无法扭转脖子，或者我察觉到已经入夜。我们只谈些小事，像她在收音机上听来的事，或者我们某个人的梦想。

我们没有谈论起帕特里克，但我想知道她是否也在和他聊天。我好奇她知不知道他现在在哪儿。我们也没有谈论英格丽德；她肯定知道我俩之间没有联系。她肯定也清楚，我最好暂时远离我爸，别看到他伤心难过。他没有打电话来，我很感激。

一天早上，我打电话给她，像个孩子一样告诉她："你猜怎么着？我已经起床了。"她说："是吗？你真棒！"

她说："怎么有'砰'的一声？"

我说我从橱柜里拿了一只马克杯，因为我在泡茶。她说："做得真棒。"

她的声音是我从电话里听到的唯一声音，没有任何背景噪声。如果我问她在做什么，她会说只是坐着。我道了歉，说她肯定得挂电话了，还有工作要处理。她说，那她的观众就只能耐心等待下一个突破想象边界的装置艺术作品了。我以前从未听过她拿自己的工作开玩笑。

她从来没有问过我，为什么要在这样那样的场景里给她打电话。她很清楚我打电话的缘由——我感到惶恐不安、无所事事或孤独无助，我无法忍受家里的死寂。我没有留意到，在很长一段时间里，无论我什么时候打电话，我妈的声音都不再是醉醺醺的。

不打电话时，我会外出散步，感受自己的心跳。大多数时候会走纤道，穿过港口绿地，或者如果时间尚早，我会穿过莫德林学院，那会儿还没有学生或游客的踪影，鹿儿们专心致志地埋头吃草，无视我的存在。

后来，尽管我妈没有问起，我还是开始说起事情的经过，聊到我的婚姻、孩子和帕特里克的事。她让我想说什么就说什么，我说什么她都不会感到惊愕。她说："我来听听你对他说过的最恶毒的话，然后我再跟你说我对你爸撂下的狠话，可比这狠毒得多。"

我告诉她，首先，我生气是因为他没有注意到我的问题。我是这么想的。但他不可能察觉不出来。他肯定在某时某刻想到了，或者他从一开始就知道。不管怎样，他什么都没做，因为他享受这样的状态。现在变得愈发明显了——我是问题的根源，而他是解决问题的英雄。所有人都觉得他能容忍和接纳这样难以取悦的妻子，太了不起了。他在工作中救死扶伤，回家后继续治病救人。大家都觉得，这场婚姻不过是他正常工作的延续。

我说，他不应该接受我对待他的方式，但他接受了，因为他唯一在乎的就是拥有我，我是他一直渴望得到的东西。他只是坦然接受一切，总是让故事随着我的想法去发展，相信这样他就不会失去我。不，那不是我，而是他在十四岁时虚构的我。他早该像其他人那样，摒弃那些孩童的幻想，而不是和他臆想中的妻子结婚。

他放弃了自己当父亲的机会。他不该让我强行剥夺的，他不该让我为此负责。

我跟她说，我没当上妈妈，全是帕特里克的错。诚然，我撒谎了，但他也是。

很长一段时间内，我就这么控诉着。大多数时候，我妈只是听着，一言不发。她似乎从不感到惊诧，哪怕面对那些我几乎不敢大声说出来的事情。她只是说的确，的确。我觉得理所当然，毕竟，谁不会和我感同身受呢？

最后，我说累了，说得筋疲力尽。我说帕特里克和我就不该在一起，我们伤害了彼此。我们的婚姻没有意义。然后我就安静下来了。

过了将近一月，每天聊了数小时电话后，轮到我妈说话了。她说："没有哪段婚姻能为外部世界所理解，因为，一段婚姻本身就是一个世界。"

我问她，能不能别这么哲学。

她轻声笑了下，这触怒了我。她说："好吧，但玛雅·安吉罗……"

我打断了她："请不要拿玛雅·安吉罗来说教我。我知道我是对的。我们都不正常，我们把彼此逼得不正常。得有人来终结这段感情，但我知道这也是他想要的。他只是太被动了，不愿意做这件事。诚然，这很让人难过，但这对所有人都好，不只是对我俩。"

"对，好吧，"我妈叹了口气，"你明天什么时候到那儿？"她似乎欲言又止。

我问她明天什么日子。

"圣诞节。"

我沉默了一会儿，试着想象明天的画面——我需要自己开车去伦敦，面对我爸、英格丽德和她那些闹哄哄的孩子，要听罗兰那些糟糕透顶的谈话，要忍受温森和我妈之间永无休止、毫无意义的摩擦，还要应付我妈的酗酒问题。"我觉得我去不了。人太多了。"

"明天只有温森、罗兰、你爸和我。抱歉，我以为我和你提过了。你那些表亲都没回来。英格丽德和哈米什带着孩子们去迪士尼乐园了。我也不知道为什么。还要去十天——有这时间，你都能把卢浮宫的每个房间参观两遍了。"

她等着我问帕特里克在哪里，彼此沉默了一会儿后，她接着说道："他去香港了。这一天不好过，我知道。但你会来吗？"

我说不。"我就不去了。对不起。"

母亲又叹了口气："好吧，我也不能强迫你来。但请考虑一下，你有没有必要让自己落入更加悲惨的境地。玛莎，一个人过圣诞，我不确定，这太寂寞冷清了。如果我能决定的话，我就自己来看你了。"

一挂电话，我就出去散步。一想到又要走一遍纤道，我就感觉身心俱疲，于是我换个方向往城里走去。

*

宽街上，人群熙熙攘攘，我看得头晕目眩。人们拎着塑料包装袋，进出往返于商店之间，购买鞋履、手机和商店里的其他东西。小宝宝在婴儿车里哭闹不止，又饿又热。孩子们要么落在父母后面，要么跑在前面，被安全牵引绳紧紧拽着。

母亲们带着十几岁的女儿购物，而女孩们只顾着埋头走路发信息。一个女孩怒气冲冲地从母婴用品店里冲了出来，她妈妈迎头追赶，却被回弹的玻璃门撞在身上。

女孩说，她又没要求把她生下来，让她妈妈滚蛋。她拿出手机，而站在她身旁的母亲说道，就这样吧，贝萨尼，她受够了。两人朝相反的方向走去。我正好挡住了母亲的去路，她在我面前停下了，离我很近，我甚至能看见她的耳环是一对小拐杖糖。有一秒钟，我俩面对面直视着对方的双眼，但我想她没有留意到我。我欠身让开了，但她转过身来，往她女儿的方向追了回去，将手提包高举过头顶，像白旗一样挥舞着。

我继续缓慢地走着，观察着迎面走来的人海，他们推搡着，在我两旁挤了过去。我想知道他们中是否有人把自己的房子烧掉了，如果有的话，他们花了多长时间才能走出来，自在地逛街购物，在饰品专卖店中挑自己想要的东西。

我走进咖啡店买了个松饼。我并不觉得饿，走回街上，想着把它送给一个坐在自动取款机下的流浪汉。他问我是什么口味的，我告诉了他，他说他不喜欢葡萄干。

我继续走到室内市集。我站在一家甜品店门前，给我妈打了个电话。在店里窗边的高桌旁，坐着一个孩子和他的祖母。孩子正捧着冰激凌吃。尽管他戴着连指手套和毛线帽，还穿着防寒大衣，他的嘴唇还是冻得发紫。

她接起电话，问我是否一切都好。

"如果我明天过来，你能不喝酒吗?"

没有片刻犹疑，她回答说:"玛莎。你告诉过我戒酒。你在火车上给我打电话的那天。"

"我记得。"

"嗯，我没喝了，"我妈说，"从那以后我就没喝过酒。你挂电话之后，我把酒全倒进了洗碗槽里。用小组的话来说，"她说"小组"时，似乎是特指某个互助小组，"我已经218天没有喝酒了。"

包括英格丽德、我爸、温森、哈米什和帕特里克在内的我们，从未跟她提过戒酒这件事。可能是出于忠诚，或者是觉得即使说了也会徒劳无益，反正我们从来没有讨论过。

我自己都没有觉察到，我对着那个嘴唇发紫的男孩笑了笑。他朝我吐了吐舌头。

我妈问道:"你在笑吗?"

我说没有。"我是说，对，我笑了，但不是在笑你。只是刚好看到了些有趣的事。"我说这很好，"真好。"

我到贝尔格莱维亚时，已经是下午晚些时候了，天色开始黑了。我早上醒来后，打算不去了。于是整个上午，我都赖在沙发上关着灯看电视，努力说服自己，我并没有因为让我妈失望而觉得内疚，前额的不适和紧绷感只是偏头痛的前期症状。哪怕等到中午，电视上播放着《玛丽·贝莉的圣诞最爱佳肴》，我怀疑自己会不会窒息，但仍自我安慰着，我并没有深陷绝望之中。

温森打开门见到我时，看起来欣喜若狂。她面前的外甥女没有洗澡，穿着T恤和运动裤，裹着外套，手上拿着一件从高速公路服务处买来的礼物。她忙着摆弄我的外套，对这份献给女主人的礼物表达了过多的感激之情，然后把我领进正式客厅。

我来之前，并没有期待自己能感觉好些；我出现在这里，是因为我觉得自己也不会更加难受。但当我走进房间时，我突然对"高级住宅"涌起反常的怀念之情，想念起那些与世隔绝的痛苦。看着罗兰和我爸妈坐在这个明显空空落落的房间里，他们各自拆开了一件很小的礼物，那种感觉可怕得难以名状。这是我一手造成的。因为我，英格丽德和表亲们都选择去别的地方过圣诞。寂静的客厅里响彻着他们不在场的空鸣。另一股悲伤的暗流也显而易见，如果有陌生人进来，可能会推断这个家刚经历了丧亲之痛。这是因为帕特里克不在场，同理，也是因为我的缘故。和我姨妈一样，父母和姨父看见我也都异常激动。

我爸走过来拥抱了我，拍了拍我的背。对姨妈而言，这是一年一度的重要日子，而我却不打招呼就出现在贝尔格莱维亚，衣着不得体，还比规定的时间晚到，尽管如此，我爸的动作似乎像是在表扬我做了什么值得称赞的事情。姨妈还给我留了一份午餐——她说，抱着一线希望，碰个运气——觉得我会给大家带来惊喜。至于罗兰，过去总是极其抗拒服侍别人的他，让我快坐下，他要去给我拿午餐。

母亲一直等到最后才将我拥入怀中，抱我的时间和我爸一样长，然后她并没有完全松开手，而是伸出手臂搂着我，双手揽过我的肩膀，说她都忘记我有多漂亮了。她没喝酒。

我松开我妈的搂抱。罗兰拿着饭菜回来时，我说我不饿。我爸给我念了一句他当时正在读的小说原文，他觉得这句话写得幽默又恰到好处，我只是耸耸肩。而温森给我拿来一份她放在圣诞树下的礼物，念叨着抱着一线希望之类的话。我拆开礼物，说我已经有一个花瓶了，再说我也预见不到自己什么时候会再收到花，于是拒绝接受这份礼物。我说我要离开，然后再次回到前门。

*

我爸读到的那句话确实幽默又恰到好处："火葬场不见得比家庭圣诞节更糟糕。"

第二天一大早，我在穿衣服的时候给我妈打了个电话。她一接起电话，我就开始抱怨昨天的事，说其他人不在场的圣诞节是多么可怕。当然，我指的不是帕特里克。我很高兴他不在场。我反复说："这对他来说也是最好的。他就想——"

她说："停，打住。"她的耐心耗尽了，颤抖着声音说道："你无权决定什么对别人最好，玛莎。即使是对你自己的丈夫，尤其是你自己的丈夫。顺便一提，这是因为你根本不知道帕特里克想要什么。"我想说点什么来打断她，但我感觉口干舌燥，说不出话，她继续说道："据我所知，你从来没有想过要弄清楚。有时候我在想，你是不是觉得把一切都炸成废墟还更轻松些。这儿一点，那儿一点，把煤油倒得到处都是，将火柴抛到身后，然后扬长而去，将一切烧成灰烬。"

她停下来，等着我回应。我说道："你为什么说这些？你应该站在我这边的。你得对我好。"

"我是站在你这边的。但我为你昨天的言行感到羞愧。你让自己难堪，也让所有人难堪。你表现得像个孩子。连花瓶都没收下——"

我冲她大喊大叫。我告诉她不许责备我。

"不，事实上，我得责骂你，总得有人来做这件事。你以为这一切只发生在你身上。这就是我昨天目睹的。你以为只有你自己在经历这场可怕的悲剧，只有你能沉溺在痛苦中。但是，我的女儿，悲剧其实降临在每个人的头上。你看不出来吗？在昨天那种情形下，这是每个人的悲剧。如果帕特里克在场，你会看到他承受大部分的痛苦。你在生活里经历的点点滴滴，也构成了他的生活。"

我说她错了。"他从来没法和我感同身受。他完全不理解那种感受。"

"也许是这样，但他得照看着你。在他妻子说想要自尽，说她痛苦不堪时，他得在旁倾听着，却不知道怎么帮助她。想象一下，玛莎。你以为他喜欢那样吗？他陪伴着你经历了这些煎熬，丝毫不计较自己付出了什么代价，但到头来，他却因为照顾你而被你憎恶，被赶出家门。"

"我不憎恶他。"

"你说什么？"

"我从来没说过我憎恶他。"

"即便你没说过，我告诉你，对于你说的其他话，换作其他人，早就离你而去了，连问都不问。也就只有帕特里克会一直陪着你。是你先撒谎的，玛莎。他没有逼你，其他人也没有。"

我感觉很不舒服。我妈长舒了一口气，继续说道："我并不是说你没有承受痛苦的折磨，玛莎。我只是想说，成熟点，你不是唯一一个受苦的人。"

她不说话了，等我说话："那我该怎么做？"

"什么？你这么低声说话我听不清。"

我放慢语速，说道："那我该怎么做？妈，我不知道该做什么。"

"如果我是你，我会请求丈夫原谅我，"她说，"如果他真原谅了你，你就该觉得庆幸。"

我后来没再给她打电话。那一周结束时，我收到了一封信。

信中写着：玛莎。你我都心照不宣，我们这几周的谈话已经告一段落了。接下来事情如何发展，这是你自己的选择，但我希望你在做任何决定时都能考虑一下以下我说的话。

我这一辈子都相信，有些事会发生在我身上。所有可怕的事情——我的童年，我那发疯的、已经过世的母亲，不见踪影的父亲。是温森将我抚养成人的，因此她在我眼里并不是姐姐。你父亲的事业从未成功。我得住在这幢我难以忍受的房子里。我酗酒，发展到酒鬼的程度。一桩桩事情接连不断，全都发生在我的身上。

再后来，你出现了。我漂亮的女儿，还是孩童时的你就面临崩溃。当你深陷痛苦中，即使我选择袖手旁观，在我心底里，我始终觉得这是我经历过的最糟糕的事情。

我是受害者，我理所当然地认为，受害者可以为所欲为。只要我仍然饱受折磨，那就没有人能追究我的责任，于是，我把你当成了一个无懈可击的借口，一个我始终拒绝成熟的理由。

但现在我确实成熟了——在68岁的年纪——因为你。

我知道时间并不长，但这是我自那时起看到的：事情确实会发生，那些可怕的事情。我们唯一能做的，就是做个抉择——到底是任由事情发生在我们身上，还是，把这些事情理解为是为了我们而发生的。

我一直觉得你的病发生在我身上。现在，我选择相信，你的病是为了我而发生，正因为它，我才能最终戒掉酒瘾。你和你的病并不是我染上酗酒恶习的缘由，这点我相信你已经接受了，但你确实是我戒酒的原因。

也许我的想法是错的。也许我没有资格来解读你的痛苦，但这是我唯一想到的、能给痛苦赋予意义的方式。我想知道，你能否看到，你所经历的一切，是否存在某个目的或意义？

这些苦难，是你能比任何人更敏锐地感受到一切，爱得更轰轰烈烈，斗争得更勇猛激烈的原因吗？是你成为你妹妹一生挚爱的理由吗？为什么你并不会止步于一本杂志社的专栏写手，而是终有一日能成为更伟大的作家？在我面前，你是言辞最为犀利的评论家，但同时你又富有同理心，仅仅因为验光师从凳子上摔下来就决定买下一副并不需要的眼镜，这是为什么？玛莎，只要你在场，房间里就没有人想和别人聊天。如果不是因为你过往的人生造就了浴火重生的你，还会有什么原因呢？

自你成年后，你一直被同一个男人深爱着。这份礼物，并不是很多人能幸享有的，他那执迷不悟、忠贞不渝的爱并非与你以及你的痛苦毫无关联。这是因为，在某种程度上，你是这些痛苦的产物。

你不必相信我，但我知道——我确实知道，玛莎——你的痛苦会赋予你足够的勇气，让你继续前行。如果你愿意，你可以让一切重回正轨。不妨从你妹妹开始吧。

*

我把信放在抽屉里，拿起手机。英格丽德发来一条消息。他们已经回来好几天了，但自从她开车回牛津后，我们就再也没说过话。我给她发过信息，但她从不回复。她在信息里说道："回家的路上买些排水管疏通剂，浴缸里的水排不出去了。抱歉在你上班的时候给你发情色短信。"文字后加了茄子和红唇的表情符号。

我看着信息，表示"对方正在输入"的灰色省略号忽闪忽现。

"显然这不是发给你的。"

我回复了她一串念珠、一根香烟和一颗黑色心形的符号。我又输入了另一条，公路和跑步女孩的表情，但没有发出去，因为如果让她知道我在来的路上，等我到的时候她就消失了。

*

她在屋前的花园里，坐在一张弃置的户外桌旁，双腿晃来晃去，看着儿子们故意骑着自行车撞来撞去。尽管天气寒冷，三个小孩都穿着短裤和迪士尼乐园买来的T恤。孩子们喊了我一声，她转过身来，我傻傻地边走边挥手，但她没有任何回应，直到我走到她跟前。

"你好，玛莎。"她打招呼的方式刺痛了我，就像我只是某个朋友或者无关紧要的人。"你为什么在这儿？"

"来给你这个。"我递给她一个塑料袋，里面装着排水管疏通剂。"也是来跟你道歉的。"

英格丽德看了看袋子，什么也没说。然后，她说了句"不好意思"，然后侧过身去，目光越过我，看着孩子们故意让自行车打滑。他们明知是不能这么做的，因为这会破坏草坪，她开始冲他们喊叫。

其实花园里没什么草，从他们搬进来的那天下午起，草皮就都被毁坏了。尽管他们不理睬她，她还是以同样的音量向他们重复提醒着，每次我都以为她说完了，想着说点什么。

雨连续下了一上午，在我下车时停了，但天色仍然昏暗，一阵阵微风吹过，雨滴从树上簌簌掉落。我等待着。

英格丽德放弃了，说道："你说吧。"

"我想说……"

"等会儿。"我妹妹从桌旁站起来，在水坑里捡起一辆火柴盒小汽车，拿出手机，发了一连串信息。然后她转过身来，在口袋里翻找了很久，找出一张纸巾来擦干另一边桌面。

"英格丽德？"

"什么？我说了继续说。说啊。"她没有重新坐到桌旁，只是靠在桌子边缘。

我道歉了。这是我在车里构思的版本，只是当着她面时，我说得语无伦次，结结巴巴，要么重复说着同样的话，要么就是上句不接下句。我越努力往下说，就越发窘迫。我感觉自己像一个在上钢琴课的孩子，明明在家把曲子练习得完美流畅，在课上却弹得磕磕巴巴。

我说得越久，我妹妹显然就越烦。在我重新讲述想要孩子的那一部分时，她回了句"这些我都知道"。然后我草草收尾："所以，我想说的可能就是这些。"

她说好，叉着腰，竖着眉头。她凝视着前方，告诉我，现在问题是，我把她搞得精疲力竭。我把所有人都搞得精疲力竭。我做得太过火了。她不能再像照顾孩子一样照顾我了。她说她会在某个时候原谅我，但不是现在。

我说好的，然后打算离开。但英格丽德挪了挪身子，问我要不要坐下。有一阵，我们都注视着她的儿子，他们正试图用木板和砖头做一个斜坡。我说道："他们太棒了。"

英格丽德耸耸肩，说道："还好吧，没那么棒。"

"你怎么这么说？"

"因为五分钟前他们还是宝宝，现在你看看他们在干什么。"

"骑车吧，我猜。"

我说不，"应该是重新改造捡来的东西。"

英格丽德双手掩面，摇了摇头，看起来一副哭相。

我等待着。一分钟后，她说："哎好吧，"她把手拿开，"我原谅你了。"她双眼通红，眼眶里噙满了泪水，但她在笑。"但你还是最差劲的人。真的，这世界上数你最可恶。"

我说我知道。

"为什么，"她说道，声音里突然带着悲伤，"你为什么骗我说不想要孩子？你为什么不相信我？"

"我相信你，但我不相信我自己。"

她问为什么不。

"因为你本可以说服我的，就像乔纳森那样。如果你告诉我，我会成为一名好母亲，那我就会劝服自己相信你。"

英格丽德靠在我身上，我俩的手臂紧挨着彼此。

"我可不会说这话。"

"你说过。你总是说我应该生一个孩子。"

"不，我从来不会说你会是个好母亲。你会搞砸的。"

她踢了下我的脚，说："天啊玛莎，我太爱你了，爱到我伤害了我自己。能帮我拿一下吗？"她指着那个塑料袋。我把它从地上捡起来，英格丽德看了一眼，说："你还买了贵的那种，谢谢。"那个瞬间，我感觉我俩又处于那个专属于我们的力场里。

这时传来吵闹声，孩子们因为砖块打起来了。

英格丽德说，好了，谈话结束。她说非常欢迎我过去解决问题，她需要回屋给他们准备下午茶了。

我们同时起身，我向男孩们走去，现在他们手上都拿着小木棍。

她快走进家门时，喊了我一声，我回头看，她走回到仅剩不多的一小块草皮上。我只记得，她举起胳膊扎紧马尾，此时流动的云团快速掠过太阳，阳光投射在她的脸颊和头发上，忽明忽暗。她异常激动地对我们喊道："今天吃我的拿手菜，啥都不加的意大利面。"

后来，在孩子们洗澡时，我俩坐在门外，倚在墙上。我们正聊着别的事，英格丽德问道："既然你自6月以来就已经好多了，为什么你还表现出一如既往的样子？我是指，在帕特里克面前。我不是想说你什么，只是，如果你觉得自己更理性了，不是有必要向外展现出来吗？"她蜷缩了一下，似乎预感到即将有一场爆炸。

"因为除此以外，我不知道还能怎么跟他相处。"我说，这真的不是借口。

"嗯，我理解。你俩共同生活了这么多年，七个月显得微不足道。但你总得解决这个问题。"

我说，我还没准备好去见他，我知道我无论如何都不能原谅他。

"你知道他在哪儿吗？"

"伦敦。"

"知道具体位置吗？"

"不知道。他可能想拿回公寓。"

"他是打算拿回来，但现在他住在温森和罗兰家。"英格丽德一脸阴沉。

我问她这有什么关系。"温森和罗兰也不在。"

"但贾丝明在。"

我笑着说，这我倒从来不担心，帕特里克不会跟除了他妻子以外的人在一起。

尽管是我把他扫地出门的，而且为了把他逼走，我毫不留情地惩罚了他几个月，在他最后离开我们的卧室时，我还在冲着他的背影大声喊道，我不再爱他了。英格丽德说道："但是玛莎，对帕特里克来说，你不是他妻子了。"我感觉被人猛然推了一把。

英格丽德让我等一下，她要找一下贝尔格莱维亚屋子的钥匙，"以防万一，以防万一。"

我已经拿了她的一条谷物棒、一瓶水和一本附有三盘CD碟的心理自助有声书，那是在她抽屉里面找到的。在21天内，我就能掌握自我宽恕的艺术。

我告诉她我不需要钥匙。"如果他没在，我就回家好了，我也没别的进屋的理由。"

"当然有。你或许需要上个卫生间什么的。"

她找到了，拿了出来。我没有空闲的手去接了，于是她抓住我的手，试图让我的手指合拢起来。

"这是什么？"她握着我的拇指。

"赫布里底群岛。"

"对。当然是了。能请你把这放包里吗？"

我拿了钥匙，于是她就没再多说了。

*

帕特里克不在。我敲了敲门，在姨妈家门外的台阶上等着，等到我脸上刺痛，双手揣在口袋里冻得僵硬。我回到车上坐着，穿上外套，又等了一个小时。广场上空空荡荡，杳无人迹。帕特里克才离开六周时的那段日子里，时间变得不真实了，我开始彻底陷入孤独感中，而现在独自坐在车里，这种孤独感似乎挑战着事物的存在。

又一个小时过去了。还是没有人回来。我开始神志不清，只能感觉到寒意。我在谷歌上搜索"车内体温过低"，但当我的手指还在努力敲下字母时，手机就没电关机了，我告诉自己，我有需要进屋的理由了。但其实是我感到一阵冲动，如果见不到帕特里克，那就看看他的东西。我孤身一人度过了这几周，这种孤独感因在车内苦等两小时而达到巅峰。我凝视窗外却一无所获，满目尽是昏沉的夜色，寂寥无人，连他的存在，也变得不真实了。

*

屋内的一切都不对劲。我站在门厅，手里拿着英格丽德的钥匙，惴惴不安。

根据温森的规定，私人物品不允许出现在公共场所，但贾丝明的东西却散落各处，她把鞋子踢到门厅的各个角落，衣物堆满正门过道。我脱下外套，走进正式客厅。厅内摆着一个酒瓶和两只玻璃杯，杯中无酒，只在底部沉积着棕色残留物，酒瓶和酒杯都直接摆在了胡桃木茶几上。

有一年圣诞节，我妈喝醉了酒，她告诉大家，等温森死后，她的鬼魂会萦绕在正式客厅里，尖叫着"木头不能沾水！木头不能沾水！"用无形的力量让玻璃杯垫在空中游走，以此恐吓我们。我走过去，收起玻璃杯，准备拿到楼下厨房去，在客厅里走动时还顺手收拾了其他东西，最后带走一个手机充电器和一瓶粉色塑料瓶装的卸甲水。我表妹将化妆品溶剂放在她妈妈的喷漆钢琴琴盖上，这种做法完全暴露了她的本性。我想离开。但我在客厅和去往厨房楼梯路上收拾的东西都不属于帕特里克。我把东西都堆在门口，回到主楼梯上。

他的行李箱和他离家后买的东西都放在箱子里，堆放在奥利弗的房间外面。箱子用胶带封住并编了号。这我知道，这些编号和一个电子表格相关联，表格里记录了每个箱子收纳的东西。我没有打开箱子。编号是手写的。这已经足够了。

在回到楼梯的路上，我走进贾丝明的房间上卫生间。帕特里克的手表放在她的床头柜上，旁边摆着一个水杯和一条紫色橡皮筋，金属表带上还卡着些金色头发。我走过去把表拿起来。我感觉一阵恶心，不是因为它摆在了这里，而是因为它固有的熟悉感。我将它放在手中，那份重量以及随之唤起的回忆，让我想起他戴表的独特方式，想起我第一次看见他戴上的情景。我觉得自己没有资格拥有这段记忆。帕特里克不再属于我了。我放下手表，走进卫生间。

在镜子前，我用纸巾擦了擦脸，镜子里映照出他给我妹接生的那片地板。马桶旁有一个垃圾桶，里面装满了贾丝明化妆时丢弃的垃圾。我走过去扔掉纸巾。纸巾落在一块铝塑板上，从形状看，是一片药片的包装。这是另一件我此前从未担心过的事：帕特里克去给一个不是他妻子的人买紧急避孕药。

我开车驶出伦敦，走到半路时，我发现自己离开时太匆忙，把外套落在那儿了，越往前开，我就越发不确定自己有没有锁上前门。

*

在那之后的一个星期里，我在"高级住宅"里打包搬家。我在屋里来回穿梭，把收拾好的东西装满一个个箱子。如果我给箱子贴上标签的话，标签上应该会写着"从抽屉里翻出来的餐具，包装松动""油浸沙丁鱼罐头/出生证明""靠垫，吹风机，用羽绒被裹着的船型肉汁盘"。

食品储藏室里已经空无一物，我只能靠蓝色佳得乐和苏打饼干来填满肚子，穿着衣服睡在沙发上。

我搬走的那天，下雪了。早上，两位师傅开着一辆货车来了，根据货车侧面喷涂的广告语，他们承诺满足我所有的搬运和仓储需求。他们开始往车上搬东西时，我还在收拾卧室。除了一个行李箱，帕特里克什么都没带走。

我打包了他的衣柜和收纳柜，然后打开了他床头柜的抽屉。摆在最顶部的，是我爸一年前作为圣诞礼物送给他的一本书，帕特里克坚持要读，尽管那本书的内容是关于诗歌的，甚至还不算是真正的诗歌。我把书拿起来，翻到夹放着几张提词卡的那页，提词卡露在书页外的部分已经磨损，卷折成软边。

这是他本来想说的话："毋庸置疑，我妻子之后肯定会纠正我，坚持说大家来捧场只是为了免费喝一杯，但其实，我们今天齐聚一堂，是因为深爱这位与众不同、美丽迷人却又令人恼火的女士。在我看来，她的容貌半点都没有超过39个月零12个月。我也希望不是这样，但众所周知，玛莎是我这一辈子里唯一想要拥有的人。"我读不下去了，将它们塞回书页之间，放回到抽屉里。我没有将抽屉里的东西全部清空打包，相反，我用胶带把整个柜子绕了一圈。师傅们来到卧室门口，我说我收拾好了，现在他们可以搬走所有东西了。

他们离开了，我穿过房子，手里拿着他们给我的伦敦某个仓库的地址。我熟悉踢脚板上的每一个凹痕，门上的每一个豁口，以及我们曾试图粉刷掉的、上一任房客在客厅墙上留下的每一处印记。帕特里克买错了末道漆，所以即使到现在，那些粉刷的痕迹仍像在宏大的哑光宇宙中，一个闪烁着高光泽面漆的太阳系。褐灰色地毯上保留着我们家具的痕迹，尘埃像灰色毡条一样落在每个非标准插座的顶部，它们的用途我尚未搞清。七年来，"高级住宅"散发着某种超自然的敌意，只有我能感觉到。我不知道为什么，在最后这一个小时里，我感受到家的感觉。我再次上楼，看一眼贮藏室。

那扇小窗户外，雪花翩然落下，落在梧桐树那光秃秃的树枝上。我把窗户打开，固定住，然后回到门口停留了一会儿。一小簇雪花被吹了进来，往地板飘去，最终融化在地毯上。

房产经纪自己开门进了屋，他领着一对比我和帕特里克年轻的夫妻到楼下的厨房去。他正介绍着屋内的高品质家用电器。我走到厨房门口，趁没人留意往里瞥了一眼，看到那个人的妻子打开烤箱，皱起鼻子说："宝贝，你看。"于是，我关上门，将钥匙投进邮箱里，然后驱车离开了。

驶离"高层管理人员住宅区"的大门后，我把车停泊在路旁，就在高高的外围树篱的缺口旁。我通过缺口走进那片被划分为小块菜地的广阔田野上。田野里一片荒芜，土层裸露着，丑陋不堪，脚下泥泞潮湿。我不知道自己为什么要停下走进来，我以前从来不会一个人来这儿。没有帕特里克在旁，我找不到属于我们的菜地，只能在菜畦间的土埂上来回奔跑。寒风迎面吹来时，我泪眼婆娑，背对冷风时，头发则胡乱缠绕在我脸上。

我终于看到了我们的遮阳棚，便跑过其他家的菜地，赶到我们的菜地旁——一方黑色的泥地，橘黄色的落叶浸泡在犁沟的积水中，犁沟是帕特里克之前开挖的。除了犁沟和被雨水抚平的老土豆卷须外，他劳作的痕迹已经无处可寻。寒冬冲刷掉他在这片土地上耗费的时光——过去，他或是独自一人，或是我坐在一旁，观察着他把脚踏在铁锹上，将其推进土层深处，铲除杂草和已经结籽的植物。

遮阳棚的门打开了，被风刮得砰砰作响。有人拿走了他的工具，还有那把他给我买的椅子。他们唯一留下的东西，是那棵无法移动的倒下的枯树干。

我走过去，想坐下来，但回忆翻涌，我跪倒在树干前的泥土上。我双臂环抱着树干，将头深埋其中，闻着树干潮湿的气息，耳边回响起帕特里克的问题，你怀孕多久了？我可以有几天考虑时间吗？我说，帕特里克，我不打算无缘无故地耗着。我在家等你。

很快，我便承受不住寒意，只得站起来。我不忍心离开。我曾经怀孕过一次。我曾在这里怀孕过，这片土地因此而显得神圣，这方我即将遗弃给大自然的黑土地。这份属于我们的东西将不再受保护，我将它拱手让给觊觎它的人——这里除了一根枯木外，什么印记都没有，很容易被认为是无主之地。我捡起一根小树枝，把它插入地里，然后逼着自己向前俯身，走进风中，回到车里。

关上车门，我瞬间陷入安静之中，我回想起帕特里克在我们第一次开车到"高级住宅"的路上，说我们很快就能实现生菜自给自足。我笑了，眼里仍噙着泪水。这是真的，在牛津度过的第一个夏天，我们有过一小段"生菜自由"的日子。

*

开出一英里后，我在谷歌地图输入了戈德霍克路的地址，尽管除了那两段短暂的婚姻外，我从十岁起就在那个家里居住至今。我驶入高速公路后，地图里的女声播报道，87公里后往左边出口驶出。我错过了出口，赶紧掉头。

我父母家的门虚掩着。我走进去，发现英格丽德坐在父亲书房的沙发上，双脚踩在地上，而不是躺卧在沙发上，将腿搁在扶手或以某种方式搭在墙上。她的目光聚焦在房间中央的父亲身上，他正准备从他手上摊开的书中读点内容，一副要吟唱赞美诗的模样。我妈也在现场，手里拿着一把小羽毛掸子——我从来没在家里看见过这种东西——高高悬停在壁炉架的某些物件之上。

　　他们给人的印象就像一出戏里的演员，等着幕布徐徐拉开，但他们的反应有点迟钝，等到观众看见他们亮相，他们还固定在写实主义的姿势，一秒后突然投入表演中。

　　母亲开始挥舞着羽毛掸子，父亲开始从某个句子的中间读起，妹妹身体前倾，假装在专心聆听。在观众看来，她拿出手机的动作显而易见。父亲抬起头，停下不读了，因为另一个角色——显然，一个复杂的角色——进场了，拎着大包小包。父亲请她坐下，母亲走出房间，说要煮点咖啡之类的。父亲关心了一下她开车过来的情况，然后说道："我刚读到哪儿了？哦对了，我们继续。"然后接着往下读。妹妹不再假装专心聆听，而是毫无顾忌地玩起了手机。

另一个女儿则站在原地一动不动，也不将包放下，只是倾听着，让观众有时间思考她的背景故事：她为什么来？她想要什么？她面前横亘着什么难题，以及怎样在90分钟内解决这些难题？会有中场休息吗？停车收费机能用卡结账吗？

"也许这伟大的启示永远也不会到来。取而代之的是，在日常生活中，有一些小小的奇迹和光辉，就像在黑暗中出乎意料地擦亮了一根火柴；这便是其一。"他读完了，"写得太好了，对吧女孩们？作者是……"

"弗吉尼亚·伍尔芙。"

英格丽德说这话时，眼睛没有离开过手机，但她料到他会问，就抬起头说："照片墙网站上看到的。"

他问道："什么是照片墙网站？"

"看这。"她用拇指划动屏幕，然后把手机递给父亲。父亲接过手机，像原始人似的模仿着，用右手所有手指划动屏幕，手腕发力，颤抖着轻弹着手机。"你可以发布任何你喜欢的废话，甚至是诗歌，总有人会喜欢。用一只手指就行，爸。从下往上划。"

几分钟后，父亲宣称@每日作家语录是一个精华知识宝库，他问起加入照片墙要花多少钱。英格丽德说唯一的开支是买一部没有天线的手机，当他听到要涉及零售交易时，脸上露出迟疑不定的表情，于是她说她会在网上给他买一台。

我说我得打开行李，整理衣物。英格丽德提出要帮我，然后站了起来。

在门外，我跟她说我不需要帮忙。

"我说的帮忙，是指我坐在旁边看着你收拾。"

她跟着我上楼了。

"男孩们呢？"

"哈米什带他们去补救发型了。我以为我能给他们理，但事实证明，理发太难了。" 第一段楼梯还没走到一半，她就气喘吁吁了，走到第二段的半途，她需要歇一下脚。"我本来打算开一家名为'妈妈发型屋'的发廊……但显然这店名可以有两种解读……取决于……我得坐下来歇会儿……取决于你的精神状态。"

在我的房门外，英格丽德让我挪一下，她给我开门。她往房间里看了一眼，然后直接退了出来，说道："不如你住我的房间吧？"我的房间已经被临时改造为放雕塑的储藏室了，后来我们去问妈妈，她解释说："从理论上说，那些雕塑还不算真正地存放在那儿。"

我们去了隔壁房间，我把行李推到英格丽德空衣柜的底部，然后走过去和她一起坐在榻榻米床垫上。床垫是连同桦木桌子和棕色沙发一起买来的，烙印着她十几岁时抽烟的痕迹。

她说了好一会儿话，聊每处被香烟烫的洞背后的具体情形，聊她的房间，聊她在墙上写写画画的内容，其中大多数都保留下来了，包括她掀起的窗帘后露出的"我恨妈妈"这几个字。然后她聊到，她记得每当爸爸离家出走时，我都会走进来接她。她漫不经心地拿起我的手，留意到我的文身，用她的拇指摩挲着，似乎这样就能把它擦掉。"你后悔文身了吗？"

"后悔。"

"什么时候？"

"我看到它的时候。"

"我本来想说你的，但是……"她抬起手腕，给我看那条只有一小截的短线。她说算了，"你现在打算怎么办？有什么计划吗？因为现在你可以……"她的语气似乎暗示着要列举一长串的待办事项，但她当深吸气做好准备后，却什么都没说出口，只好又长舒了一口气。她看起来很为我难过。

"我明白，别担心。"

"我能想出来一些事情的。"

我说没关系，"这不是你该做的。反正，我有个想法，不算是计划，更像是，"我停顿了一下，"我需要搞清楚要过什么样的生活，像我这种年纪的女人……"

"别说'我这种年纪的女人'。"

"……和我年龄相仿的女人，单身，无孩，也没什么特别的抱负，简历……"我本想说"糟糕透顶"，但我妹妹看起来已经忧心忡忡了，于是改口说"没有明确的主线"。

"并不一定是这么悲惨的。就，不要想当然地预设它得是……"

我说："我没有预设，我也不想过悲惨的生活。我只是不知道，如果你不喜欢动物，也讨厌帮助别人的话，还有哪些不悲惨的选项？如果你曾经想拥有那些女人应该想得到的东西，比如说孩子、丈夫、朋友、房子……"

"……开一家成功的手工艺品网店。"

"开一家成功的手工艺品网店，引人艳羡，收获成就感，诸如此类的，但最后却什么都没得到，那这时你还应该想得到什么？我不知道除了孩子以外，我还想要什么。我不能只是突然冒出个想法，作为替代品。"

英格丽德说，你可以的。"即使得到过那些东西，也会重新失去的。丈夫会离世，孩子会长大成人，然后和你讨厌的人结婚，你辛辛苦苦供他们读完法律学位，转头就去开手工艺品网店。所有事情都会慢慢消逝，而女人们总会坚持到最后，所以我们总得编造些自己想要的东西。"

"我不希望我想得到的东西是虚构的。"

"一切都是虚构的。生活是虚构的，你看到其他人所做的那些事，也都是他们编造的。我自己就虚构出斯温顿的生活，说服自己想得到它，而现在我的确做到了。"

"你真的想要吗？"

"好吧，我不想。"

"你怎么做到的？"

"我不知道，"她说，"只要专注投入，或者做些具体的事情，假装自己很享受，等到自己真的逐渐乐在其中，或者记不起以前喜欢做的事时，你就做到了。"

我咬着嘴唇，她继续说道："比如，可以先整理下衣服或做些不用动脑子的瑜伽，做着做着可能灵感就来了，你就有答案了。玛莎，你这么聪明，你是我认识的最有创意的人了。"我翻了个白眼，她打了我一下。"我说真的。我得回家了，你能把我拉起来吗？"

我把她拉起来，她站在自己房间的中央，握着我的手好一阵子，说道："在日常生活中，有一些小小的奇迹和光辉，伍尔芙的火柴，诸如此类的。做这些事吧，按弗吉尼亚说的做。"

我陪着她下楼，在她的威逼下，我答应她做点具体实际的事，但不是写感恩日记，因为她说那会让她头皮发麻。

"也不要是什么愿景板。除非你贴满年过四十的凯特·摩丝在超级游艇上的照片。"

"比基尼掉落那种。"

"你懂的。"

"我爱你，英格丽德。"

她说她知道，然后回家了。

*

我爸任由台灯开着，书摊开着，头趴在书桌上。我走进书房，把书拿起来，但找不到他读过的那部分。我试图将书塞回到书架上某个再也挤不出来的空间里，想起那个我在他书房度过的夏日，他曾说过："玛莎，这是一面墙的人生。形形色色的人生，有真实的，也有虚构的。"

我待在房间里，浏览了许多本书的书脊，然后一本本地取下来，架在我的左臂上，堆成一摞。我选书的标准有三条：一，作者是女性，或是稍微有点敏感或抑郁的男性，且已编造出自己的人生；二，我谎称自己读过的书，但普鲁斯特除外，因为尽管我做尽错事，也不至于要遭受这样的折磨；三，书名读着予人希望，且我不用踩在椅子上就能够得着。

这些书都太古老了。书的封面让我的手指沾满白灰,书页散发着了无生趣的气息,就像我年幼时等着我爸逛完二手书店那段漫长无聊的时光。但这些书将教会我如何生活或启发我想要什么,它们让我免于沦落到写感恩日记的地步,这也是我唯一能想到的事情。

我先从伍尔芙读起，读她过往所有的作品。我整天都守在我父母的房间里读书，有时我都开始担心自己要疯了，花这么长时间只做这一件事，连构思都是用的伍尔芙的语言，哪怕外出也只是在别处继续读书。晚上，我会一直读到入睡，无论何时何地，只要读到书中角色想要得到什么东西时，我都会记录在纸上，然后撕下来，存到英格丽德梳妆台上的一个罐子里。书读完后，我便收集了相当多的纸条，但纸条上写着的，无非就是爱人、家庭、房子、金钱和陪伴，尽是些所有人都想得到的东西。

*

我尝试过跑步，但真跑起来和看上去一样可怕。跑到距离父母家1公里开外的韦斯特菲尔德时，我就放弃了，走进商场里买水。

因为那天是个星期一，刚过9点，而我又是一名身穿运动服的四十多岁的女人，所以我在一楼兜圈子寻找某个地方时，并没有引起太多注意。

商场里有一家WH史密斯书店。从书店门口到冰柜前仅有一条过道，过道上空悬挂着"礼物/灵感/各类计划"的标识牌，然而，奇怪的是，过道两旁摆放的全是一排排的感恩日记本。我停下脚步，想挑选出最丑的一本寄给我妹。尽管在这些本子薄荷色、丁香紫和奶油黄的封面上，印着各色口号和命令——去生活、去爱、开怀大笑、做有光的人、蓬勃成长、尽情呼吸——但综合考量下，似乎人类的最高使命是追寻自己的梦想。我选了一本奇厚无比的本子，它的页数是同类日记本的两倍。选它的原因，是因为它的封面上写着："你应该放手去做。"这句话听起来无忧无虑、鼓舞人心，但因为句尾缺了个感叹号，又暗含着疲倦困乏、逆来顺受的感觉。你应该放手去做。每个人都厌倦了光听你说。追寻你的梦想。代价微乎其微。

收银台的店员告诉我，今天是我的幸运日，"购买日记本赠送免费钢笔。"她已经上了年纪，不太适合做这份工作，她费尽力气蹲下来，从柜台下拿出盒子，便累得气喘吁吁。"随便挑一支。"这些钢笔也很鼓舞人心。我选了一支，钢笔上有一句抄袭自第三波女性主义思潮的话。我向她道谢，然后走向商场中心的咖啡售卖亭，手工面包的香气从那家小店里飘散出来。

我买了吐司，但需要等很长时间才能出炉，我已经浏览到照片墙信息流的底部，但还在等。最后一条动态是@每日作家语录发布的一张F.斯科特·菲茨杰拉德的语录图片。配文写道："人们为之羞愧的事情通常会成为一个好故事。"[1]

　　我的吐司还没有做好。我把想送给英格丽德的日记本从包里拿出来，将那句配文写在扉页上，然后快速回头一瞥，生怕被人看见。工作日的早晨，一个女人独自坐在购物中心的面包店里，她身上的运动服和手边的感恩日记本从两个侧面佐证了她想努力改善自己的处境——但只有我会对这样的女性说长道短。我在椅子上挪了挪。大概是带着忏悔的心态，我翻到了另一页，接近中间的一页，因为我不知道该从哪儿开始。我就这么写下了。你应该放手去做。真的，没有人在意。

1　*The Love of the Last Tycoon*, by F. Scott Fitzgerald.

三月的第一周，我光着脚坐在父母家的后门台阶上，把杂草从混凝土的裂缝里拔出来，看着我的茶在没有暖意的阳光下透着明亮的琥珀色。我正和英格丽德的大儿子聊电话，他们最近又开始给我打电话了。

他在解释自己正在读的一系列章节，把细枝末节全都一五一十地复述出来。因为嘴里塞满了食物，他说得断断续续的。

我问他在吃什么。

"葡萄和奴隶面包卷。"

我听到英格丽德让他把电话递过来。

"他想说咸香面包卷。噢天，抱歉。这类书太多了，大概有七百万册吧。我肯定他们是在哪处的血汗工厂剥削着童工写出来的。你怎么样了?"

我和她说起我找到的工作。在一所女校当导师和职业顾问。她说我能应聘上这份工作，一点都不讽刺，"你是真的在各行各业都工作过。"她说糟了，她得挂了，"有孩子在玩门。"

我挂了电话，看到帕特里克发来的信息。自从他走后，我们就没有再说过话。

他在信息里说："嗨，玛莎，我打算明天搬回公寓，现在需要一些家具。东西都在哪儿？"

我犹豫了一会儿，试图消化这条信息激起的剧痛——信息以"嗨"和我的名字开头，来自我曾经的丈夫。我揉了揉眼睛和鼻腔，然后回复说能不能改期到明天。

他说不能，他得上班。

我回复了仓库的地址，打字的时候好奇帕特里克是否意识到今天是我们的结婚纪念日。我发送了信息，转头一想，如果我们都终止婚姻状态了，那还有没有结婚纪念日可言？

帕特里克回复了，问我能不能两小时后和他在那碰面。我不想见面的意愿过于强烈，哪怕我已经回复了好的，还是无法劝说自己站起来走进屋内。

*

他发信息说自己会迟到，收到信息时，我已经在仓储柜外等着了。仓库在一条过道的尽头，漆黑而荒凉，有种后世界末日的既视感。

他可能还有一个小时的路程，他说抱歉，好像是和什么卡车、北环路有关。如果我需要离开的话，可以先走。我说我不介意，并从包里拿出了日记。日记本沾了污渍，快散架了，因为沾过水又放在暖气片上烘干了很多次，现在的厚度达到了很可笑的程度。

我坐在地板上写了很长一段时间，写到我翻到最后一页才意识到，本子写完了。我不知道该怎么收尾。思考了好几分钟后，我还是想不出合适的结局，于是回到开头，重新读了起来。直到那时，我才认识到，无论我从自己写的文字中发现了什么——自我迷恋、平庸乏味、对事物的描述方式——我都会走出去，将这些文字付诸一炬，烧为灰烬。

至少，我读到了羞耻、希望与难过，内疚与爱，悲伤与极乐，厨房，姐妹与母亲，欢乐，恐惧，下雨，圣诞，花园，性与睡眠，出席和缺席，聚会，帕特里克的良善，我显而易见的惹人厌烦，异常瞩目的标点符号。

我现在能看到我所拥有的一切了。那些书中角色想要的东西——家庭、金钱、陪伴，所有这些都被遮掩在我唯一没有拥有的东西的阴影之下。我也拥有过某个人，那个会为我写演讲稿的人，为我放弃了很多的人，在我抽泣或失去意识时能在床边守候数小时的人，说他永远不会改变对我的看法的人，哪怕明知我在撒谎也对我不离不弃的人，尽管他让我承受过痛苦，那个程度也是我应该承受的，那个离开前会给车加油的人，如果不是我赶他离开，一定会守在原地的人。

这不是我最后的启示。等我读到最后一页时，我非常想让他回心转意，重回我的身边，但这根本不是启示。启示是我终于理解了我失去他的原因，一个微小而可怕的原因。和我的病无关，和我的所言所行无关。我把原因写了下来，合上日记，就这样终结了。那一页多半还是空白的，因为我俩婚姻走到尽头的原因，连一行都写不满。

在过道的另一端，电梯门开了。

我从地板上站起来，将日记放在包上。

帕特里克向我走来，步履缓慢，或者因为这条路太漫长，他还没走到一半，我就忘了人该如何站立。当一个你无比熟悉的人，一个你爱过、恨过、好几个月没见的人向你走来，他一直在回避你的视线，直到最后一分钟才对你报以微笑，好像他想不起你俩什么时候见过或者是否认识，这时你该怎么安置你的双手？

*

我们的对话持续了两分钟，充斥着"抱歉""你好""谢谢"的寒暄话和一堆毫无必要的问题，甚至还穿插着关于怎么开锁的无用提示。整场对话就像个笑话。一场看谁能出色演出并且坚持到最后的游戏。我俩都毫不示弱，对话以一连串的"明白，很好"结束。帕特里克拿了钥匙，我就离开了。

在漫长的返程路途上，我根本没有感觉到自己手提包的重量有什么不妥，直到离家只剩两站时，我才意识到出事了。我朝包里面看了看，似乎哪怕包在我的肩膀上空荡荡地挂着，它还有可能在包里。它没有在我旁边的座位上，也没有滑落到地板上。我当众大出洋相——在列车还没进站停稳时，我就试图用力扒开车门，然后强行挤过站台上密集的人群，硬生生地挤上对面那列即将开出的列车。车厢里人满为患，哪怕乘客减少一半，也还是拥挤不堪。一个男人对我摇了摇头。我不在乎。

在回仓库的路上，列车一直行驶在隧道里。我一直站着，好像这样做就能缩短路程。我幻想着日记本躺在车站和仓库之间的人行道某处。一个路人捡起了它，翻找着主人的姓名，发现日记主人没有留下信息，于是先带着往前走，丢弃在他遇到的第一个垃圾桶里。更糟糕的想法是，路人把我这件奇怪的私人物品带回了家，将它丢在厨房里那堆外卖菜单和待处理的邮件旁边。妻子会在看电视时读着日记，在广告期间对着不感兴趣的丈夫大声说道"还有一个有趣的点"。

*

我终于赶到车站，工作人员告诉我没有人捡到并交给他们日记之类的东西，但如果我想找伞，我可以自己认领一下。我走出车站，原路折返到仓储门店，沿途经过一个半小时前到访过的相同地点，一直走到仓库时依然一无所获。

我一进去仓库，店员就说你又回来了，显然，我就是对这个地方恋恋不舍。他一如既往地坐在桌子后，靠在椅背上，双手交叉置于脑后，盯着闭路电视屏幕，好像除了从各种角度查看那些冷冷清清的过道外，还有更多东西可看。我又在他那愚蠢的登记簿上签了名，我走进电梯时听到他说道："你男朋友还在上面。他会后悔一次性把仓库里的东西全清空的。"

*

我们所有的家具都摆在过道里，帕特里克一件件地往外搬，歪打正着地布置出一间模拟房间。一把扶手椅、一台电视机、一盏落地灯。他坐在我们的沙发上，胳膊肘支在扶手上，正读着什么。

他抬头看了我一眼，像我刚回家一样跟我打了个招呼，然后继续读着。问他拿回来已经没有意义了。如果他是从头开始读起，那他现在应该快读完了。我坐在沙发的另一头，等待着。

帕特里克翻了一页。如果换作别人，如果是乔纳森，他当着我的面读我的日记，那会是非常罕见且巧妙的残忍行为。他会装作深陷其中、无法自拔，容不得半点打岔，如果我想说话，他会竖起一根手指让我安静。在读同一页内，他的表情会经历一系列的变化——先是哀伤，而后忍俊不禁，接着觉得新奇，略感震惊，最后一脸错愕，然后就我对事物的描述断断续续地发表评论。

但面前的是帕特里克。他全神贯注地读着。他表情真挚，只表现出细微的反应，比如双眉微蹙，偶尔流露出几乎难以察觉的微笑。他会读到最后才张口说话。

以及，只有在他辨认不清我的字，问我时候，他才会发声。

"噢。"我倒着看了看我写的最后一行字。"写的是：我从未问过他是什么感受。"

他说："指的是双相情感障碍吗？"

"不，指所有事情。我俩的婚姻。成为我的丈夫。我从未问过你，那是什么感受。"

"对。"他盖上日记本。

"我想，这是现在让我最深感愧疚的事。"我站起来，伸手去拿回日记本。"显然，我做过不少让自己无地自容的事。"

帕特里克没有站起来，而是继续坐在那里，挠了挠自己的后脑勺。我等待着。他仍把本子拿在手上。"你想知道吗？"

我说不，强迫自己又坐了下来，"我不想。"我还没那么勇敢。"帕特里克，你是什么感受？"我的包依然挂在肩上，我没有放下来。

他说："我感觉太糟糕了。"

英格丽德会说讨厌的汽车警报器，食品储藏室有飞蛾真糟糕，我胸罩里有一颗真的无核葡萄干真糟糕，这些话听起来很稀松平常。但是我从来没有听帕特里克骂过脏话，在我们的相处中一次都没有听到过。听着他破口大骂，那个词的力道和狂暴把我吓得往后退缩。

他说抱歉。

"不，我很抱歉。你继续。我想知道。"

"你已经知道了。就是你妈妈跟你谈过的一切。"他把日记放在一边，"就是，什么都是围绕着你。我知道你病了，但我总是承受你所有痛苦、让你发泄愤怒的那个人，仅仅因为我在你身边。你的情绪主导了一切。我感觉我所有的生活都笼罩在你的悲伤之中。我挣扎过，天啊，玛莎，我真的努力过，但无济于事。很多时候，你似乎总是主动地让自己落入悲惨的境地，但仍然期望得到持续不断的支持。有时候，我只想根据一家餐厅的菜品来决定要不要去尝试，而不是看大堂经理是否神情抑郁，或者地毯会不会让你联想起曾经发生在你身上的凄惨回忆。有时候，我只是希望我们能过正常的生活。"

他停顿了一下，显然不太确定要不要说出下一个想法。他还是说了："你朝我扔东西。"

我低下头。如果从外部视角看，我低垂着头，因为羞愧难当。

"我无法描述那是什么感觉，玛莎。我真的做不到，而你希望我能释怀。你会说你想谈谈，但你没有。在你看来，因为我没有源源不断地发表情感评论，也没在事情发生的当下描述我的每一种感觉，所以我就什么感觉都没有。你说我感情空洞，面无表情。你记得吗？你说我空有一副丈夫的皮囊。"

我说我不记得了。其实我记得。那时我们在一家百货商场里选购床垫。我一直在征求他的意见。他总是说，选哪款他都可以，最后我愤然离去，好几个小时都没回家，也没告诉他我在哪里。等我回来的时候，他已经给所有他能想到的人都打了电话，问他们有没有我的消息。"我是说，我记得，对不起。真的很抱歉。"

"你一直指责我消极，什么都不想要，但没人允许我想要什么东西。这就是咱俩的相处模式。我逆来顺受，让步妥协，是确保咱俩相安无事的唯一办法。甚至……"帕特里克摸了摸自己的后颈，用手指按压着某一处肌肉，看似找到了疼痛的根源，"你认识我这么久了，但你却认为，我离开你后会第一时间去找你的表妹上床。"

"我不……"我的确是这么想的。

"那块表属于她某个'罗里'男朋友。他戴的手表和我的一样款式。但你甚至不会去质疑是否有其他解释，根本不会考虑是不是自己误会了。如果你认为我是这样的人，那还有什么意义？"

我说我很抱歉。"我是世界上最差劲的人。"

"不，你不是。"帕特里克把手攥成拳头，打在沙发的扶手上。"但你也不是世界上最优秀的人，尽管后者是你自己的真实想法。你和其他人没什么不同。但这对你来讲难以置信，是吧。你宁愿成为某个极端。你无法接受自己只是芸芸众生的一员。"

我没有和他争辩，只是回应道，很抱歉，让他感觉太糟糕。"有时候是这样。"他叹了口气，又拿起那本日记，随便翻开到某一页。"大多数时候，我感觉非常棒。玛莎，你给我带来过莫大的幸福。你根本不知道，那种幸福的滋味有多棒。这是最棘手的问题。你对所有幸福都浑然不觉。你看不见。"

我告诉帕特里克，我现在能看见了。

"我知道。"

我看着他转过身，寻找着某一页，默默地浏览了一秒钟，然后开始大声朗读起来："我和帕特里克婚后不久，我俩参加了另一场婚礼。我跟着他穿过宴会拥挤的人群，看见有位女士独自站在一旁。"

我摸了摸一侧的耳朵，感觉滚烫。

"他说，与其每隔五分钟就瞄她一眼，为她感到难过，我还不如径直上前，夸夸她的帽子。"帕特里克抬头问道："我说过吗?"

"说过。"

"我不记得了。我只记得，"他浅浅一笑，"那时我在想，你真的很……我是说，谁会那么在意一位女士能不能咽得下一块开胃点心呢，但唯独你会非常上心。你看着像自己身处痛苦之中。你不停地自说自话，直到对方顺利咽下去。这就是我刚说的，幸福。"他话音未完，便翻到日记的另一处，说道："这太棒了。真的，玛莎。"

我问他，他今天给我发消息时，有没有意识到今天是结婚纪念日。

"意识到了，对不起。我不是故意的。我只是想把事情处理好。"

我说："不管怎样，我得走了。"他把日记本交还给我。

我们一同起身。

"那就，好吧。"

"对，很好。"

我说了再见，这远远不够，只有一个词，太寻常了，无法容纳世界的终结。但这就是全部了。我开始向电梯走去。

帕特里克说，玛莎，等一下。

"怎么了？"

"你说得对。我确实察觉到不对劲。并不是从一开始就意识到，而是最近几年。"突然之间，他显得惴惴不安，"我知道你不是这样的。我知道出了些问题，但我只想这么继续下去。我感觉我无法面对整个过程，或者，我担心，一旦我们发现情况不在可控范围内，我俩便走到了尽头。你说对了，有时候，我不介意别人认为我是出色的丈夫，因为我很多时候总觉得自己是无用之人。但是，"他顿了一下，毫不掩饰自己的痛苦，接着说道，"最让我羞愧不已的是我说你不应该成为母亲。这不是真的。我当时在气头上。"这是他能想到的最恶毒的事了。

我让他别说了，但他不听劝阻。"我不能请求你原谅我。这不可饶恕。我只是想让你知道，我清楚我过去的言行，无论我们最终的结局走向何方，我都得背负着这个事实重建我的余生——我曾经别有用心地，以残忍的方式对待过我的妻子。"

另一条过道传来一阵杂音。有东西掉落在金属地板上，有人大喊大叫。回音消失后，我说道："我应该告诉你，我想留下那个女孩的。当时，我本该告诉你的。"

"你怎么知道是个女孩？"

"我就是知道。"

"那你会给她起什么名字？"

我说："我不知道。"

但我在书里写下过她的名字，写了那么多次。

帕特里克大声说道，是的，那样会很好。

我仰望着天花板，双手向上拂着脸，想擦拭掉不断涌出的眼泪。我的双眼似乎是一口专为她开凿的井，显然，这口井深不可测。"你一定认为我很卑鄙。"

"我没这么觉得，"帕特里克说，"你觉得这样做是对的。你认为这对她来说是最好的决定，尽管你很想留下她。这就是为什么我知道……"他说，抱歉，也许这么说不太好，"……但这就是为什么我知道你应该成为一位母亲。你把她看得比自己重要。这就是母亲的职责，不是吗？"他补充说道，当然，我只是在猜测。

我站不稳了，帕特里克挪到一边，我后退几步，坐回到沙发上。他坐在我旁边，让我把头枕在他的大腿上，手臂环绕着我，我感觉到他的重量。我抽抽噎噎地哭个不停，把心底积攒的泪水一下子倾泻了出来。等我平静下来，重新坐直身子后，我看见泪水也溢满他的眼眶——帕特里克曾告诉我，他入读寄宿学校的第一天，他爸握了握他的手，说了声再见，便驱车驶离校门，扬长而去，剩他这个7岁的小孩追着车跑。自那天起，他的眼泪便干涸了，没再哭过。我把衣袖扯过手背，擦了擦他的脸，又擦掉自己脸上的泪。我不知道该说什么。最后，只说了一句："这真是一大缺憾。"

我是说真的，问他为什么笑。

他说他没笑："没什么，只是你和我们真的不是一类人。"

"你也不是，帕特里克。"

然后就这样结束了，我们再次站起来说再见。这次的再见全然不同，它容纳了整个世界。

在我走完整条过道后，帕特里克喊住了我："玛莎，你写作的手法，成就了这个好故事。"

我回头看了看，说，好的。

"他们该把这改编成电影。"

另一条过道里传来更多杂音，我转身往回走，冲他喊道："如果真拍成电影，我不觉得最后的离别会发生在布伦特十字的'轻松仓储'里。"

帕特里克说，"你可能是……"我转身跑回电梯。我不想听完剩下半句。

*

那个守店的男人说我又要离开了，大概我晚一点又会回来吧。我径直推开门，没有理会他。户外的光线太强烈了，往外走时，我只得用手遮挡着双眼。

*

我在站台上等着下一趟列车，包放在腿上，手里拿着手机。如果我相信宇宙能通过征兆、奇迹和社交媒体与人类交流的话，那么在我打开照片墙后，我会认为，信息流里的第一条更新是专门推送给我的超自然信息，那是@每日作家语录在一分钟前发布的。

隧道里出现了一束前灯的亮光。我将这条更新截屏了，等我一上火车就把它写下来，而且会写成大字体，填满日记本最后一页的空白。列车进站后，我上了车，但是没有座位了。我也没把这句话写下来，也忘记了它的出处。但它始终在我脑海里挥之不去，像歌词一样循环播放，像一句萦绕心间的诗。"你不再绝望了。"

你不再，你不再，你不再绝望了。

昨晚，我在看英格丽德推荐的电影时，帕特里克走了进来。那是一部烂片的翻拍版，原片本就拍得很粗糙。我跟他说，我们可以关掉不看。

他坐下来说，因为这是根据真实故事改编的，所以我肯定想看完整部电影，想等影片结束后出现的文字。某人享年83岁，画作一直失踪，诸如此类的。

他说："结局是你最喜欢的部分。而且我太累了，不想说话。"我开始说起话来。他说："真的，玛莎，我累得说不出话来了。"他闭上双眼。

*

这就是故事的结局。

几个星期前，我带着我爸来到马里波恩的一家书店，看橱窗里陈列的书。他在路边站了很长时间，久久地凝视着橱窗，脸上挂着一种无法理解眼前景象的表情。

他是那个照片墙上的诗人，弗格斯·罗素，坐拥100万粉丝。

这本独自占据了整面橱窗的书，是他的诗集，里面摘录了他最喜欢的诗。我妈读了较早发布的一条评论，说道："弗格斯，你终于被冠以定冠词了。"他说，前面应该还有个"即将出版"的形容词，"一本沉淀了51年的诗集终于即将出版。"

天空开始飘起了雨，但我们还站在店外，雨越下越大，但我爸似乎不为所动。我看着雨水溢出了排水沟，漫过了他的鞋面，便连忙将他拉进书店，这样我好去找一下经理。

他们握了握手，我爸问他，他能不能给一小部分书签个名，但如果他们不希望他签，那也没关系。他提出可以出示驾照来证明自己是弗格斯·罗素本人。经理拍了拍口袋给他找了支笔，说没有问题。书的封底印着他的照片。他告诉我爸，这是自成人涂色书滞销以来最畅销的一本书。

诗集出版一周后，我爸的编辑打电话过来说，根据早期数据，这本书在第一天就卖出了334册——这在诗歌出版物中闻所未闻——而且这只统计了伦敦市中心书店的数据。

温森在贝尔格莱维亚给他办了庆祝晚宴。所有人都回来了。这是自从我和帕特里克分开后，大家首次团聚。家人们像我俩刚订婚那样对待我们。英格丽德说我们该乘胜追击，在彼得琼斯商场设一个婚姻登记处。

其他人都落座后，温森让我去罗兰的书房里拿点东西。书桌后是一个华丽的大衣柜，柜门半掩着。衣柜里堆放着几十本我爸的诗集，有些没有包装，有些还放在伦敦市中心书店的塑料和纸质购物袋里。我打开其他柜门，也是塞得满满当当的书。我轻声合上柜门，离开房间。罗兰买了334本我爸写的书，想以此来开我爸玩笑，我对他的行为嗤之以鼻。

回到餐厅，罗兰斥责奥利弗往盘子里盛了太多肉汁，实属浪费。听到他的训话，我才意识到，姨父这么做只是出于善意，他开着"那辆破车"穿梭于书店之间，把书的库存一扫而光，但其实他讨厌乱花钱，甚至连他的淋浴肥皂也只是个理论构想。我慢慢挪动到罗兰的身后。他转身对坐在另一边的我爸大声说道，对他而言，诗要是不押韵，他都看不出来是诗，所以他买下来的那本，我爸完全可以忽略不计。我拍了拍他的肩膀，他没理会我。

我没有告诉任何人，只跟帕特里克说了我看到的一切。后来，诗集的销量突破数千本，我知道这不可能只是罗兰的贡献了。

我爸花了半小时，给橱窗里摆放的样书和摆在前面桌子上的一堆书签名。经理在封面贴上"首版签名本"的标签，然后重新摆成书堆，最后拿出手机来拍照。正当他取景拍摄时，我爸移步到一边。经理示意他回来。"哦，对对，"我爸说，"我和书合影。"然后他羞怯地问道："您能给我和我女儿也拍张合影吗？"

之后，我们沿着马里波恩高街向牛津街走去，一同撑着我爸的雨伞。他问我接下来有没有别的安排，我说没有，他就说他想给我买一个冰激凌。如果看到成年人在公共场合吃冰激凌，我总会莫名其妙感到悲伤，哪怕到现在也是，于是我说，只要是在室内吃就没问题。

顺着街道往下走，我们找到了一家咖啡馆，坐在窗边。服务员走过来，放下盛在金属材质碗具里的意式冰激凌，便转身离开。我爸说："你小时候，我买不起这样的冰激凌。"见我没有回应，他就转移话题，聊到在书店里看到自己的书上架是什么体验。

最后他说："当然，下一个就轮到你了。你写的书展示在书店橱窗上。"

我拿起勺子，冰激凌已经融化了，从勺子上滴落下来。我用手指在桌面的一摊积水上比画着，说道："《玛莎·罗素·弗里尔的趣味食物专栏文章合集》。"

我爸说我太幽默了，但在出书这件事上想错了。

"你为什么和她在一起？"我本不想问起的，但在他签名时，我站在一旁，重读了那些诗。每一首诗都是关于我的母亲。我无法理解他为何对她情有独钟，并把这份爱恋写进了字里行间，将其安然无恙地珍存在他们的婚姻中。她让他感到窒息，她逼着他离家出走。"或者说，"我继续问道，"你为什么每一次都会回来？"父亲微微耸了耸肩："很不幸，我爱她。"

我们在咖啡店外道了别。我爸要走另一个方向，于是把伞给了我。我撑起伞，发现伞折断了，我只好把那一团缠结弯曲的伞骨架塞进垃圾桶里。这时，我正好碰到罗伯特从离我几步远的一家商店里走出来。他一手拿着报纸，举过头顶，同时冲过十字路口，朝停靠在路边的出租车奔去。

打开车门时，他留意到我并停了下来，好像再过一会儿，他就能辨认出街对面的这个女人，她看似要冲他挥手，但又没有举起手来。他仍然举着报纸，友好地向我示意了一下，然后俯身钻进车内。我不确定他有没有认出我，可能只是出于保险起见和我客套了一下。

出租车驶远了，我继续走在路上。回家……痛苦……我在首次约谈过后，就再也没有回去复诊。随后的数月里，我预约了许多次，但总是在咨询前一天取消了。我最后一次给他的办公室打电话，接待员和我说，因为我的档案上有太多次因逾期取消而产生的费用，所以很罕见的是，除非我付清欠款，否则她无法帮我继续预约。

有时候，我依然希望见他一面，但我知道这不会发生，因为我没什么可说的。再说，"玛莎的意外支出"里永远都不可能有540.50英镑的余额。即使有这钱，我也担心，他作为研究人类心理的专家，完全有能力从我的肢体语言中看出，他2017年在世界精神病学协会发表的演讲在网上获得了820次观看，其中59次是我看的。

他谈论的主题是……会议举办于我们面谈后不久。他在演讲中介绍了一位善于表达、表现出典型症状的年轻女性患者，他将其称为"病人M"。在我了解到演讲的时间点后，我曾希望——现在只是好奇——我就是他口中的这位病人。

*

英格丽德生孩子了。孩子比预产期晚了两周，体型巨大，且胎

335

位不正。孩子出生的那天下午，我、帕特里克和我父母一起去看望她。她跟我说，分娩时动用到产钳和一个像马桶搋子那样的东西，还做了一次为时已晚的会阴切开术。她怀疑医生缝得不好，因此，她把整片区域称为"破裂的阴道恐龙"，并决心与这个区域脱离关系。

我们到医院时，温森已经到了——她一个人在病房里，因为罗兰去找没有计费表的停车场了，她觉得他不太可能回得来。她站在洗手池旁，在高脚水龙头下冲洗着一袋青提，假装没有听见我妹说的话。后来，哈米什问帕特里克，如今做B超检查的医生误判婴儿性别的情况有多普遍。英格丽德之前告诉过大家是个男孩。帕特里克说，这种情况并不常见，尤其是在做了多次检查的情况下。

"我也没做几次检查。"她正试着调整胸罩带子，抬起头说："当有三个男孩同时在检查室里搞破坏时，即使是魔法也不起效。"

帕特里克说道："即便如此……"

"而且他们也没告诉我是个男孩，"英格丽德说道，"我没有问。我只是猜的。"

哈米什没有反应，只是说了一声啊，然后回过神来，说道："不管怎样，我们趁大家都在场，给她起个名字吧。"

英格丽德看了看温森，她此时正把一大串青提剪成许多小串，然后摆放在她从家里带来的复古雕刻玻璃碗里。"我想叫她温妮，"然后扭头问哈米什，"可以吗？"

他重复了女儿的全名。我妈在婴儿床旁，抚平毯子上的褶皱。哈米什问道："你觉得呢，西莉亚？"

她说这个名字太完美了。"我们需要更多的'温妮'，越多越好。"

我瞥了一眼姨妈，看见她从袖子里掏出一张纸巾，背过身去，偷偷抹起眼泪。

"不过，"英格丽德说道，"温妮·玛莎听起来有点奇怪。我们要不就别取中间名了。"她朝我说道，"但我依然爱你。"

*

我为花瓶的事向温森道了歉。我读完我妈的信后，第一时间先给她打了电话，分类细数我的罪行，从最轻微的过错说起。我问她能不能去看看她，于是那天，她邀请我到花园去，她已经布置好喝下午茶的餐桌。

圣诞节那天，当我在门厅拒绝接受她送的花瓶时，她眼里满含泪花。尽管如此，温森还是告诉我，她对这件事一点印象都没有，只说了句"无论怎样，都过去了"，然后拍拍我的胳膊。我问她，我能不能获得她的原谅。

"遗忘即是原谅[1]，玛莎。我不记得谁说的这话，也忘了在哪读过了，但如果让我说一句座右铭，那就是这句话。遗忘即是原谅。"

我说这是F.斯科特·菲茨杰拉德说的。@每日作家语录的账号运营者看来放飞自我了。

温森递了一块饼干给我，问我假期有什么安排。

---

1 Forgotten is forgiven. *The Crack Up*, F. Scott Fitzgerald.

"你怎么能忍受我妈这么长时间?"

她说噢,的确,然后说道,"我想,这是因为我从未忘记我们母亲离世前她的模样。而且,我对她的爱让我坚持下来了。"

"你有没有想过放弃她?"

"每天都想。但玛莎你忘了,那会儿我已经是成年人了,而她还是个孩子。我知道她注定会成长为什么样的人。我的意思是,如果我们母亲不曾离世,或者我们母亲是个全然不同的人,她会成长为什么样的人。我想说我已经尽力了,但我还不足以替代母亲。"

我又接过一杯茶。看着她倒茶,我跟她说,我无法想象她经历了多少艰辛。温森说,嗯,没关系了。那一刻我就决定了,终有一天,我会问起她个中辛酸,但那时不合时宜,因为她说的"没关系"里还隐含着悲伤,对于正坐在她花园的餐桌旁喝下午茶的我们来说,这种悲伤难以应对。

"遗忘即是原谅。"不知为何,温森重复了一遍。

我也跟着重复了一遍:"遗忘即是原谅。"

"没错。纵使艰辛,仍存希望。玛莎,我把最后一块饼干吃完了,除非你想吃。"

*

尽管英格丽德在九年内生了四胎,但她仍是她。温妮出生后,她发送的每条信息都附有一张名为"悲伤的威尔·费雷尔"的GIF动图。他靠在一张震动频率调到最高的皮革活动躺椅上,费了半天劲想喝杯酒，但是酒全从酒杯里撒了出来，顺着他下巴往下淌，他因此哭丧着脸。这个表情形象地表现出她当时的状态，我每次看见总会被逗笑。

*

后来奥利弗来了，贾丝明和她的未婚夫罗里也紧随而至，帕特里克和我便离开了医院。至于尼古拉斯，他现在还在美国一家特殊农场工作。

我父母想让我们和他们一起回去，到戈德霍克路的家里吃晚饭。到家后，我妈把我叫了出来，让我到她的工作室去，因为她有样东西想先让我看看。

我说道："我能进来吗？现在可没有东西着火。"

她轻拍了一下手，没有理会我的嘲讽，我们穿过花园，她开了门，将我领进棚内。在我人生中的大多数时间内，我都不被允许踏进这个空间半步，现在我身处其中，这种诡异的感觉难以描述。我坐在角落里的板条箱上，箱子表面结着一团团白色物质。

房间中央摆着一件物体，覆盖着一张肮脏的床单，物体顶部触碰到了天花板。我妈走过去，站在一旁，交叉着双臂，用双手抱着胳膊肘，看起来无比紧张。

她咳了一声，说道："玛莎，我知道你和你妹一直在嘲笑我做旧物改造，但这些年来，我所努力追求的，是变废为宝，将无用之物改造得更加优美和强大。这句话听起来能喻指世间万物，我很抱歉。"她转过身，拽下床单，"你不必喜欢它。"

我屏住了呼吸。那是一座中空的雕像，轮廓由铁线和看似老式电话的碎片交织缠绕而成。我妈将铜熔化了，并将其灌注在雕像的头部和肩膀上。铜水顺势滴落，流入躯干，漫过心脏。心脏以某种方式悬于半空中，在灯的照耀下发出黯淡的光。她塑造了一个我，一个8英尺高、更加优美和强大的我。我告诉她我不介意这个比喻。我们离开工作棚前，我告诉她，她是对的——那些她在电话里说的话、在信中写下的文字，都是对的。在我成年后，我每一天都被人爱着。我很难相处，但一直被爱着。我感觉很孤独，但大家从不会放任我孤身一人。我所做过的那些不可饶恕的事，最终也得到了原谅。

我不能说我已经原谅了那些在我身上发生过的事——不是因为我没有谅解，而是，英格丽德说过，口口声声说自己宽恕别人的人，听起来很浑蛋，这是真的。

*

我妈妈的雕塑太伟大了，留在屋里太委屈它了。据说，泰特美术馆在打探这座以我为原型的作品。

*

帕特里克和我并没有同居。

我俩在那条摆满我们家具的过道上告别后，就在同一天，帕特里克出现在戈德霍克路的家门口。我俩都站在屋外，他说想让我搬回公寓住。

我往前扑去，期待他会拥抱我，但他没有，我收回双臂。

他说抱歉，"我意思是，你住在公寓里，而我住在别处。"

我问他为什么要这样提议，是不是想让我当他的租客。

"不是，玛莎。我只是想说，如果我俩想重归于好，我感觉我们要谨慎行事。两个毁了彼此生活的人不该有重来的机会。但既然我们想试着……""请别说什么试着解决问题。"

"好吧，无论我们下一步想做什么，我都不想让你被迫和父母住在一起。"

我说他的想法很奇怪。"但好吧。"

我走进屋里，收拾我的行李，帕特里克把我载回了家。

温森邀请他住在贝尔格莱维亚的房子里，但他租了一个大开间。我并没有很失落，那个开间就在两条街以外的克拉珀姆，而且大部分时间他都在公寓里。我们讨论过很多话题：洗碗机门上的铰链能不能修好；两个毁了彼此生活的人怎么能重新在一起。

当人们发现你和你的丈夫分开了一段时间，但后来又重归于好，他们会歪着头说道："显然在你内心深处，你对他的爱从未停止。"但我曾经不再爱他了，这一点我很清楚。但附和对方说"是啊，你说得太对了"往往会更简单，因为如果要向他们解释，你可以对某个人彻底心死，然后从零开始重新爱上同一个人，这太费唇舌了。

*

那部糟糕的翻拍片播完后，帕特里克醒了，找起了他的鞋子。

我不想让他离开。我问道："你想陪我看《英国烘焙大赛》吗？"

我们看了"烈火阿拉斯加"那集。他一直没看过。

最后，我跟他说，英格丽德依然认为那个搅局者是故意把蛋糕从冰箱里拿出来的。帕特里克说不可能。他说："她只是犯了个错，因为压力实在太沉重了。"我微笑着看向他，这个能在重症监护室工作一整天的男人，却认为《英国烘焙大赛》的参赛选手所面临的压力太过"沉重"。他问我怎么看。我说，过去我对此无法判断，但现在我看清了，这不是任何人的错。

我们在前厅互相道别，他吻了我的前额，说他明天还会过来。我上床休息了。我依然觉得这种模式很奇怪。有时候我会难以忍受，有时候他说感觉一切都没有改变，有时候我俩都感觉失去了太多，无法破镜重圆。但帕特里克说，我们像是在伤停补时里重新在一起，这段时间本是我们无权享有的，所以我们得心怀感激。他开始将租来的开间称为"奥林匹亚酒店"。

我没怀上孩子，也没有出现弗洛拉·弗里尔。我41岁了，也许以后也不会怀上，但我仍心存希望，不管怎样，帕特里克一直都在。

补充说明

小说中描述的病症与真正的精神疾病并不一致。关于治疗手法、药物方案和医生建议的描述纯属虚构。

致谢

感谢以下各位：凯瑟琳和詹姆斯；莉比、贝琳达和哈珀柯林斯出版社的全体员工及自由撰稿人；凯里、克莱尔和本；菲奥娜、安吉、凯特、许布希尔一家、劳雷尔和维多利亚；克莱门蒂娜和比阿特丽克斯；安德鲁。

还要感谢我的姨妈珍妮，从小到大她承包着我所有的圣诞节。

图书在版编目（CIP）数据

爱与伤害 /（澳）梅格·梅森 (Meg Mason) 著 ; 区颖怡译 . -- 重庆 : 重庆大学出版社, 2024.8. --（鹿鸣心理）. -- ISBN 978-7-5689-4717-6

Ⅰ. I611.45

中国国家版本馆 CIP 数据核字第 2024X8F339 号

爱与伤害
AI YU SHANGHAI

[澳] 梅格·梅森（Meg Mason） 著

区颖怡 译

鹿鸣心理策划人：王 斌

责任编辑：赵艳君 版式设计：赵艳君

责任校对：谢 芳 责任印制：赵 晟

*

重庆大学出版社出版发行

出版人：陈晓阳

社址：重庆市沙坪坝区大学城西路 21 号

邮编：401331

电话：（023）88617190 88617185（中小学）

传真：（023）88617186 88617166

网址：http: // www.cqup.com.cn

邮箱：fxk@cqup.com.cn（营销中心）

全国新华书店经销

重庆市正前方彩色印刷有限公司印刷

*

开本：890mm×1240mm 1/32 印张：10.875 字数：253 千

2024 年 8 第 1 版 2024 年 8 月第 1 次印刷

ISBN 978-7-5689-4717-6 定价：69.00 元

版贸核渝字(2022)第 059 号